La isla de las musas

Verónica García-Peña

La isla de las musas

Papel certificado por el Forest Stewardship Council®

Primera edición: septiembre de 2020

© 2020, Verónica García-Peña
© 2020, Penguin Random House Grupo Editorial, S. A. U.
Travessera de Gràcia, 47-49. 08021 Barcelona

Printed in Spain – Impreso en España

ISBN: 978-84-9129-498-6
Depósito legal: B-8087-2020

Impreso en Rodesa, Villatuerta (Navarra)

SL94986

Penguin
Random House
Grupo Editorial

Para Eduardo

«¡Cuántas veces escuché
la llamada de aquel lugar!
Pero hoy, sueños y locura son nada más,
son llantos de otra realidad».
RED WINE

1

Esta isla, que aún habito, fue mi casa, mi paraíso, mi inspiración y mi condena. En ella, desde niño, crecí de espaldas al mar; no sé nadar, nunca aprendí. Es hermoso el mar, pero su belleza y poder me agobian y no soy capaz de enfrentarme a su fuerza. Aquí me convertí en el hombre que soy y, al arrullo del viento del Atlántico, fue donde las musas me susurraron historias cargadas de belleza, amor y pasión. No lo he dicho todavía, pero soy escritor.

Desde que era pequeño podía ver a nuestro alrededor a las musas que nos acompañan, ignoradas por la mayoría, y que, deseosas de mostrarse, se acercaban a mí musitando sublimes historias que contar. Solo tenía que saber escuchar.

Un don. Un maravilloso don.

Gracias a esa habilidad, a la edad de veinte años, en 1925, me convertí en un escritor de éxito. Mi primera novela, tras varias antologías de relatos y algunas fábulas, me arrastró a un ascenso meteórico cargado de alabanzas, elogios y dinero. Este me llegó en abundancia, no puedo decir que no, si bien el capital a mí me daba igual, pues mi familia siempre tuvo mucho. Demasiado, dirían algunos. Mi padre, don Andrés Pedreira Mosquera, fue un gran naviero y, a su prematura muerte —falleció cuando yo todavía era muy joven—, mi madre, doña Aurora Ulloa Varela, supo hacer buenos negocios; siempre fue muy lista.

En apenas un par de años, me convertí en uno de los escritores más notables del panorama literario español, pero después el universo se confabuló para que la fortuna me esquivara y solo la desventura se desposara conmigo. Mi pluma se apagó, incapaz de escribir, y la memoria empezó a fallarme.

El éxito me arrastró a una vida licenciosa, enloquecedora, llena de fiestas, alcohol, mujeres y excesos. Una vida que me apartó de la literatura como se aleja uno de un apestado por miedo a una infección perentoria, y que me hizo arrinconar mi don y mi magia; mi persona. Aunque, para ser honestos, hacia el vicio y las fiestas que me hicieron olvidar no solo me empujó el éxito, la culpa también tuvo mucho que ver. Juegos del albur, que tan propicio es a enredar y a juguetear con uno sin enseñarle las reglas ni hablarle de los peligros y consecuencias que tiene hacer trampas.

Podía haber optado por quedarme en mi Galicia natal, en mi isla o en la casa familiar de Baiona, junto a mi madre, e intentar recobrar la memoria perdida, llena de lagunas y vacíos, y quién sabe si también la inspiración, mas preferí la intemperie como patria y, en 1930, prácticamente desaparecí. Juzgué más cómodo huir adonde nadie me conocía. Ser sordo y ciego entre quienes no sabían nada sobre el triunfo y andar por las calles sin nombre de grandes ciudades, como una parca en busca de almas, visitando sus burdeles y probando los placeres que el dinero podía proporcionarme. Así, junto a vagabundos, prostitutas y caballeros viciosos e indolentes, paseé por vetustas calles negando lo que un día había sido. De ese modo, también logré reprimir las pesadillas que, acompañando mi desmemoria, habían invadido mi mente y evocaban lo que era mejor que estuviera enterrado. Malos sueños que, como telarañas, se colaban en mi pensamiento sin que pudiera evitarlo y me obligaban a morder la pena y acallar mi corazón.

Alguna vez, en momentos de lucidez, intenté recordar, recuperar mi yo perdido, pero a mi alrededor el pasado permanecía escondido y cerrado. Apenas pequeñas luces entre las sombras. Apenas un poco de claridad. Demasiado esfuerzo para alguien que había preferido una vida libertina a una con penas y reproches.

Mi memoria desapareció casi por completo hasta que a comienzos de 1936 volví a mi casa en Baiona y, ese mismo verano, justo antes de que España se partiera en dos y la guerra la devorara, deshecho por los abusos y pasada la treintena, regresé a la isla que me lo había dado todo para sanar un cuerpo colmado de excesos, consumido, y empezar de nuevo.

Debo aclarar que, de la guerra, poco supimos o sentimos. Desajustes en el abastecimiento y miedo en el servicio, pero poco más. Estaba demasiado alejada como para que nadie, ni un bando ni el otro, se preocupara por ella.

Mi primera intención al regresar no era volver a escribir. Y tampoco recordar. Pero una vez allí, rodeado de los paisajes que alumbraron mi don, decidí recuperar al escritor que llevaba dentro, demostrar a los que me criticaban y decían de mí que solo fui flor de un día que se equivocaban. Es terrible advertir que el genio se ha ido y que lo que te rodea amenaza con sepultar tu ser en la más absoluta pequeñez.

No fue sencillo. No lo fue. Las musas, todas, para mi desgracia, se habían ido. Me habían dado de lado. No las podía ver. Mi don no regresaba y mi querida inspiración ya no me amaba. Frente a la página en blanco, desesperado y abrumado por la no creación, debía encontrar cómo volver a escribir, y la isla, mi isla, tenía que ayudarme.

Así transité por aquel verano del 36, y de tal forma habría seguido, sumido en el pesimismo y el vacío, si ella, ELLA, no hubiera aparecido a finales de septiembre. Porque cuando llegó, cuando la encontré, las letras volvieron a mi cabeza. Desordenadas y maltrechas, cierto, pero con ganas de formar algo nuevo y admirable que contar. Y no solo tornaron las letras, también parte de mi yo olvidado.

La primera vez que la vi salía yo apresurado de la casa familiar, del pazo de San Jorge, escapando de las palabras atropelladas y malhumoradas de mi mayordomo, el señor Vilar, por haber estado revolviendo el desván de la vivienda para matar el ansia que me devoraba por mi incapacidad para escribir. Ya había inspeccionado antes otras partes de la isla buscando entre sus miserias algo que diera luz a mi apagada pluma, y solo había conseguido obtener tierra empobrecida.

Como un trovador errante, buscaba entre los recuerdos de mi islote un estímulo, un motivo, algo, aun sabiendo que poco encontraría. Y es que, en la buhardilla, por ejemplo, entre las telarañas y el polvo, en la seguridad de una oscuridad perpetua, cubierta de tamo y antiguas sábanas, dormía solo una parte muy pequeña de la vida pasada. No sé si la mejor o la peor, pero solo una parte. El resto ya no estaba.

El éxito, que adulteró y falseó mi memoria, y me trajo al delirio como amante, también me había arrebatado mi historia con la preciosa ayuda de mi querida madre. Tan preocupada siempre por mí, en exceso, con la autoridad que la caracterizaba, cuando todo se torció y mi vida se llenó de tinieblas, mandó sacar del pazo la mayor parte de los objetos de mi niñez y juventud. E, incluso, ordenó quitar todos los cuadros, retratos familiares y fotografías. Hasta mi antigua ropa desapareció.

—Hijo mío, es mejor que el pasado viva en el pasado —me explicó—. Ahora es tiempo de empezar de nuevo y no de que las heridas sigan sangrando. Es mejor así, hijo. Créeme. Es mejor.

Yo no alcanzaba a concebir qué daño podían hacer los viejos juguetes o la ropa de mi juventud. Tampoco los cuadros de mi niñez o de la familia, pero mi madre no cambió de opinión y sus órdenes se cumplieron a rajatabla. Todo, o casi todo, desapareció.

—No dudes de las decisiones de tu madre, que son puro bien para los dos —insistió cuando alguna vez protesté—. La vida, hijo, es cruel y mezquina. Tu éxito, querido mío, fue algo hermoso, pero también una terrible puerta que te llevó al infierno. Que nos llevó a todos al infierno. —En eso tenía razón—. Enterremos ese abismo y dejemos que solo la luz viva a nuestro lado. Olvidar no siempre es malo, hijo. Los recuerdos, a veces, solo sirven para sufrir.

Y ahí acabaron todas las explicaciones que me quiso dar. Nunca más volvió a mencionar el tema, y yo tampoco. No debía saber más. ¿Para qué? Siempre fui un cobarde frente a la autoridad de mi progenitora. Una sola palabra suya solía ser suficiente para que mi alma se achicara y mi valentía, si alguna vez existió, desapareciera. Y si la palabra no era suficiente, el bastón que siempre la acompañaba —no la recuerdo sin él— solía ser, también, buen disuasorio de la desobediencia.

Pues ese día en el que me empeñé en buscar el genio perdido entre lo poco que quedaba en el pazo de mi pasado, al salir de la residencia huyendo de la perorata sulfurada de mi mayordomo —que ya amenazaba con delatar mi actitud a mi madre si insistía en registrar la casa en busca de una nostalgia que nunca trae ensueño bueno, sobre todo si uno rebusca y coge lo que no debe; así lo veía él —, en el jardín de robles, estaba ella. Cruzaba con delicadeza un pequeño puente de madera que, altanero, sorteaba uno de los múltiples riachuelos del terreno. Llevaba un hermoso vestido de seda y gasa blanca, estampado con grandes rosas rojas. Verla fue como sentir que un rayo de luna se posaba sobre mi existencia. Un rayo de luna que uno persigue desde niño, entre ensueños y anhelos.

A lo lejos, se me antojó una hermosa muchacha despreocupada de no más de veinte años, pero al acercarme, al ir a su encuentro, en sus grandes ojos verdes vi confusión y caos. Parecía perdida.

Tenía el pelo largo y lustroso, color azabache. La melena le cubría parte del rostro, como un velo que impidiera ver la turbación que escondía su mirada. Sus blancas manos, cubiertas por unos guantes de encaje nacarado, se aferraban temblorosas a la barandilla del puente y la hacían parecer, a mis ojos, una flor con miedo a que el viento de aquella tarde, que anunciaba otoño, la rompiera y se la llevara. Junto a las ya marchitas y decadentes hojas de los robles, que aleteaban a su alrededor como mariposas, su imagen me resultó nostálgica y sentí la necesidad de acercarme a ella lo máximo posible.

Al llegar a su lado, a centímetros de su cuerpo, cuando aguardaba una sonrisa o un saludo, ella no respondió como yo esperaba, pero ¿quién iba a imaginar algo así?

—¿Sabes quién soy? —me preguntó medrosa, sin soltar la barandilla.

Callé. ¿Cómo responder semejante cuestión? No la conocía. Lo que hice fue presentarme.

—Me llamo Ricardo Pedreira Ulloa. Soy escritor y está usted en mi isla.

Miró a su alrededor, confusa, y clavó su mirada en el imponente océano que nos rodeaba, mientras las miles de gaviotas que moraban mi isla revoloteaban a nuestro alrededor graznando sin parar. Luego se volvió, sin soltar la baranda, y me repitió aquella extraña pregunta.

—¿Sabes quién soy?

Incluso yo, que nadaba de continuo entre las lagunas de mi memoria, sabía cómo me llamaba y quién era. Podía haber olvidado parte de mi pasado, de mis lances como escritor mujeriego, de mis noches borracho en compañía de mis amadas musas o de las que, también borracho, pasé en soledad intentando recobrar cierta dignidad, pero no quién era. Al menos, eso pensaba en aquel tiempo.

La observé sin disimulo y contemplé fascinado su cuerpo, su rostro y sus manos. Me fijé entonces en que llevaba al cuello una pequeña cadena dorada con un medallón. Extendí la mano hacia la joya. Ella dio un paso atrás y soltó el pasamanos, asustada, pero ante mi cara de tonto encelado por su belleza y su inesperada visita, se dejó hacer. Cogí el colgante, con la imagen de un pequeño ángel grabado en el frontal, y le di la vuelta. Allí había un nombre inscrito que leí: Julia.

2

Julia apareció en mi isla sin saber quién era o por qué estaba allí y yo aún no podía responder a esas preguntas. Pero sí podía hacer que se sintiera bien, cómoda. Además, presintiendo que la sangre de unos y otros ya corría sin cuartel por las calles y campos de España, no la podía enviar a un futuro incierto, y menos sin memoria. Por eso, la invité gustoso a quedarse en la casa, en una de las habitaciones de invitados, y ella accedió.

Cuando les hablé a mis criados de Julia, de su aparición y de que se quedaría unos días con nosotros, noté en el señor Vilar y en el resto del servicio una actitud desabrida y un tanto esquiva. En la casa había cinco empleados en total, incluido mi querido intendente. A comienzos del verano fueron diez, pero, tras los rumores y habladurías sobre un posible alzamiento militar contra el gobierno de la República, algunos partieron de regreso a sus hogares. No intenté impedírselo. No tenía derecho a hacerlo. Además, era tal su preocupación que su presencia en la casa había pasado a ser simplemente eso: una presencia sin más.

En fin, de diez quedaron cinco pares de ojos atentos a mis peticiones y también, cómo no, a las de mi madre. No es que estuvieran todo el día acechando mis movimientos, pero yo sabía, imposible no saberlo conociendo a mi progenitora, que tenían orden de vigilar mis pasos y dar parte de todo aquello que pudiera hacer que su hijo volviera a salirse del camino de la honra y la virtud. Lo que entonces no sabíamos, ni ella ni yo, era que nunca había abandonado ni olvidado del todo aquel otro sendero que ella tanto temía.

Lo primero que el señor Vilar me dijo cuando anuncié la llegada de Julia fue lo que habría dicho mi propia madre. Eran tal para cual. Si no llega a ser por la condición de uno y la vanidad de la otra, hubieran sido un perfecto matrimonio. El señor Vilar no se había casado; cosa extraña, ya que era bien parecido: un hombre fuerte y fornido con un trabajo honrado que le permitía vivir con cierta holgura. Pero el amor le había sido esquivo, como a mí la buena fortuna. No es que nunca lo hubiera conocido, pero cuando se enamoró, su deseo no fue correspondido. Amores imposibles de los que más tarde él mismo me habló. Imposibles y desagradecidos.

—Señor, no puede invitar a una desconocida a quedarse en la casa. No sabemos nada de ella —me señaló con cierta irritación—. Además, su madre no estaría de acuerdo. A ella no le gustaría que una mujer se quedara en el pazo, con usted. —Esto último fue solo un susurro, pero lo oí.

—¿Y qué quiere que haga, Vilar? ¿La dejo abandonada en la isla hasta que llegue el barco de provisiones en unos días? Si viene —rumié, pues con el inicio de la contienda ya no sabíamos nada de sus horarios—. ¡Es ridículo!

Advertí que se le torcía el gesto. No le gustaba que le contradijeran y, además, pensaba que mentando a mi madre yo no protestaría.

—Pero, don Ricardo, no sabemos nada de ella —me repitió—. ¿Cómo ha llegado hasta aquí? —Se masajeó las sienes mirando la puerta de la casa. Al otro lado estaba Julia. Todavía no la había hecho pasar.

El asunto le preocupaba, y debo reconocer que a mí también, porque desde la semana anterior, cuando llegó el barco con el correo y el abastecimiento, no habíamos tenido ninguna visita en la isla, pero no le iba a dar la satisfacción de confesárselo.

—No sabemos quién es, cómo ha llegado o qué hace aquí —continuó—. No sabemos ni cómo se llama.

—Sí que lo sabemos. —«Un nombre precioso», pensé—. Se llama Julia, y con eso debería bastar. El resto ya lo iremos averiguando.

Miré yo también hacia la puerta, donde Julia esperaba. Estaba algo avergonzado, no era normal que se tuviera que discutir tanto con el servicio, pero el señor Vilar siempre se había creído con más derechos de los que tenía. La falta, en el fondo, no era de él, sino de mi madre, que le había dado más poder del que le correspondía.

—No la pienso dejar ahí fuera —sentencié—. ¡No lo haré! Y, le guste o no, se queda en la casa.

—Su madre no estaría de acuerdo. Este no es un buen lugar para mujeres.

Claro que mi madre no estaría de acuerdo. Ella, tan suya, cuando abandonó el pazo para irse a la casa familiar que tenemos en Baiona, poco antes de que yo me marchara de Galicia y me perdiera en mi propio olvido, ordenó a todas las sirvientas ir a la villa con ella, porque se empeñó en que la isla no era un buen sitio para mujeres. Nadie le rebatió esa idea tan especial. De hecho, Vilar la apoyó. Pero las cosas habían cambiado. En el pazo estaba yo, y no mi madre. Era yo quien tenía que tomar las decisiones.

—¡Ella no está aquí! —zanjé—. Y soy yo el que da las órdenes. ¡Yo!

Así terminé la discusión, fui a la puerta y le pedí a Julia que pasara. En voz alta expliqué que la habitación de invitados que tenía baño, la que todos llamaban el cuarto de bambú, ya que, en sus paredes, el papel pintado lo simulaba, sería, desde ese día, la habitación de Julia, y que se abstuvieran de molestarla, pues yo me ocuparía personalmente de atenderla. Ese cuarto era más grande y luminoso que otros de la casa y uno de los más bonitos. En el pasado había sido la alcoba de alguien, ¿un familiar, tal vez? No lo recordaba. También ordené que dispusieran un cubierto más en la mesa para nuestra invitada. La joven, por primera vez desde nuestro encuentro, me miró agradecida. Yo me sonrojé un poco, he de admitir. Era tan bonita, tan hermosa. Una belleza cautivadora que envolvía mi espíritu de una paz serena y templada. Julia, mi rayo de luna. Agradecí su gesto y su presencia.

Hacía mucho tiempo que no me sentía de ese modo. Cosas de la mala vida, las fiestas y el alcohol, que cada tarde y cada noche desde hacía años me convertían en un fantoche que vagaba de un lado a otro sin rumbo ni puerto donde arribar. Ya no bebía tanto ni consumía con tanta frecuencia esas sustancias con las que durante mucho tiempo me había casado, sobre todo desde mi regreso a la isla. Intentaba no probar el alcohol hasta que la tarde caía, pero la absenta, mi querida absenta, mal que me pese, me lo ponía muy difícil. Se había convertido en una fiel amante, celosa y suspicaz, que no dejaba espacio para otras en mi corazón.

Acepté de buen grado el gesto de Julia, su mirada, que vi más relajada y tranquila que cuando la encontré en el puente. La cogí de la mano, un poco torpe, lo reconozco, pues ya no tenía práctica en esas lides, y se la estreché con fuerza a pesar de que la tenía fría como el hielo, intentando que el momento no se esfumara tan rápido como lo hacen los suspiros. El señor Vilar, que no se había movido del recibidor, contemplaba la escena un tanto desconcertado y con cara de sorpresa. Se asombraba, pensé, de verme de la mano de una mujer hermosa y delicada como una pequeña flor, y no de una encontrada en las muchas noches en las que mi debilidad rijosa me había llevado de cama en cama en busca de un amor que la botella no me daba y que no conseguía encontrar.

De la mano de Julia, me dirigí a la biblioteca, el primer lugar que le quería mostrar a mi invitada mientras esperábamos a que sirvieran la cena, pues poseía una colección de libros de la que estaba muy orgulloso, entre ellos algunos que pocos años más tarde serían prohibidos y que se salvaron de las mentes estrechas y cortas de miras de mediocres regentes gracias a la soledad de mi isla. Hoy todavía la moran, como yo, y aún de vez en cuando los visito porque son sus páginas la mejor medicina para los pensamientos que hacen sufrir.

Cuando el señor Vilar me vio abandonar la antesala camino de la biblioteca, salió corriendo santiguándose a escribir una carta a mi madre. Era un santurrón y un soplón. Siempre lo fue. Fiel perrillo faldero de mi progenitora a la que informaba de todo lo que pasaba en la isla. De todo. Y no solo en aquel tiempo. En el pasado también lo hizo. Sirva como ejemplo la primera vez en que, siendo tan solo un chaval, me animé a investigar el otro lado de la isla, un lugar deshabitado llamado el Paraje del Ocaso.

La isla, mi isla, es así. Su geografía está llena de lugares cuyos encantadores y llamativos nombres son, cuando menos, evocadores; y está dividida en dos. Por un lado, al sur, está la parte que ocupa el pazo de San Jorge, mi hogar, llamado así por el señor que lo mandó construir en el siglo XIX, don Ramón Rouco Buxán, un terrateniente que quiso emular a los antiguos señores gallegos construyendo una gran casa solariega que más bien simulaba un palacio. El edificio principal, de noble piedra gris, cubierto de hiedra y bejuco en algunas de sus partes, estaba rodeado de un hermoso y bello jardín de robles, el árbol que más abundaba en la zona, lugar en el que había encontrado a Julia. Cerca había y hay un invernadero, pero ese no lo construyó el señor Rouco Buxán. Ese lo mandó levantar mi madre al poco de trasladarse al pazo, en 1903, cuando mi padre compró la isla y se la entregó como regalo de bodas. Siempre fue una enamorada de las flores y, aunque allí pocas crecieran, durante su estancia en el islote se empeñó en hacer prosperar un jardín que había ideado detrás de la casa, cerca de la capilla y el cementerio familiar. Algunas veces consiguió que luciera hermoso, pero apenas si duraba un par de días. Se estropeaba enseguida con el salitre y los constantes arrebatos del mar, que no dejaba que las flores prosperaran más allá de la protección acristalada del invernadero. Junto al invernáculo se levantan una pequeña casa blanca que había sido en su día la vivienda de los sirvientes, ya casi derruida, y los almacenes. Un poco más allá, está el embarcadero. Y todo ello recibe el mismo nombre que la casa: San Jorge.

Luego está el otro sector, al norte, deshabitado y yermo: el Paraje del Ocaso. Como única construcción tiene un viejo faro en ruinas, que fue antaño el Faro del Amor, así lo llamaron durante años, aunque después pasó a ser algo muy distinto y casi aterrador. Al faro le acompaña una casa de gran porte que aún hoy existe. Nadie la moraba ni la visitaba entonces; sin embargo, hoy sí. Hoy la habito yo.

Aquel lejano día de primavera en que decidí aventurarme a visitar el Paraje del Ocaso, según puse el primer pie fuera de la propiedad vallada, Vilar no tardó ni un segundo en irle con el cuento a mi madre. Tenía yo catorce años y, aburrido de andar por el pazo y de hacer siempre lo mismo bajo la atenta mirada del servicio, me libré de ellos para ir a curiosear a un sitio que se me antojó más divertido e interesante. Había oído siempre que el otro lado era oscuro y peligroso, un sitio no apto para templados paseos al atardecer o inocentes juegos de niños. En aquel lugar uno no podía vivir ni tampoco distraerse. Leyendas y supersticiones.

Haciendo caso omiso a las advertencias, que incluso llegaban a afirmar que si la noche te atrapaba en aquel paraje y la luna no salía a tu encuentro acudiría en pleno la Santa Compaña, me adentré decidido en aquel sombrío y prohibido andurrial. No hay nada más atrayente que lo indebido o lo proscrito. Además, siempre he pensado que todas esas leyendas y cuentos son patrañas. Nunca he visto ninguna comitiva de almas en pena que, cubiertas por oscuras túnicas, vaguen descalzas durante la noche. Jamás he escuchado ni su campana ni sus lamentos, mas a la gente le gusta inventar monstruos, aunque después tenga miedo de sus propias invenciones. Siempre ha sido así. Como si los reales, los de carne y hueso, no fueran suficientes.

Mi incursión por allí apenas duró un par de horas y todavía no os puedo contar lo que pasó o lo que vi. No a la Santa Compaña, de eso estoy seguro, ni en aquella ocasión ni nunca. Pero sí os adelanto que fue algo que me hizo correr como alma que lleva el diablo sin mirar atrás, casi galopando, hasta acabar entre las rocas escarpadas de uno de los acantilados de la isla, el acantilado de Las Ánimas, un nombre tan hermoso y evocador como siniestro.

De ese algo que me obligó a huir, os diré que sonaba a canto hermoso. Un susurro aleteado y suave que se clavó en mi cabeza y me llamó sin descanso, atrayéndome de forma inexorable hacia un pequeño manantial que nace en ese lado del islote. Un rumor calmado que me ofrecía el cielo y el universo, si lo quería, con tan solo asomarme a sus aguas. Me asomé, por supuesto. No sé si deseaba el cielo y el universo, pero ya entonces percibía que mi sino era hacer algo grande, que perdurara, que transcendiera. Un canto de sirena que me arrulló y meció al compás de las tranquilas aguas del arroyo escoltado por palabras de amor. Sangre, metal, besos y una voz dúctil y melodiosa que me acunaba entre sus manos. El resto, lo que vino después y que me hizo escapar, durante largo tiempo lo olvidé, como después olvidé muchas otras cosas, y no fue hasta que Julia apareció en mi isla, en mi vida, que empecé a recordarlo. Esa evocación regresó, pero otras nunca lo hicieron, si bien no tengo claro que eso sea bueno o malo, la verdad. Todos tenemos recuerdos que es mejor que permanezcan callados.

Huyendo, corriendo, casi sin aliento, llegué al barranco donde los reclamos incesantes de las gaviotas, el aire frío y gélido del Atlántico y la oscuridad total de una noche cerrada, sin luna, acompañaron mi descenso torpe por las rocas hasta hacerme tropezar y caer. Me despeñé sobre un mar embravecido, un océano furioso que me sacudía y jugaba conmigo como si yo fuera la espuma de sus olas. Fue el señor Vilar, acompañado de mi padre, todavía vivo aunque ya muy enfermo —apenas un año después murió—, quien me sacó del agua y me resucitó. Sí, me resucitó, porque durante unos segundos, eternos para mi espíritu, en mis pulmones solo hubo agua y sal. Fue tan solo un instante fugaz, pero detrás de mi conciencia transcurrieron siglos. Un viaje a donde no había luz ni tampoco mano alguna que me ayudara a encontrar el camino de vuelta. Sin más: oscuridad. Un eterno laberinto umbroso e impreciso por el que mis vacilantes pasos resonaban y el eco de mi voz se perdía. Cuando el aire volvió a inflar mis pulmones, la vida me pareció más fea y también más efímera. Y descubrí, a mi corta edad, lo cerca que la muerte está de nosotros. Lo vecina que camina a nuestro lado, esperando, al acecho, vigilando.

Tras esa experiencia, nunca más volví a ver el mar con los mismos ojos. ¿Cómo hacerlo si había intentado matarme? Es cierto que su belleza no tiene comparación, su fuerza y su poder, pero también sus ansias de llevarse consigo todo lo que toca. Es más celoso que la soledad o la muerte.

Ese día decidí que viviría siempre la vida que quería vivir; sin embargo, no lo hice. Y me prometí que no haría más excursiones por el lado deshabitado, por el Paraje del Ocaso. Palabra que tampoco cumplí. Más veces estuve allí, cerca del manantial, en el faro y cerca de la casona.

Desde que había vuelto a la isla, pocas veces me había aventurado a ir por el lugar. No por miedo a que mis criados me descubrieran y se lo contaran a mi madre, que lo harían, sino porque no se me había perdido nada allí, que yo supiera. Con la aparición de Julia eso cambió y las visitas a ese lado, el prohibido, regresaron.

3

La noche que Julia se quedó en casa por primera vez no probó bocado, incómoda por la actitud de Vilar y del resto del servicio, que la ignoraron de forma constante y no la atendieron como debían. Después de que retiraran su plato intacto a la cocina, los dos nos sentamos en el salón principal, al resguardo de la chimenea, a charlar. Prometía ser una velada encantadora.

Poco me podía contar ella de sí misma, dada su desmemoria, que hacía que la mía pareciera una simple confusión, pero yo sí que estaba deseoso de hablarle de mi obra, mi gran novela y mis letras. Atenta, escoltados por el centelleo del fuego que hacía que sus ojos me resultaran más esmeralda, me escuchó y me preguntó por mi libro, por las historias que contenía, por la inspiración. Gustoso respondí a todas sus preguntas, incluso cuando me pareció que se repetía e insistía demasiado en que le hablara de cómo conseguía que me llegaran las ideas. No es que no quisiera charlar de ese tema, pero teniendo en cuenta que hacía años que mi musa me había abandonado, no era agradable.

El señor Vilar, mientras Julia y yo conversábamos, entró varias veces en el salón con una actitud cuando menos infantil. Con muy mala educación, suspirando en demasía, me ofreció, solo a mí, bebidas, aperitivos y cigarrillos, sin tener en cuenta a Julia. Nunca le gustó no llevar razón o que le replicaran, sobre todo si se apelaba para ello a la condición de cada uno. No obstante, esas no eran formas de proceder. En un momento en el que Julia se ausentó para ir al cuarto de baño, mientras me llenaba la pitillera, se lo reproché. Pero, como casi siempre, solo sirvió para volver a discutir con él.

—Mire, don Ricardo, yo estoy aquí para atenderle a usted —se defendió ante mi reprimenda—. Y encantado, además.

—Y a mis invitados —repliqué.

—Sí, así es. También a sus invitados, cuando estos lo sean.

—Julia lo es.

—Claro, don Ricardo, pero lo de ella es un caso singular. No ha llegado aquí de forma normal. ¿Cómo ha…?

—Como nada —le interrumpí. Me estaba poniendo de muy mal humor. No quería que me estropeara la velada—. Ella es mi invitada y con eso basta. ¡Compórtese! ¡Por Dios! ¿Qué va a pensar de nosotros?

El señor Vilar no dijo más. Asintió, agachó la cabeza, y me dejó solo con mis pensamientos.

Esa noche, Julia ya no volvió al salón. Se fue a dormir y yo, ante su ausencia, me encerré en mi despacho preso de una especie de ilusión y esperanza, obtenidas de su compañía, que me decían que algo nuevo iba a empezar. Una corazonada que me avisaba de que tal vez ese era el momento adecuado para intentarlo de nuevo, para volver a escribir. ¿Podía hacerlo? El recuerdo de los ojos de Julia me decía que sí. Solo debía armarme de valor y ponerme delante del papel en blanco que reposaba en mi escritorio con cierto aire arrogante.

Me senté, pero la forma en la que las hojas parecían reírse de mí me hizo levantarme de golpe y buscar un poco de ayuda para mi vendido valor. Fui a uno de los armarios y saqué del estante a mi querida absenta. Cogí la copa, la cuchara y el azucarillo, y lo preparé todo, deseando que ese primer vaso me animara a enfrentar mis miedos. Dejé que el magnífico líquido se filtrara pausado entre el azúcar, empapándose de su dulzor, hasta que llenó la copa. Después me lo acerqué a la nariz y a la boca, lo olí y lo bebí, saboreando su amargor de regaliz mientras le pedía, casi suplicaba, que hiciera funcionar mi cabeza; pero no resultó. La pluma siguió muda y el papel impoluto.

Volví a llenarme la copa, encendí un cigarro y miré por la ventana. La noche ya se cernía con elegancia medida sobre la isla, cubriendo la penumbra con su manto. Ni la luz de los faros cercanos, ojo avizor, podía competir con ella. Bebí aquella segunda copa de un solo trago, regresé al escritorio y me centré en el desdeñoso papel, mirándolo con decisión, intentando tratarlo como lo que era: mi siervo. Y, finalmente, por primera vez en años, cogí la plumilla y escribí. Volví a escribir. No sé cómo explicarlo, es difícil, pero fue como si, de todo el firmamento, yo hubiera deseado vislumbrar y tener la estrella más luminosa y hermosa, la más bella, y, por una vez, el destino se hubiera apiadado de mí y me la hubiera señalado diciendo: «Cógela. Es tuya». Fue como si la presencia de Julia hubiera hecho que la inspiración regresara, por lo que no pude evitar pensar que ella era, en aquel momento, mi numen. Quizá ya no supiera convocar a mi vieja musa, lo había olvidado, pero tal vez ella había encontrado el camino de regreso a través de la inesperada visita de Julia, que sería, que ya era, mi nueva musa.

Durante toda la noche, las páginas dejaron de estar en blanco y las palabras llenaron de nuevo mi vida. Palabras todavía un poco vagas y lastimosas, pero dispuestas a contar una nueva historia: la de un soñador. La de un hombre cuya única riqueza es el amor. La historia de un amor tan imposible como imperecedero.

En mi oleada de entusiasmo y para que la información le llegara por mí y no solo por lo que Vilar creía o pensaba, escribí una carta a mi madre. Le hablé de Julia, de su aparición y de la iluminación que para mí había supuesto nuestro primer encuentro. De su belleza, de sus ojos, que hipnotizaban, y, por supuesto, del mal comportamiento del servicio hacia ella. En la misiva también le pedía que enviara a alguien para intentar averiguar quién era y cómo había llegado a la isla. Era de ley porque, aunque me daba igual quién fuera, seguro que Julia quería recobrar su identidad, mas debo confesar que tras ese primer arrebato de buen samaritano, al pensar en la alegría que me daba su presencia y en el regreso repentino de la inspiración por su causa, taché la petición de ayuda. Y es que, en el fondo, no quería que Julia recuperara la memoria. Era egoísta, lo sé, pero yo solo deseaba que se quedara conmigo. Imaginar su posible partida, verla alejarse de mí, de mi isla, me producía espanto y pavor. Sabía que la acababa de conocer, pero... era tan bonita. Además, con ella a mi lado, las palabras, de nuevo, renacían. Por otra parte, aunque suene mal, razoné que quizá la memoria de mi invitada no regresara nunca. La mía tardó en volver y, cuando lo hizo, no tornó completa.

Rehíce lo escrito a mi madre y omití la petición de ayuda para Julia. «Más adelante», pensé, «más adelante». Guardé la carta junto con otras que tenía preparadas para que se las llevara el barco de provisiones, cuando este apareciera, y decidí seguir escribiendo, embriagado de arte, con los ojos verdes de Julia como iluminación y aliento y con la apacible compañía del humo y la absenta. En algún momento de la noche, la conciencia debió abandonarme y la madrugada se trasformó en borrosos laberintos. Malos sueños que me llevaron por salas de piedra enmohecida en las que múltiples voces de mujer me aterrorizaban y me obligaban a cerrar los ojos. No me gustaba lo que decían. Tampoco sus lamentos acusadores. Gritos y reproches entre muros conocidos. Y el mar, cómo no. Un mar resentido conmigo que me obligaba a retroceder. Un océano que no me dejaba huir mientras aquellas salas se hacían cada vez más pequeñas, arrinconándome hasta hacerme casi desaparecer. Como un ratón al que la esquina es lo único que le queda, mientras el gato, sonriente, le enseña los dientes saboreando de antemano el festín que se va a dar.

Fue una noche mágica, porque había vuelto a escribir, pero las pesadillas que había logrado sepultar durante años, gracias al alcohol y a otras sustancias, habían regresado con fuerza para quedarse. Desde ese día velan con fervor mis sueños. No he podido librarme de ellas, y es que jugar con el destino es atrevido, sobre todo si este lleva las cartas marcadas.

4

A la mañana siguiente, la conciencia retornó y los primeros rayos de luz, amedrentados por los nubarrones que se acercaban desde el mar, se posaron en mi cabeza recordándome que despertar después de haber pasado la noche con absenta era una pesadilla en sí mismo. Después del primer vaso, uno ve las cosas como le gustaría que fuesen. Tras el segundo, ve las que no existen. Después…

Me retrepé en la silla sintiendo todo el cuerpo dolorido y comprendí que seguía en mi despacho. Había pasado allí la noche. Sobre el escritorio yacían una veintena de hojas garabateadas junto a un cenicero atestado de colillas, un vaso vacío y una cuchara de plata pegajosa. Cogí las páginas, había escrito más de lo que recordaba, y las leí. Tenían buena pinta. Quizá, por fin, una nueva novela se abría paso. Ya tenía parte estructurada en la cabeza y sus personajes me eran familiares. La trama, con tiempo, iría cobrando forma hasta convertirse en una buena historia que contar. Estaba seguro de ello. Me lo decía el instinto, aquel viejo amigo que también había perdido y que en aquel momento, sin anunciarse, retornaba a mi lado.

Contento a pesar de la resaca, salí apresurado en busca de Julia. Debía darle las gracias. Había sido ella, su presencia, sus ojos, su voz, lo que me había inspirado. Todavía era temprano, el alba aún luchaba por crecer, así que deduje que, a buen seguro, continuaría durmiendo. Subí las escaleras hasta llegar a su habitación y llamé con cierto nerviosismo. No quería molestarla, pero estaba deseando hablar con ella, verla y tenerla cerca.

Nadie respondió. Volví a llamar, pero nada. Silencio. Solo silencio.

Decidí abrir la puerta con cuidado para no sobresaltarla y entré. Mi intención no era ni mucho menos incomodarla en modo alguno, pero necesitaba decirle que había vuelto a escribir, que en mi cabeza las ideas resurgían y que, por primera vez en años, me sentía feliz. Y todo se lo debía a ella. Solo a ELLA.

Entré en la habitación, pero Julia no estaba. Sobre la cama hecha, encima de la colcha de ganchillo blanca descansaba su vestido, colocado con pulcritud, y, a sus pies, unos zapatos negros de salón. En la mesita de noche, apoyado con delicadeza, estaba el colgante. Me acerqué y lo cogí. Volví a entonar su nombre: Julia.

Julia y Ricardo.

Sonaban bien juntos.

Ricardo y Julia.

Todavía me gusta cómo suenan.

Al lado del colgante dormitaban sus mitones. Los tomé y me los llevé a la cara. Absorbí su perfume, su esencia. Olían a vainilla. Ese era el aroma de Julia. Delicioso, dulce y embriagador. Me sentí transportado a la infancia, cuando la vainilla envolvía el pazo y mi vida. Vainilla. ¡Qué dulce sensación!

En ese instante, unos fuertes golpes me devolvieron a la realidad. Los escuché atronadores en mi cabeza, donde en verdad residían, y me desperté del ensueño en el que me había ceñido el delicado aroma de Julia. Azotes de la resaca, supuse.

Advertí los guantes en mis manos y, al vuelo, los devolví a su sitio. No quería que Julia me sorprendiera oliéndolos. Habría sido una situación humillante, bochornosa. ¿Qué clase de hombre huele la ropa de una mujer a la que acaba de conocer? Cualquier excusa habría sonado ridícula y me hubiera hecho parecer un acosador. Qué vergüenza habría sentido.

Miré a mi alrededor, la habitación vacía, y reparé en la puerta cerrada del baño. Seguro que Julia estaría dentro, aseándose para enfrentar un nuevo día, y por un segundo tuve tentaciones de ir y llamar, pero me contuve. No era de caballeros incomodar así a una dama que, probablemente, se estuviera bañando.

Al pensar eso, al imaginar su cuerpo desnudo, noté que el mío se incendiaba. Un ardor que desde mucho tiempo atrás no sentía me asedió, y mi mente se hinchó de deseo. ¿Cuánto hacía que no experimentaba algo así? Ya ni lo recordaba.

Además, la bebida, ferviente acompañante de años, y otros compuestos habían hecho que fueran muchas las veces que había confundido deseo con necesidad. A pesar de la tentación, Julia solo estaba a una puerta de mí, conseguí reprimirme y, aún con cierta sensación de acaloramiento, abandoné la alcoba. Ya tendría tiempo de conversar con ella más tarde. Todo el tiempo del mundo.

Estaba cerrando la puerta despacio, sin hacer ruido, cuando una duda me asaltó. ¿Había dejado los guantes como debía? Los golpes de mi cabeza me habían sorprendido y los había posado en la mesita sin prestar demasiada atención. ¿Los había dejado bien? Volví sobre mis pasos, tomé los mitones para colocarlos correctamente y me percaté de que de uno de ellos asomaba un pequeño sobre no más grande que un meñique. Quise hacer como que no lo había visto, no quería violar más la intimidad de Julia, pero me fue imposible alejar la curiosidad, así que lo cogí.

Por la escalera, escuché los pasos del señor Vilar y después su voz, llamándome. Sin responderle, me metí raudo el sobre en el bolsillo del chaleco —había algo duro en su interior— y salí de la habitación. Mi intención era que nadie me viera, pero el señor Vilar lo hizo. No obstante, no dijo nada y se limitó a informarme de que el desayuno estaba servido en el comedor. También me aconsejó —él era así, siempre preocupado por todos y todo— que me vendría bien un baño y cambiarme de atuendo. Y estaba en lo cierto, porque apestaba a alcohol y malos sueños, y tenía el traje arrugado, sucio, con restos de tinta, ceniza y lo que supuse era vómito. Efectos de la inconsciencia y la absenta, una combinación tan embriagadora como temeraria. Al principio, durante un tiempo, por las mañanas, después de pasar así noches de penumbra, me prometía a mí mismo que no lo repetiría, que dejaría la absenta como antes había dejado a otras queridas igual de celosas, pero con el paso de los días y las estaciones, renuncié a hacerlo. Desistí. Dejé de engañarme, porque eso era lo que hacía: engañarme. Era y soy débil, y si dejaba la absenta no tardaría mucho en encontrarle sustituta. Otra que me amaría igual de violentamente. Otra que no dejaría espacio para nadie más y se ocuparía de mis malos sueños. Hoy, eso ha cambiado. Debo reconocerlo. Pero tal vez se deba a que ya no necesito a la amante que siempre busqué en la absenta y en otras. Ya no. Hoy no tengo que buscarla.

Bajé al comedor. La mesa estaba puesta para uno, así que solicité al servicio que colocara un plato más para Julia. Seguro que bajaba enseguida y, además, estaría hambrienta tras no probar bocado la noche anterior. Luego aguardé, pero el lento caminar del tiempo me alcanzó y, ante la ausencia de mi invitada, no me quedó más remedio que desayunar solo. La había esperado una hora entera.

Desayuné sin apetito, engullendo en lugar de comer, como un animal. No tenía hambre y no solo la resaca era la culpable, también la ausencia de Julia. Tenía tantas ganas de estar con ella que el estómago se me había cerrado. ¿Qué era lo que me pasaba con esa mujer? ¿Por qué me sentía así por la ausencia o la presencia de alguien a quien acababa de conocer? No lo sabía y todavía tendría que esperar días, semanas, para averiguarlo.

Tras el desayuno, me dirigí a mi habitación para asearme y cambiarme, como me había recomendado Vilar, y, al pasar frente a la ventana del recibidor que daba al jardín de robles, un rayo de sol, lánguido y enerve al que le costaba brillar debido a las nubes que se posaban sobre la isla, me cegó por un instante. Cerré los ojos, molesto por su luz, y, al abrirlos de nuevo, para alegría de mi corazón, el resplandor me mostró a Julia.

Paseaba distraída por el jardín. Volvía a estar en el pequeño puente de madera. Sentí el mismo encanto que el día anterior al descubrirla. Me entraron ganas de salir corriendo a su encuentro, pero, en aquel momento, al ver sus manos desnudas, caí en la cuenta de que aún no había abierto el sobre que llevaba en el bolsillo. Me sentí avergonzado por haberlo cogido. ¿Cómo había sido capaz de espiar así a mi invitada, a mi recién alcanzada inspiración? No podía consentir que se enfadara conmigo. Eso me rompería.

Al momento, me alejé de la ventana y subí las escaleras de dos en dos, camino de su habitación. Cuando entré, me aseguré de cerrar bien la puerta para que nadie me viera. Ni Julia ni ninguno de los criados. Allí, sobre la mesita, seguían sus guantes. Saqué el sobre del bolsillo y lo coloqué con cuidado dentro de la prenda. Me giré. Iba a marcharme sin abrirlo, pero algo, quizá la llana curiosidad, tan propicia ella a dar permiso a los indiscretos para ver y oír lo que en principio les está vedado, me hizo regresar sobre mis pasos y volver a cogerlo.

Lo abrí, un poco nervioso, y sobre mi mano cayó una pequeña llave. No había nada más; solo una llave. La observé:

común, dorada, normal, como las que se usan para cerrar cajones, baúles o maletas, pero había algo en ella que llamó mi atención, algo que la diferenciaba de cualquier otra. Junto al ojo tenía unas letras grabadas: «Anna».

5

Durante todo ese día, tras descubrir la llave, el nombre que había grabado en ella retumbó en mi cabeza con fragor. De un lado a otro, a la deriva, iba y venía sin un punto fijo donde atracar: «Anna».

Le estuve dando muchas vueltas a qué podía abrir aquella pequeña llave o quién era aquella Anna, sin llegar a ninguna conclusión. La llave podía ser la de una maleta o de un baúl. Quizá del equipaje de Julia, perdido a saber dónde, pero ¿por qué Anna y no Julia? ¿Acaso le habían prestado el bagaje? El nombre podía ser el de un familiar o el de una amiga. Era un nombre común, aunque no solía escribirse con dos enes. Me habría gustado preguntarle directamente a Julia por ello en alguna de nuestras charlas, pero lo fui postergando porque no quería delatar mi indiscreción. Lo más cerca que estuve de hacerlo fue durante la comida, que degustamos callados, uno frente al otro, contemplando el ir y venir del servicio, sus suspiros, sus miradas de soslayo y sus constantes signados.

A la caída de la tarde, mientras paseábamos con un cielo plomizo saturado de lluvia, como la llave no se me iba de la cabeza, pensé en preguntarle, pero no pude hacerlo. Mi oportunidad se evaporó porque el destino no tenía intención aún de que supiera su sentido. Tenía otros planes para mí y también para Julia. Otros planes para todos.

Estábamos cerca del acantilado situado sobre la playa de Los Náufragos —un nombre nada propicio para un arenal, he de admitir, y que, además, a mí me producía desasosiego, aunque no tenía claro por qué—, cuando un grito desesperado y atormentado nos hizo parar en seco. Nos callamos. Se hizo un silencio tal que ni las gaviotas de la isla se atrevieron a romperlo con su bullicioso aleteo. El grito se repitió. Más agudo e hiriente. Espeluznante.

Nos asomamos presurosos al borde del talud y oteamos la playa. Nadie. Allí, en la arena, no había nadie, aunque el lamento parecía provenir de aquel lugar. Nos miramos confundidos. Julia estaba pálida y temblaba. Me habría gustado consolarla, pero otro chillido igual de angustioso me hizo posar los ojos más allá. Levanté la mirada hacia el mar y por un momento sentí pánico. Percibí un dolor agudo en el pecho y mi columna vertebral fue recorrida por un profundo e intenso escalofrío. Aquello que mis ojos veían no podía ser real. Me quedé petrificado mientras Julia me miraba horrorizada y lanzaba un quejido de espanto. Sus ojos se habían revestido de un aceitunado oscuro, cegados de lágrimas y miedo. También había tristeza en ellos. Estaba velada por el llanto, pero existía.

En el mar, en medio de la nada, una barca cargaba a un hombre y una mujer. Él sujetaba uno de los remos en alto con las dos manos, apuntando hacia ella. El terror estaba dibujado en el rostro de la mujer que, atrapada en un extremo del bote, se agarraba con fuerza la cintura mientras movía la cabeza nerviosa, como si buscara una salida, una salvación. El hombre, vestido con un buen traje de tres piezas azul marino, dio unos pasos seguros y firmes hacia ella a pesar de la inestabilidad que mostraba el batel y, sin contemplaciones, la golpeó con furia.

Yo me quedé inmóvil, sin poder reaccionar ante lo que estaba presenciando. Cerré los ojos en un intento pueril de que aquella visión desapareciera, pero cuando los abrí seguía allí. Mi mente quería detenerse y dejarse llevar por los anhelos de un pasado mejor. Así lo sentí. Se bloqueó y me di cuenta entonces, lo supe, que ya no había vuelta atrás. Había emprendido un camino que no me traería más que sombras y desesperanza.

Julia me dijo algo que no entendí porque solo era capaz de oír el rotundo silencio que ceñía el islote y mi sangre atropellada bombeando en las sienes. ¿Quiénes eran aquellas personas? ¿Qué hacían en mi isla? El hombre, por un instante fugaz pero suficiente para sobrecoger mi alma, miró en nuestra dirección, aunque no pareció percatarse de nuestra presencia, y volvió a elevar el remo al cielo, con furia. Sus helados ojos azules transmitían despecho y odio. Maldad.

Quieto, como un maniquí, permanecí contemplando la escena. Viendo cómo aquel monstruo golpeaba una y otra vez a la mujer hasta tirarla de la barca y entintar el mar de sangre. Al instante se sentó, colocó el remo en su sitio y se puso a bogar, perdiéndose entre la bruma que escupía un océano dolorido por la infamia cometida. En segundos, aquel leviatán huyó y la niebla lo invadió todo, confundiéndose con los celajes sombríos y cenicientos que ya empezaban a descargar lluvia.

Cuando el cuerpo de la mujer cayó al mar con estruendo y las gaviotas rompieron la mudez que nos envolvía graznando de nuevo, yo seguí sin reaccionar, anclado al suelo mientras todo a mi alrededor empezaba a girar sin control. Me sentía como en un tiovivo donde toda la isla, Julia, la niebla, el mar y las gaviotas daban vueltas y más vueltas sin parar. Julia, en cambio, llorando y gimiendo, salió corriendo hacia el sendero que descendía a la playa desde el acantilado mientras pedía ayuda y gritaba mi nombre. Fueron sus pasos torpes —la lluvia la hacía patinar— y sus quejidos debidos al esfuerzo y la pena los que me hicieron, por fin, recobrar el movimiento y unirme a ella. La acompañé, también yo tardo ante el embate del viento y la falta de visión que producían las lenguas de niebla que, procedentes de las profundidades del mar, se enredaban entre nuestros pies. Bajamos a la playa de Los Náufragos y, una vez allí, ella se metió con valor en el océano sin mirar atrás. Solo se frenó una vez, cuando el agua le llegaba a la cintura. Gritó mi nombre y, después, siguió adentrándose en el mar. Di un par de pasos hacia ella, pero en cuanto la primera ola rozó mis zapatos, retrocedí amedrentado. ¡Qué cobarde!

—¡Julia! —la llamé desesperado, preocupado—. ¡Vuelve!

Sin embargo, por respuesta ni tan siquiera tuve el sonido de las mareas. Insistí hasta casi quedarme sin voz. La bruma no me dejaba ver. No la divisaba. Ni a ella ni a la barca ni a la otra mujer. Tampoco la oía. Las gaviotas se habían vuelto a callar y el silencio era detestable, solo quebrado por el inacabable fado de la lluvia tañendo al compás de las olas del mar. Estaba desesperado. Aterrorizado. No me da vergüenza reconocerlo. Mi mente, que ya había empezado a enturbiarse días antes sin darme cuenta, no me dejaba moverme. No me daba permiso para escapar del terror que en aquel momento recorría todo mi cuerpo, atenazando mi corazón y amenazando con hacer que se parara.

—¡¡Julia!! —volví a gritar—. ¡¡Julia!!

Nada.

Me dejé caer de rodillas en la playa, en la fría arena, con las manos cubriendo mi cobarde y pávida cara para esconder las lágrimas que corrían por mi rostro. Un cobarde. Eso era. Un auténtico cobarde que no se atrevía a enfrentar sus miedos.

—Julia —susurré.

Ya no había fuerzas. Tampoco ganas. Tenía la sensación de que la isla me estaba devorando. Su niebla, su mar, su lluvia y su silencio me consumían. Engullido por mi morada, mi pasado y mi presente. Ya de mi garganta solo salían gemidos sin sentido, suspiros y llanto cuando, de repente, una mano se posó en mi hombro. Una mano cálida y amiga. Me giré con avidez esperando ver los dulces ojos de Julia, pero no era ella. Era el señor Vilar. Julia había desaparecido.

6

Esa noche sin Julia, sin saber dónde estaba, fue una de las peores de mi vida. No la única, hubo más antes y después, pero sí una en la que miles de fantasmas vinieron a visitarme. Sombras oscuras y sigilosas que se me posaban alrededor, colándose en mis sueños y musitándome palabras llenas de desconsuelo y culpa.

Una vez en casa, el señor Vilar me obligó a meterme en la bañera con agua caliente y me preparó un tentempié que ingerí sin ganas ante su atenta mirada. También me sirvió un buen vaso de brandy, que sí aprecié y bebí de golpe, frente a la chimenea del salón principal. Tras ese primer vaso, que templó un poco mis ánimos, aún ateridos de miedo por lo vivido y contraídos por la angustia de la ausencia de Julia, Vilar me acercó la pitillera y me sirvió un segundo vaso que volví a beber de un solo trago.

—¿Cómo me ha encontrado? —le pregunté, mientras encendía un cigarro que solo me hizo toser y no me ayudó, como pensaba, a calmar los nervios. Tenía la garganta dolorida y el humo me la quemaba.

—Cuando cayó la niebla y usted no regresó, empecé a inquietarme. —Se veía el cansancio en su rostro. También la preocupación—. Convoqué al servicio, nos dividimos y salimos a buscarle.

—Pero ¿cómo me encontró? La niebla lo envolvía todo —interpelé entre carraspeos—. La tarde estaba cayendo, la oscuridad lo cubría todo y la isla es grande.

Por los grandes ventanales del salón se veían enormes lenguas de bruma deslizándose por cada rincón.

—Sus gritos, don Ricardo. —Posó su mano en mi hombro, como hizo cuando me encontró—. Fueron sus gritos los que me llevaron hasta usted.

Mis gritos. Me avergoncé. Como un niño pequeño castigado o perdido, así había gritado y llorado. Tenía la garganta magullada por el frío, la lluvia y el llanto. Lacerada, sin duda, por los aullidos que habían salido de mi boca llamando a Julia con desespero.

—¿Y Julia? ¿Dónde está? —Me deshice de la calurosa mano de mi mayordomo y tiré el cigarro a la lumbre. No podía fumar. El humo me picaba y me quitaba la voz—. ¿Han encontrado también a Julia?

El señor Vilar miró las llamas del hogar, perdiéndose en el color rojizo del fuego y las ascuas, dudando, se le notaba.

—Juan, por favor. —Pocas veces le llamaba por su nombre, no era correcto, pero me salió de dentro. Necesitaba saber—. ¿Dónde está Julia? ¿La ha visto regresar?

—No, don Ricardo. No la he visto, pero…

—¿Y dónde puede estar? ¿Dónde? —le interrumpí de forma atropellada, nervioso, sin respiración, apoyándome sobre una mesa auxiliar cerca de uno de los sillones orejeros—. ¿Dónde está? Ella… El mar…

—¿El mar?

—Sí, el mar…

No fui capaz de terminar la frase. La sola idea de que el mar me la hubiera arrebatado me causaba espanto.

El mar, siempre al acecho, me vigilaba esperando que diera un mal paso. Esa desquiciada idea y el silencio como respuesta por parte de Vilar me hicieron temblar de miedo. ¿Acaso tenía razón mi turbación y le había sucedido algo terrible a Julia? ¿Acaso ya no iba a regresar nunca más a mi lado? No podía ser. Aquello no podía suceder.

Percibí cómo mi cuerpo temblaba y mi alma se arrugaba hasta casi convertirse en una mísera mota de polvo. Me vi palidecer ante la idea de una isla sin Julia, sin mi inspiración, sin mi recién encontrada musa. Sentí palpitar de pánico mi corazón y lo oí detenerse. Lo noté. Por un instante, efímero tal vez, sentí que moría.

Vilar vio el terror reflejado en mis ojos y, antes de que el desasosiego y la ansiedad me crisparan por completo los nervios y se apoderaran de mi mente, ya perdida en el temor y la duda, trató de tranquilizarme.

—No se preocupe, señor. No lo haga. —Intentó sonreír—. Ya pasó. —Percibí en su mirada una inmensa tristeza mientras me contemplaba—. Todo está bien.

Parecía haber convicción en sus palabras y quise tomarlas como ciertas. Deseé pensar como él, que todo estaba bien, también Julia, para poder templar mi desasosiego y alejar el miedo que me oprimía. No tenía fuerzas para combatirlo de otro modo. Me las había quitado la playa y la escena espantosa de la que había sido testigo. Me aproximé al fuego y me senté lo más cerca posible de él. A pesar del baño y el brandy, aún sentía un frío glacial envolviendo mis sentidos.

—¿Qué pasó exactamente en el arenal, señor? —me preguntó mi mayordomo arrimándose a mí—. ¿Por qué estaba allí? ¿Qué es lo que vio?

Con calma, sin omitir detalle alguno, le relaté a mi fiel lacayo lo que había presenciado en la playa de Los Náufragos. Lo que había pasado. Todo. Necesitaba desahogarme, echarlo fuera de mí y así alejarlo, si bien sabía que iba a ser imposible.

Mientras me escuchaba en silencio, la mirada del señor Vilar se fue, poco a poco, apagando, y él, encorvándose como si envejeciera de repente ante mis ojos. Se le notaba cansado, abatido y viejo, como si los años le hubieran llegado de golpe y sin avisar. Siguió atendiendo solícito, sin interrumpirme ni una sola vez, sin preguntar, sin decir nada y, cuando concluí, su rostro era un sudario. Pálido como un muerto, miraba sin ver, concentrado en algún punto de la oscuridad que gobernaba fuera.

—Vilar, ¿se encuentra bien? —Me levanté y me acerqué a él. Estaba tan blanco que en verdad aparentaba ser un espectro.

—¿Reconoció al hombre del bote? —indagó con un hilo de voz. Hasta la palabra se le había apagado tras mi relato—. ¿Pudo verle la cara? ¿Los ojos?

—No sé quién era —le indiqué—, pero sé que era un hombre horrible. Un monstruo frío y perverso.

—Un monstruo... —susurró con tristeza.

—Sí, un auténtico monstruo.

—¿Y la mujer se metió en el mar? —Yo asentí y él prosiguió—. Señor, perdone, pero ¿sabe por qué lo hizo? ¿Sabe por qué ella...? —dudó—, ¿por qué...?

—Julia. —Le ayudé a decir el nombre de nuestra invitada—. Se llama Julia.

—Ya, señor. Claro. ¿Sabe, en ese caso, por qué la señorita Julia se zambulló en el mar? ¿Por qué entró en el océano? —Iba a responder. Le iba a decir que para ayudar a la pobre mujer de la barca, ¿por qué si no?, pero Vilar no me dejó y me lanzó otra pregunta—. Don Ricardo, ¿puedo pedirle un favor?

—Claro, por supuesto.

—Mire, yo no me suelo meter donde no me llaman —eso me hizo gracia, pues no había persona más metomentodo que él, sin embargo, no se lo hice saber; callé y seguí escuchando—, pero a estas alturas, tras lo que me ha contado que ha visto y la aparición de la mujer en la isla, en su vida, creo que sería bueno que volviera usted a Baiona con su madre.

—¿Volver? —¿Me lo estaba pidiendo en serio?—. ¡Vaya ocurrencia!

—Ese es el favor que le pido, don Ricardo. Retorne a la ciudad y olvide esta isla. Aléjese de aquí. Doña Aurora estará encantada de que regrese con ella. Allí estará bien.

—Ya. Claro. Sé que mi madre se sentiría complacida, pero eso no es posible. —Ni en sueños pensaba marcharme de allí—. Si ese es el favor que me pide, siento entonces no poder cumplirlo. ¡No voy a regresar!

—Pero, señor, lleva unos días… —vaciló buscando las palabras adecuadas—. Me tiene preocupado. Ya empieza a ser peligroso. Desde la aparición de ella, pasan cosas… Cosas que no son normales, porque…

—¡Claro que no lo son! —grité. Me estaba empezando a enojar tanta bobada y tanta frase inacabada; le habría zarandeado para que no las dejara a medias—. Pero por eso no hay que huir.

—No se trata de huir —me refutó—. Consiste en mantenerse a salvo.

—¡A salvo ya estamos! —gruñí—. Lo que hay que hacer, Vilar, es peinar la isla y buscar a ese miserable de la barca y también a Julia. —Me acerqué decidido a la puerta. Yo mismo empezaría a buscarla—. Eso es lo que hay que hacer.

—Ese hombre, usted mismo lo ha dicho, se fue de la isla con el bote. Ya estará lejos. Lejos.

—Puede ser, pero ¿y si vuelve?

La sola idea me hacía palidecer y, con decisión, abrí la puerta del salón para ir en su busca y, sobre todo, en la de Julia. Vilar se precipitó hacia el portón y, antes de que yo pudiera salir, lo cerró de un portazo. Su actitud insurgente me sorprendió, pero no me dio tiempo a reprenderle. Me cogió de la mano, me llevó hasta uno de los ventanales y señaló el exterior.

—Es noche cerrada, señor. No se ve nada. ¿Qué piensa hacer ahí fuera? —Lo cierto es que el jardín estaba como boca de lobo—. Solo empeoraría las cosas.

Sopesé sus palabras. Vilar tenía razón; la tenía, como siempre.

—No se preocupe por ese hombre, don Ricardo. Se ha ido. Se ha marchado —continuó—. Y por la mujer tampoco. No es necesario. Ella… Ella…

—Ella, ¿qué?

—Ella estará bien —dijo postreramente, bajando la mirada, escondiendo sus ojos.

—¿Y cómo lo sabe? —Me resistía a quedarme de brazos cruzados—. ¿Cómo?

Silencio.

—¿Cómo puede saber que Julia está bien? —insistí.

Silencio.

—Vilar, ¡por Dios! ¿Por qué no me responde? —Parecía una conversación ajena. Yo estaba incluido, pero no la entendía.

—No se enfade, don Ricardo, por favor. —Su mirada seguía clavada en el exterior, en la niebla y la oscuridad—. Solo le digo que todo está bien. Usted está aquí, sano y salvo, y ella… —Seguía preocupado y nervioso, el constante aleteo de sus manos le delataba—. Ella seguro que también.

—¿Y vamos a peinar las tierras? —pregunté con cierto temblor en la voz. Quizá Vilar tuviera razón y Julia estuviera bien, a resguardo en alguna de las construcciones de la isla. Eso deseaba con toda mi alma, pero no podía dejar el bienestar de mi musa al capricho de la fortuna, tan esquiva siempre conmigo—. Debemos encontrarla.

—Sí, señor. Si usted lo ordena —había agotamiento en sus palabras, en su faz y también en sus gestos—, lo haremos.

—¡Así sea!

—De acuerdo, señor, pero iniciaremos la búsqueda por la mañana temprano —y señaló de nuevo al exterior—, cuando regrese la luz.

Aunque no me gustaba la idea de esperar hasta el día siguiente, accedí. Vilar estaba en lo cierto. A esas horas —el reloj marcaba más de las once—, y con la niebla cubriendo todos y cada uno de los rincones de la isla, sería imposible encontrar a nadie.

—Señor, ¿puedo hacerle una pregunta más? —Asentí—. ¿Por qué necesita tanto a esa mujer? Parece como si estuviera enamorado de ella. ¿Lo está?

No supe qué responder. Me quedé sin habla. Sin palabras. ¿Estaba enamorado de Julia? Para mí ella era un ángel, mi inspiración. Desde que había llegado a la isla, desde que la encontré paseando por el puente de madera del jardín de robles, era como mi musa perdida.

—Su forma de hablar, cómo se comporta —prosiguió—. Da la sensación de que está usted enamorado de ella. —Se acercó más a mí. Había recobrado el color, pero su mirada seguía siendo pálida y mustia.

Continué en silencio. Podía hablar de amor cuando escribía porque era, es, el verdadero motor de las palabras. Amar y ser correspondido. ¡Qué hermoso mensaje! Pero ¿estaba enamorado de Julia?, ¿de mi musa? ¿Se puede sentir amor por la inspiración? Tal vez. Los pintores aman sus cuadros y yo, como escritor, amaba mis historias y mis personajes. Yo amaba a Julia, sí, pero no sabía si se trataba de la clase de sentimiento sobre el que me preguntaba Vilar. No todavía.

—Debe alejarse de ella. Debe dejarla ir —me pidió entonces—. Debe hacerlo por su bien.

Ella es mi bien, pensé, pero no le rebatí su particular consejo porque no sabía cómo explicarle lo que sentía por Julia. Era mi bien, mi musa, mi inspiración, y no podía dejar que se fuera. ¿Cómo hacerlo? ¿Por qué, además? La necesitaba. Ella me daba paz.

—Don Ricardo, si me lo permite, voy a contarle una historia —me indicó a la sazón, haciendo que regresara a su lado, al salón principal, y dejara de cavilar sobre el amor y el bien que me daba y me podía dar una mujer o una inspiración—. Una historia que nunca antes le había contado. Quizá así comprenda por qué le pido que se aleje de ella.

No dije nada y Vilar tomó mi silencio como una invitación a hacerlo. Se acercó a la ventana y comenzó a relatarme una historia que yo desconocía por completo y que me hizo entender mejor los motivos por los que mi mayordomo era como era.

Allá por finales de 1902, un joven Vilar, de apenas veinte años, trabajaba para una pudiente familia de Baiona, los Pouso Xermiñas. Era feliz con su vida de sirviente, le gustaba su trabajo y no pensaba en nada más que no fuera cumplir de la mejor forma posible con sus funciones. Eficaz y trabajador, quería dar lo mejor de sí para ir, poco a poco, ascendiendo a mayordomo. Esa era su ilusión y en eso pensaba noche y día hasta que el amor se cruzó en su camino.

Una buena mañana, en uno de los recados que solía hacer para la señora de la casa, conoció a una joven maravillosa de la que se enamoró al instante. Y es que, según sus propias palabras, el amor, si es auténtico, no entiende de tiempos ni plazos. Era una muchacha inalcanzable para él, de buena familia, rica. Le estaba vedada y, además, la señorita estaba prometida. ¿Cómo iba a conseguir un simple sirviente que se fijase en él? Pues a pesar de todo lo que tenía en contra, el joven Vilar lo intentó, porque el amor es así, ciego y tonto.

Cada lunes y cada martes, desde su primer encuentro casual, buscó la manera de acercarse a ella, aunque fuera solo para verla. La espiaba en sus paseos, la seguía con disimulo en sus quehaceres diarios y también la observaba a escondidas a través de las ventanas de su residencia. Y de esta forma, paso a paso y poco a poco, Vilar comenzó a imaginar una vida al lado de la joven. Un error, juzgué yo mientras me lo relataba, ya que las posibilidades de que ella sintiera lo mismo que él me parecían casi nulas. Siguió Vilar con sus seguimientos hasta que un día, ya fatigado de ser una simple sombra, se armó de valor y con una humilde excusa se plantó delante de la muchacha para declararse. Le confesó, un poco torpe pero seguro de sus sentimientos, su amor infinito.

La joven dama, a pesar de lo que todos, llegados a este punto del relato, podíamos pensar o imaginar, no se escandalizó ni se enfadó. Tampoco le echó o despreció. Para la más agradable sorpresa de Vilar, le descubrió que ya sabía de su cariño y afecto. Era una mujer lista. Le había visto seguir sus pasos y se había informado sobre su persona. Sabía, así se lo habían dicho, que era un buen hombre, trabajador y honrado, aunque pobre. Vilar, ante la reacción de la mujer de sus sueños, sintió el corazón palpitar de agradecimiento y emoción. Pensó que, quizá sí, por una vez, el destino dejaría la diferencia de clase social y el dinero aparcados a un lado.

Durante meses, tras ese afortunado golpe de la providencia, a escondidas, comenzaron a verse la joven y Vilar, a enraizar en sus corazones lo que significaba amar. La acompañaba en sus paseos y recados haciendo de criado fiel, aunque no era a ella a quien tenía que estar sirviendo. Y de noche, al caer las sombras sobre la villa, al amparo de la oscuridad que todo lo hace invisible, acudía al patio trasero de la vivienda familiar de la joven dama para estar con ella y confesarle, a la luz de la luna, su vasto cariño.

Una noche, ya cercano el día de la boda de la muchacha, pues seguía prometida, el amor, hasta ese día impalpable y etéreo, dio un paso más y se convirtió en carnal. Y en ese jardín nocturno en el que se veían, las palabras se convirtieron en besos y el deseo, por fin, cobró vida. Pasión entre amantes condenados a ocultarse. Pasión entre cuerpos que pronto se tendrían que separar para siempre, ya que, por mucho que Vilar creyera que la ventura obraba a su favor, la fatalidad tenía otros propósitos.

Tanta visita a su joven amada y tanto ir y venir, pasó factura al trabajo de Vilar, que se vio despedido, en la calle, cesado por su falta de profesionalidad. Esto, la verdad, se me hizo inconcebible. No era así, ni mucho menos, el Vilar que yo conocía, siempre atento, diestro y competente. Nunca hubiera sospechado que su capacitación se hubiera puesto en duda alguna vez, pero ocurrió, como todo lo que vino después.

El caso es que estaba tan enamorado que, así me lo aseguró, le dio igual, y en lugar de solicitar el perdón de la familia para la que había estado trabajando, o de buscar un nuevo empleo, se dedicó, en una rancia y pequeña habitación de pensión, a fantasear e imaginar su nueva vida al lado de quien sería, para siempre, la mujer de sus sueños.

7

El reloj del salón seguía su curso templado, amparando a mi mayordomo en su narración. Escoltando sus palabras, que cada vez le pesaban más. Se le notaba en la mirada, perdida en algún punto de la cerrazón presente en el exterior de la vivienda. Y también en su semblante, macilento y triste. En esos ojos que intentaba ocultarme podía vislumbrar el enorme desánimo que regía su corazón. No obstante, haciendo caso omiso a todos los sentimientos que se apiñaban a su alrededor, prosiguió con su relato, pues tenía claro que era algo que yo debía saber. El amor, para Vilar, no era tan bonito como yo lo concebía, ni mucho menos, y creía que su historia me ayudaría a comprender su interés en que me alejara de Julia.

Imaginó Vilar, en sus horas muertas en la habitación de aquella triste pensión que era su casa, cuando no podía acompañar a su amada, una vida repleta de bienestar y de hijos junto a la mujer conquistada. Siempre quiso tener una familia numerosa. Él se encargaría de conseguirlo. Buscaría un buen trabajo con el que mantenerlo todo y a todos, y serían felices porque el amor, que todo lo puede, sería la piedra angular de aquella dicha soñada.

Al escuchar sus palabras, la emoción pequeña y exigua pero resistente que albergaban sus recuerdos, me di cuenta de que el hombre que describía era uno muy alejado del que en tal ocasión, frente a la ventana, con voz temblorosa y ojos nublados de nostalgia, me contaba su historia. Una historia de amor que parecía sacada, en verdad, de una novela del romanticismo.

Contento y feliz, en uno de sus encuentros nocturnos, Vilar refirió esos nuevos planes a su amada, quien tomó conciencia, al oírle, de que realmente le quería. Era pobre y de clase obrera, cierto, pero tenía un corazón de oro que a duras penas hallaría en otro hombre. Era bueno, honrado, honesto y, además, la amaba por encima de todo.

Al día siguiente de su conversación sobre huir, los amantes, ajenos a los designios de la providencia, que tenía sus propias intenciones y no estaba por la labor de dejarles hacer, quedaron a medianoche en el patio de la vivienda de la joven para escapar de la villa y empezar lejos, en otro lugar, una vida juntos. Cuando la luz del día se evaporó, Vilar, con una simple maleta de cartón, no tenía más, y los ahorros de toda una vida trabajando —a pesar de su juventud llevaba muchos años de labor a sus espaldas—, se presentó en el lugar a la hora acordada. Solo las sombras y la lluvia lo recibieron. Solo la soledad de un ermitaño jardín donde su amada no estaba. No le importó. Pensó que se retrasaba y esperó.

Las horas caminaron sin pausa, y por más que Vilar rogaba a la luna para que la muchacha apareciera, ella no se presentó. Aguardó todo lo que pudo, sintiendo cómo, a cada minuto que pasaba, su corazón se encogía, se hacía viejo, y el desamor comenzaba a ser el rey de sus noches futuras. Esperó, pero ya casi al alba, empapado de lluvia y llanto, Vilar, el ya viejo Vilar, con su maleta, ahora también henchida de ilusiones y sueños rotos, abandonó el patio.

Las lágrimas se empeñaban en asomar a la cara de mi querido mayordomo mientras con voz queda me narraba cómo el destino y la dama, de la que yo juzgué seguía enamorado, se habían burlado de él. Su semblante se había ido poco a poco vistiendo de amargura y tormento a la par que las palabras salían rasgadas de su boca. Cuánto debía haber sufrido. ¡Cuánto! Qué desagradecido es el amor a veces. Tan héroe como villano. Tan bello como egoísta. El amor es maravilloso, extraordinario, y no hay en la creación sentimiento más puro y virtuoso, pero cuando te traiciona, cuando no te corresponde, el dolor que siente un corazón roto es el más fiero de los sufrimientos.

Vilar dejó atrás, en la casa de su amada, al joven ingenuo e inocente que había entrado allí aquella noche con intención de emprender una vida nueva. Desechó sus sueños y dirigió sus pasos a la antigua habitación de la pensión que había sido su morada las últimas semanas, donde en soledad se encerró para tratar de sanar un corazón tan aplastado y hendido que poco arreglo tenía en realidad. El amor transmutó en tristeza y la pena colmó para siempre su ánimo. Por los periódicos supo, días después, que su amada se había casado, y vio en la foto de costumbre a una mujer que, a pesar de lo que le había hecho, seguía siendo, a sus ojos, la más hermosa del mundo.

Llegados a ese punto de su doliente relato, quise preguntarle por la dama. Quería saber su nombre. Baiona era pequeño y tal vez la conociera. Pero él solo me explicó que era una mujer fina y elegante. Una mujer que había canjeado felicidad por clase social y dinero, mal asesorada, como supo después, por sus amigas y sirvientas, y a la que la vida le había devuelto su mal gesto hacia él con más sufrimientos de los que nadie merece. El destino y los malos juicios que la habían hecho arrinconar el amor verdadero que sentía por Vilar, la obligaron a fingir, tras su matrimonio, ser buena madre y buena esposa, pero el dinero y la posición no sirvieron para olvidar y tuvo que vivir, así vivía, con el peso del amor perdido en el corazón. Un quebranto que la convirtió en alguien frío y cruel.

Debo decir que me alegré. Vilar era un buen hombre que no se merecía semejante trato. Todos los males que esa mujer pudo sufrir, pocos me parecían en comparación con su deuda de amor, si bien ahora sé que estaba equivocado. Lo había pagado con creces.

Tras la boda de su amada con otro hombre, Vilar pensó que ya no quedaba sitio para él en Baiona, y con la misma maleta de cartón con la que había ido al patio aquella funesta noche en la que el amor le dio la espalda, decidió partir de la villa. Pero no lo hizo. El albur le tenía preparado otro camino. Uno que le llevó a trabajar a las órdenes de mi querida madre en la isla, donde vivía desde entonces. Un sendero en el que me aseguró ser feliz pues, en el fondo, el amor, a su manera, seguía estando presente.

—El amor, don Ricardo, tiene sus propias reglas y entiendo, ya lo ve, que uno, a veces, no puede elegir de quien se enamora, pero en su caso… —Masticó las palabras—. En su caso —repitió—, es distinto.

Se alejó de la ventana y se arrimó a la chimenea, donde ya apenas quedaban unas cuantas ascuas que luchaban por no extinguirse. La medianoche nos había alcanzado y el fuego quería dormir.

—No cometa, señor, los mismos errores que cometí yo —continuó—. No sea tonto. No deje que el amor gobierne su vida. No lo haga.

—Pero, Vilar. ¿Se da cuenta de lo que me dice? —Me levanté del sofá y fui yo también hasta el hogar, a su lado—. ¿Gobernar el amor? ¿Cómo hacerlo? Eso no es posible.

—En su caso, señor, sí que lo es. Hágame caso. —Se giró y me engulló con sus ojos, aún tristes tras lo recordado—. ¡Olvide a esa mujer! Ella hoy está aquí, pero mañana quizá ya no. —Le contemplé extrañado, no entendía qué me quería decir—. Hágame caso, señor, por favor se lo pido. Olvídela de una vez. Es lo mejor. ¡Olvídela! ¡Déjela ir!

Iba a replicar, pero Vilar no me dejó. Aún no había acabado.

—Olvídela, don Ricardo, olvídela o solo conseguirá hacernos sufrir más. El amor es bonito cuando se lee y se escribe sobre él, pero en la vida real es cruel y mezquino. —Se retiró de la chimenea y fue hasta la puerta principal del salón, la abrió con cuidado y antes de irse me dijo algo que me llegó al alma—: El amor, don Ricardo, no siempre es bueno.

A renglón seguido se fue y allí me quedé yo, solo, con la compañía de una triste lámpara de fuel y nada más. Solo con las sombras del exterior, la niebla, la chimenea agonizante y las palabras de Vilar que retumbaban en mi cabeza como un grillo enjaulado. Cuánto había tenido que padecer mi mayordomo para pensar de ese modo: «El amor no siempre es bueno».

Durante un rato más continué contemplando la bruma del exterior, dándole vueltas y más vueltas a las palabras de Vilar, a su historia y su vida. Entendí que él pensara de ese modo sobre el amor, pero yo todavía no estaba preparado para creerle, para sentir lo mismo, para capitular. Abandoné el salón, y a pesar de haberle prometido que me acostaría enseguida, no cumplí la promesa y me fui al despacho. No sé a ciencia cierta cuántas promesas he roto a lo largo de mi vida, pero me temo que muchas, y aquella solo era una más.

Una vez frente al escritorio, cogí la pluma e intenté escribir. Pensé que eso me distraería y alejaría los confusos pensamientos que el relato de Vilar me había provocado, pero me equivocaba. Solo logré evocarlos aún más vívidos. ¿Estaba enamorado de Julia? Y si lo estaba, ¿cómo olvidarla? ¿Cómo gobernar ese amor? Era imposible y, en el fondo, debo reconocer que tampoco quería, porque sin ella, sin ELLA, me encontraba perdido. ¿Por qué la necesitaba tanto? ¿Por qué sentía que mi vida debía estar a su lado? Quise trazar unas palabras, las que fueran, me daba igual. Unas palabras, sin más, para dejar de hacerme cada vez más preguntas que no conseguía responder, no todavía, pero mi mano no reaccionaba. La tinta goteaba sobre el papel, cubriéndolo de lágrimas negras, y yo solo podía pensar en ELLA. Anhelaba, quería con todas mis fuerzas, que Vilar se equivocara y el olvido no fuera necesario. No estaba preparado para decirle adiós a Julia.

Por la ventana, mis ojos contemplaron como tantas otras veces las sombras de mi isla, rezando para que ella apareciera, implorando por verla surgir en mi jardín, mi casa y mi vida. Las lágrimas negras de la tinta también ensuciaron mi rostro y para callarlas decidí que la absenta me acompañaría de nuevo aquella noche. Bebí directamente de la botella, lo que quemó mi dolorida garganta como si fuera fuego. Un trago largo y profundo que me golpeó el pecho aporreando las lágrimas, haciendo que se escondieran, y magullando mi razón mientras abría la puerta a la inconsciencia.

La garganta me ardía, pero bebí un trago más pues sabía que, a diferencia del tabaco que solo la irritaba y me hacía toser, el alcohol acabaría por dormir el dolor. Otro trago más y la garganta calló, y las lágrimas, al fin, huyeron para dejar paso a la esperanza. Retorné a la ventana, me senté sobre el alféizar y observé de nuevo las tinieblas de la noche que, acurrucadas, acechaban mi sueño, ya próximo, esperando que Julia supiera que, cuando ese día muriera, yo seguiría allí pensando en ella. Enseguida di otro trago más, pero como no me pareció lo bastante potente para sosegar y arrinconar el miedo que me atenazaba por la ausencia de mi musa, de mi querida musa, por primera vez en meses eché mano de algo que casi tenía olvidado y que anidaba siempre en silencio en una pequeña caja que guardaba, escondida, en uno de los cajones de mi escritorio.

Cuando mi vida se tornó locura y delirio, había sido ella quien me había ayudado a sobrevivir. La que me meció y consoló. La que me amó y, yo sabía, me seguía amando. La morfina. ¡Cuánto la echaba de menos! Con ella a mi lado era todo más sencillo, pero cuando mi cuerpo se convirtió en apenas una mancha, en un espantajo enfermo y consumido, la tuve que dejar solo para ocasiones especiales. Me amó tanto y con tanta fuerza que a punto estuvo de devorarme, y la sustituí por la absenta, igual de fiel y amorosa, pero menos efectiva. Aquella noche, terrible, después de mucho tiempo, la necesitaba de nuevo. Volvía a precisar de mi confidente fiel y devota. Un pinchazo, solo uno, y el recuerdo y el miedo pasarían. Así había sido siempre, pero en aquella ocasión, tras penetrar la aguja en el brazo, el olvido no llegó y la oscuridad abandonó la madrugada, se escabulló por el jardín y entró en mi casa. Abrió la puerta del despacho, se acomodó a mi lado y me sonrió, porque esa noche no venía sola. Venía acompañada de la culpa.

8

La inconsciencia y la oscuridad de aquella noche se alargaron durante días. La mezcla de dos de mis amantes más fieles había sido una proterva combinación. No sé cuántos días sobrevinieron, pero muchos porque, al despertar, septiembre ya nos había abandonado y octubre lucía en el calendario. Y al recuperar la conciencia, de inmediato, noté que, debido al incidente de la playa, el relato de Vilar y el tiempo que llevaba en cama, sumido en la confusión y los malos sueños, parte de mi yo olvidado había regresado. Una parte que durante años había estado callada por el pecado y a la que le había llegado el momento de florecer de nuevo.

Me incorporé, aletargado, con el cuerpo entumecido, y contemplé mis manos. Temblaban, como lo hacía mi alma. Ese yo que volvía no me gustaba. Ese yo no podía existir, así que dejé que el yo que no tenía memoria se hiciera cargo de la situación relegando al ostracismo al que empezaba a despertar y a tener momentos demasiado lúcidos, a pesar del empeño en perderse que ponía mi mente enferma.

Las cortinas del cuarto estaban echadas y en la habitación reinaban el silencio y la penumbra. La chimenea resplandecía con los restos de un fuego, dando algo de calor y luz a la alcoba. Sobre la mesita de noche reposaban un vaso de agua y un libro. Lo cogí. Era mi primera novela, *El amanecer de la luz*. Tenía una marca en una de las páginas, la 236. Alguien la había estado leyendo. Hojeé los primeros párrafos y me sorprendí de mis propias palabras: estaban dotadas de una gran belleza, claras y penetrantes, te hacían caminar por las páginas, saboreando su esencia, disfrutando de su ser. Deseé volver a escribir así, ser capaz de hacerlo, y anhelé que regresara la inspiración. De inmediato, Julia apareció en mis pensamientos. ¿Dónde estaba? ¿La habrían encontrado? ¿Estaría bien?

Lo lamenté por el viejo Vilar y sus consejos, pero no podía olvidarla. Era imposible. Con ella a mi lado, sin duda, lograría ser de nuevo un gran escritor. Ella me ayudaría a recobrar la iluminación perdida y a volver a trazar algo grande. Y es que no hay mayor temor para un literato que perder la imaginación y que de sus manos únicamente salga mediocridad. Miedo y pavor, sobre todo si alguna vez firmó algo digno y hermoso, algo admirable. Tenía que encontrar a Julia.

Me levanté —algo aturdido, parecía que llevara siglos postrado en aquella cama— y me acerqué a la ventana. Abrí las cortinas sintiendo cómo mis manos temblaban. Encendí un cigarro y eché una calada larga y profunda, saboreando el gusto acre del tabaco. Necesitaba, a pesar del tiempo que había pasado en cama o, quizá, por eso mismo, calmar mis sentidos, que notaba inquietos. Pero el tabaco no era suficiente.

Un trago, pensé. Eso era lo que necesitaba. Un buen trago. Abrí también la ventana y dejé que la brisa fresca acariciara mi cara. Apoyé las manos con fuerza sobre el alféizar, haciendo que mis nudillos mudaran a blanco, para que dejaran de palpitar, y clavé mis ojos en el jardín delantero de la casa. Llovía y la tarde estaba cayendo sobre la isla. Al alzar la vista hacia el prado de robles, sobre el puentecillo de madera, como la primera vez, la vi. Estaba allí. Julia, mi inspiración, mi musa.

Al instante, tiré el cigarro por la ventana, que no me preocupé en cerrar, me puse el batín sobre el pijama y salí corriendo de la habitación. Bajé a trompicones la escalera, montando un auténtico alboroto entre los traspiés y saltos que daba para descender más rápido, e hice caso omiso a las quejas de un par de criados que subían con mantas para preparar mi habitación de cara al invierno, cuando estas se les cayeron debido a mi impulsiva forma de bajar. Al paso me salió, casi al final de la escalinata, el señor Vilar y, al verlo, solo pude darle un obligado abrazo.

—Gracias, señor Vilar. ¡Muchas gracias! —le agradecí sin dejar de abrazarle.

—Pero, don Ricardo, ¿está bien? —me preguntó boquiabierto, pero sin deshacerse de mi abrazo—. ¿Por qué me da las gracias?

—La han encontrado y está bien, como usted dijo. —Le solté, le planté un buen beso en la mejilla, cosa que lo dejó sin duda descolocado, y salí corriendo del pazo camino del jardín—. ¡¡Gracias!! ¡Muchas gracias!

Tenía unas ganas terribles de hablar con Julia, de volverla a tener a mi lado.

—Pero, don Ricardo, espere. —Le oí decir a mi espalda—. ¿A dónde va?

Le ignoré por completo y seguí corriendo, a pesar de la lluvia, hacia mi destino.

—Don Ricardo, regrese —insistió—. Tenemos visita. ¡Vuelva!

Hice oídos sordos a su petición y proseguí mi camino. Cuando llegué al puente de madera, Julia me miró, sorprendida. Mi aspecto, debo decir, no era para menos. Estaba en pijama, zapatillas y batín. Nada elegante para un caballero. Fui a abrazarla, alegre y contento de volver a tenerla a mi lado, junto a mí, en mi isla, pero ella se apartó. Me quedé inmóvil, contrariado. ¿No se alegraba de verme? Yo daba saltos de alegría por haberla encontrado de nuevo.

—En la playa, ¿por qué no me ayudaste? —me preguntó de forma seca y ruda, mirándome directamente a los ojos y haciendo que me sintiera muy pequeño.

Culpable y cobarde.

Condenado y pávido.

Eso resonó en mi cabeza.

—¿Por qué no me ayudaste? —repitió dando un paso al frente, acercándose más a mí, y haciéndome retroceder.

—Es que yo…, yo… —No pude continuar.

Sentí un enorme nudo en el estómago y la culpa y la vergüenza me volvieron mudo. Subí una mano y con ternura le acaricié el rostro en un afán infantil para que perdonara mi cobardía y entendiera mis razones, si las había, para no haberla ayudado. Posé mi mano en su cara, con cariño, y ella se retiró con hosquedad. Estaba mojada, pálida y fría. Helada.

—¿Por qué? —insistió, dando, esta vez, un paso atrás, alejándose—. ¡Es importante!

No respondí. No sabía qué decir. Me hubiera gustado que las palabras inundaran mi boca de disculpas y justificaciones, pero no las había.

Ante mi silencio, echó a correr, susurrando algo muy quedo para que yo pudiera oírlo, algo sobre perdonar, sobre entender, sobre olvidar, y me dejó allí solo, en el puente del jardín, con la desolada compañía del reproche y la lluvia, que no daba reposo y quietud, sino desconcierto y anarquía. Vi cómo se alejaba de mí, de mi casa, y no fue hasta que la divisé cruzando la valla de la propiedad camino del Paraje del Ocaso, que reaccioné y la seguí. Por el rabillo del ojo reparé en que, a la entrada de la casa, estaba el señor Vilar haciéndome señas y llamándome. A su lado, un caballero de gran altura, rubio y de buen porte, contemplaba la escena, inmóvil, apoyado contra el quicio de la puerta, mientras se fumaba un cigarrillo. Al cabo de unos segundos, le hizo un gesto a Vilar para que dejara de llamarme y ambos entraron en la vivienda. Al momento me olvidé de ellos y solo me concentré en Julia.

La perseguí, gritando su nombre, pidiendo perdón a voces, sin obtener ni un gesto por su parte hasta que, cerca de la casona abandonada, la perdí un instante. Se había evaporado como las gotas de lluvia que no cesaban de caer. Una lluvia calmada pero continua que, como puñales afilados, se clavaba y hundía en mis huesos humedeciéndome el ánimo y llenando mi mente de intranquilidad. Busqué en los alrededores, caminé de un lado a otro sin resultado, hasta que, cuando ya me estaba dando por vencido, me pareció verla entrar en el antiguo faro de la isla. Apenas una presencia muda y sorda que quiso irrumpir en mi presente.

Me detuve en seco. No me gustaba aquel lugar. Golpeaba mi conciencia con recuerdos que revertían, sacudiendo mi razón, como los que habían llegado a mi mente esa misma mañana al despertar. Remembranzas que según brotaron deseché y relegué de nuevo al olvido. No tenía tiempo para ellas. Solo para alcanzar a Julia y suplicarle que me perdonara. Su indulto era muy importante para mí. Lo necesitaba.

La fachada de piedra gris oculta por el estuco y la cal de aquel edificio, con su impresionante fanal, había visto cómo la isla, poco a poco, lo había arrinconado. Sus servicios hacía años que ya no eran necesarios y se había quedado inútil como una simple sombra lechosa, desahuciada. El Faro del Amor. Allí estaba, frente a mí. Un faro que durante años fue un refugio secreto, el nido de un amor prohibido y clandestino y que hoy ya no es nada. En aquel lugar se amaron Antonio Mariño Feijóo, el farero, y la mujer del terrateniente que había mandado erigirlo junto con el pazo de San Jorge. Ella, doña Josefina Pillado Fariñas, hastiada de su vida conyugal, aburrida, sumisa y llena de melancolía y soledad, se había dejado llevar por la atracción que había sentido al conocer y tratar al farero. Era un hombre tan diferente a su marido... Fuerte, rudo y siempre íntegro y bueno. Su forma de ser, de hablar y de tratarla estaba tan alejada de los convencionalismos de su clase, de las reglas y maneras con las que siempre era servida, cuidada y adorada que, sin darse apenas cuenta, lo que empezó como un simple coqueteo, acabó en algo más. Acabó en amor. Se asemejaba, en cierto modo, a la historia que Vilar me había contado sobre él mismo, pero con un desenlace bien distinto.

Durante meses, las paredes canas de aquel faro fueron testigos mudos de confesiones a media luz, sonrisas y lágrimas, besos, pasión y deseo. Espectadores silentes del amor entre dos cuerpos enlazados que se movían al compás singular de su corazón y sus sentimientos, abandonando en el exterior al resto de mundo y olvidando por completo su condición. Dejando la vergüenza colgada de la puerta y sintiéndose solo espíritus libres. Y aquellos muros también habían sido testigos de algo que cambió de raíz el faro, la isla y la vida de sus habitantes; de cómo el destino había querido que el Faro del Amor mudara de nombre y lo reemplazara por Terror. Desde entonces, nunca más hubo hueco para un amor limpio y noble en él, y sí para otras cosas, oscuras y sombrías.

Una tarde lluviosa de abril de 1812, el terrateniente, don Ramón Rouco Buxán, que sospechaba por el comportamiento de su esposa que esta le podía estar siendo infiel, sigiloso y mudo, cuando su bella y delicada mujer partió de casa con la excusa de dar un pequeño paseo, la siguió. A cierta distancia, para no ser visto ni oído, como si estuviera acechando a una presa, caminó hasta el faro, donde contempló, entre la vergüenza y la pena, el odio y la furia, cómo su mujer llamaba y era recibida con pasión por el farero. Observó que este, al verla, la estrechaba con fuerza entre sus brazos y la besaba con deseo y fervor.

Henchido de cólera ante aquella afrenta y con la mente nublada por la traición, don Ramón regresó al pazo y cogió su fusil de caza. También un gran cuchillo que solía emplear para despedazar las piezas capturadas. De inmediato, regresó frenético y rabioso al faro. Con discreción y en silencio, entró y ascendió las escaleras acompañado por los sofocos y jadeos de los amantes que, ajenos a su porvenir, se dejaban llevar solo por el ardor y amor que les unía. Cuando puso el pie en el último peldaño, sin hablar, sin decir nada, con el rostro mudado en bestia, don Ramón levantó el fusil, apuntó y, sin piedad, disparó. Entonces, dos cuerpos cayeron y, sobre todos, una maldición.

A él, al farero, don Antonio Mariño Feijóo, el terrateniente lo arrastró escaleras abajo y, al abrigo de la lluvia y la tristeza de aquella tarde de abril, en la sucia tierra, con el cuchillo que llevaba, le arrancó el corazón. A ella, a su esposa, doña Josefina Pillado Fariñas, también la arrastró sin clemencia escaleras abajo, dejando que su sangre impregnara la madera de aquel faro que tanto horror estaba presenciando. La bajó hasta la tierra y, a pesar de todo lo que la había amado, la cogió de la cabeza y, sin pensárselo ni un instante, con precisión de cazador, le cortó la cabellera. Sus trenzas, su hermoso pelo, quedó teñido de infamia para siempre. Cogió el corazón del farero y la cabellera de su mujer, y los metió en una caja de zinc. Después, se fue al lugar más septentrional de la isla y se dejó caer a la orilla de un pequeño manantial de aguas claras y puras. Allí, entre suaves cánticos y versículos, unos hermosos ojos verdes se le aparecieron en el agua del arroyo y le prometieron perdón y absolución por el crimen que había cometido si enterraba la caja en aquel sitio. El terrateniente, cautivado por esos divinos ojos, accedió.

Mientras sepultaba los restos de la afrenta, los ojos del manantial vieron dudas y remordimientos en el hombre, pues cuando llegó el momento de cubrir por completo la caja, este dudó, así que las aguas del arroyo se enturbiaron y su dueña se alzó por completo en él, entre sombras y bruma. Parecía un ánima deslustrada, cadavérica y muy enojada en la que solo el verde de sus ojos permanecía intacto.

—Has hecho una promesa y debes cumplirla —le advirtió.

El terrateniente, sobrecogido como estaba por lo que había hecho, no respondió y se limitó a quedarse tirado en el suelo, sin terminar de enterrar la caja, mirando el infinito verde de aquellos ojos. Al no obtener respuesta, a voz en grito, para que sus palabras se pudieran oír con claridad hasta en el mismísimo infierno, la mujer lanzó una maldición sobre la isla y aquella perversa caja.

—Si alguien, alguna vez, encuentra esta caja y la abre, la mala fortuna será su eterna compañera y el infierno, solo el Averno, será su destino.

Luego, su voz se apagó, la bruma cesó de golpe y en un suspiro, apenas un soplo, volvió a meterse dentro del manantial. Cerró los ojos y desapareció. El terrateniente, aterrorizado por las palabras y amenazas de aquel espíritu, terminó de enterrar la caja, y junto a ella, bajo la lluvia y la niebla, pasó la noche sin más compañía que la pena, el dolor y la ira.

Al amanecer, cuando los primeros rayos de sol se filtraron entre las nubes y besaron su rostro, don Ramón reparó en sus manos cubiertas de sangre. Advirtió los restos del pecado cumplido entre sus dedos y, al mirar el manantial y recordar las palabras malditas del espectro de ojos verdes que lo habitaba, impulsado por la pena y por una suave voz que nacía de las aguas, corrió al faro, testigo mudo del crimen. Allí, en el frío y acuoso suelo, junto a la puerta de entrada, reposaban los cuerpos sin vida de su mujer y el amante.

Se arrodilló junto al cuerpo de su esposa cuyos ojos, exánimes, parecían escudriñar el cielo, como si suplicara, rezando. Asió sus manos, gélidas y amoratadas, y se las llevó al corazón roto y destruido que apaleaba su pecho. La angustia, el pecado y la vergüenza le asaltaron. Las lágrimas comenzaron a arrasar su rostro y, cautivo de la pena, cargó el cadáver y subió hasta el fanal. Aquel lugar lo envolvió con pujanza mientras sentía, a sus pies, el golpear de dos corazones desgarrados entre las tablas de la construcción. Don Ramón sintió con potencia las palpitaciones de ambos, al unísono, como si fueran presencias delatoras, fantasmas acusadores. Aquel latir de madera, al sacudir sus pies y su conciencia, le impulsó a pedir perdón. Pero era demasiado tarde, ya no existían para él, en este mundo, ni la clemencia ni la piedad, y quizá tampoco en el otro. Ciñó con fuerza el cuerpo inerte de su difunta esposa, la besó y, después, con ella en un eterno abrazo, se lanzó al mar.

Esta es una de las horribles historias que se narran sobre el Faro del Amor, donde yo estaba en aquel momento buscando a Julia. Donde no quería meterme y donde tiempo atrás había pasado muchas horas. No quería entrar, pero debía hacerlo, así que puse mi mano sobre el postigo de la puerta y empujé. No me costó. Siempre estaba abierta. Gimoteó; sin embargo, me dejó pasar.

A simple vista, no parecía haber nadie. Solo las escaleras de madera que llevaban a las estancias superiores. Apoyé mis manos temblorosas contra las rodillas, que me palpitaban. Había corrido en exceso desde el jardín de robles hasta llegar allí. Respiré hondo, intentando recomponerme y escuchando atento cualquier sonido que delatara la presencia de Julia. Permanecí en silencio un buen rato hasta que unos pasos sigilosos, pisadas como sístoles en el último tramo de escalera, lo rompieron. Eran pasos ligeros, pero cansados; pisadas melancólicas que ascendían como arrastrándose, posando su desaliento en cada peldaño, que crujían molestos bajo su peso.

Subí las escaleras, más rápido que aquellos pasos, para darles alcance. Más aprisa ascendí y llegué casi sin aliento al último trecho, donde las pisadas ya no se oían. Se habían callado. Continué hasta llegar a la habitación que daba paso a la linterna, donde la nada me recibió. Soledad y vacío. Escuché los pasos un piso más abajo. Retrocedí lo andado y descendí hasta el lugar del que parecía proceder el sonido. Al entrar en la estancia, un olor nauseabundo me recibió. Un escalofrío me recorrió, obligándome a mirar en todas direcciones. En el suelo, repartidos sin ningún tipo de orden, restos de comida repugnante y fétida enviciaban el ambiente.

También había un par de mantas mugrientas y un cenicero lleno de colillas. ¿Qué era todo aquello? Alguien había estado usando el faro como escondite. Entonces, a mí acudió, como un relámpago, la pavorosa imagen del hombre golpeando con odio a la mujer en la barca, el cuadro de sus terribles manos levantando el remo. Vi su rostro. Lo advertí frío, monstruoso, con una risa torcida y malvada y unos ojos azules fríos como el hielo. Puro mal.

Con el batín bien atado, me apreté el estómago, revuelto por aquella imagen espantosa, mientras mi mente volaba lejos, hasta acabar posada en los cálidos ojos verdes de mi musa.

—Julia —llamé entre susurros—. Julia.

Me había parecido que entraba corriendo en el faro, pero ya no estaba seguro. ¿Y si a quien había visto era al hombre de la barca, que se escondía allí? ¿Habitaba aquel canalla mi isla sin permiso? Tenía demasiadas preguntas en la cabeza, brincando de un lado a otro sin control. ¿Y Julia? ¿Dónde estaba?

9

Miedo. Eso fue lo que sentí en el faro aquella tarde lluviosa de octubre de 1936, en la que el viento soplaba con fuerza farfullando canciones de desamor. ¿Por qué se empeñaban todos, hasta mi isla, en hablar de los pecados del amor? ¿De sus faltas y vicios?

El ambiente de aquella habitación estaba corrompido por los restos de comida y suciedad, y el polvo y la porquería lo cubría todo. Era inmundo y hacía que la estancia, pequeña de por sí, apenas iluminada por la luz que entraba a través de un par de tragaluces, lo pareciera aún más. Recorrí el espacio buscando a Julia. De un lado a otro, escudriñando cada rincón. Algo absurdo, por otra parte, porque de un solo vistazo ya se examinaba entero. No había escondrijo posible salvo un único sitio donde Julia, si estaba allí, que ya no lo tenía claro, podría haberse refugiado. En el fondo del cuarto había una puerta de metal, vieja y oxidada, que daba a otra estancia.

Volví sobre mis pasos y me acerqué a una antigua mesa de madera que allí quedaba. Sobre ella dormía un farol que pude encender para llevarlo conmigo, me ayudaría a ver mejor. Entonces me fijé en que, encima del mueble rancio y carcomido, había un tintero, varios pliegos de papel y un plumín. Me acerqué con cautela y con cierta curiosidad. Los tablones del suelo crujieron disgustados bajo mi andar y mi peso. No es que yo sea un hombre de gran tamaño, más bien lo contrario, siempre me he caracterizado por mi figura pequeña y larguirucha que, además, gracias a mis debilidades de años, me había transformado en poco más que un sombreado. Era más bien por causa de la carcoma, una auténtica tirana que convertía cada paso que uno daba en inestable y movedizo. La tinta del frasco estaba algo reseca; sin embargo, aún se podía usar. El papel lucía de arriba abajo garabateado con palabras sin sentido. Términos sueltos e inconexos que dibujaban un laberinto de frases confusas y extrañas. Centré los ojos en esas palabras, intranquilo. ¿Quién había estado allí, escribiendo? ¿El hombre de la barca? ¿Quién, si no? Revolví los papeles buscando en ellos algún significado, algún sentido, pero todas las hojas eran igual de caóticas e incoherentes. Garabatos y tachones. Palabras sueltas y vagas sin un aparente vínculo que las uniera.

Un crujido, a mi espalda, hizo que el corazón se me acelerara llevándome al borde del infarto y que, de forma automática, quisiera gritar. No llegué a hacerlo porque el lamento se perdió en mi garganta, se asfixió en ella. El estremecimiento que sentí, en cambio, no se ahogó y continuó viajando por mi cuerpo. Aún hoy puedo recordarlo. Gélido, grotesco, horrible. Me hizo palidecer y encorvarme, temeroso de lo que podía encontrar si me giraba. Un nuevo chirrido, más cercano, me obligó a volverme y lo hice, por el miedo, con los ojos cerrados. Me volví y me quedé quieto, como una estatua, mientras las maderas del viejo faro chasqueaban a mi alrededor. Inmóvil como un muerto, aterrorizado, percibí un aliento crudo que me rozaba la cara.

—¿Por qué no me ayudaste?

El corazón se quiso detener, otra vez. Dejar de latir. Eran las palabras de Julia en otra voz. Distinta, masculina y fuerte. Temí abrir los ojos. Deseaba que mis párpados estuvieran cosidos, cerrados para siempre. Quería regresar a la inconsciencia que me proporcionaban mis queridas amantes y a la despreocupación de tan solo unos meses atrás, cuando desde la tranquilidad de mi casa en Baiona, había decidido, tonto de mí, regresar a mi isla. Me arrepentí sobremanera de no haber escuchado los sabios consejos de mi madre, que me pidió que me quedara a su lado. Y de no haber atendido a los ruegos de Vilar que me había pedido, cuando me encontró en la playa de Los Náufragos, que regresara a Baiona. Me lamenté de todo ello, y de no haber podido ayudar a Julia. No la ayudé. No lo hice.

—¿Por qué no me ayudaste?

La pregunta se repitió, más cerca. Casi podía sentir cómo rebotaba cada palabra escarchada en mi cara. Quería mantener los ojos cerrados, pero la repetición, áspera y llena de reproches, no me dejó, y con un temor espantoso recorriendo mi cuerpo, tiritando como si estuviera desnudo en plena nevada, los abrí. Las lágrimas, ocultas tras ellos, brotaron, acompañando a un sudor frío y atroz que humedecía mi frente. No sé qué pensaba encontrar, pero, desde luego, no lo que hallé: frente a mí, solo había aire. Nada más. Solo aire.

Sentí alivio, debo reconocer. Un alivio inmenso que duró muy poco. Apenas los segundos que tardé en darme cuenta de que la voz que me había aterrorizado se colaba por la puerta de metal que justo en ese momento se cerraba con sigilo acompañada de una fina mano de hombre. Retrocedí, sobrecogido, hasta darme contra la rancia mesa de madera, tirar todo lo que sobre ella reposaba y cubrir el suelo y mis pies de tinta y papeles.

Estaba muerto de miedo. Caí al suelo, sollozando como un bebé. Me habría gustado salir corriendo, escapar del faro, pero unas voces procedentes de la parte de abajo del edificio me hicieron meterme debajo de la mesa como un cobarde. Las voces, varias, altas, gritaban mi nombre, pero yo, espantado como estaba ante lo que acababa de vivir, no las reconocí. No distinguí la fiel voz del señor Vilar ni la de otros criados que, acompañados del hombre rubio que había visto esa mañana, subían apresurados las primitivas y deterioradas escaleras de la construcción en mi busca. No los reconocí, y a mi alrededor, en la penumbra de la pequeña habitación, bajo la mesa, rodeado por el olor de la tinta derramada, sus voces se confundieron en mi cabeza con otras terroríficas. Horribles llantos de otra realidad que emergían de los papeles dispersados sin orden por el suelo, y con la risa vil e infame que nacía tras la puerta de metal.

10

Por segunda vez en horas, desperté solo en mi alcoba, con la única compañía del fuego —más vivo que por la mañana—, la ventana y las cortinas cerradas, mi primera novela abierta sobre la mesita y la soledad. Me desperté cansado, aturdido y nervioso, muy nervioso. ¿Era real lo que recordaba? ¿De verdad lo era? Claro que sí. No se puede imaginar cosa semejante por mucho que uno sea escritor y viva en ocasiones sumergido en sus mundos inventados. Algo así no se puede concebir. Los sentimientos, el miedo o la desazón que yo sentí aquella tarde de otoño no pueden ser tan vivos si solo son palabras. Las palabras no pueden hacer eso, ¿verdad?

Mis reflexiones se vieron interrumpidas por unos golpes en la puerta que me hicieron abandonar la pesadilla vivida en el faro y volver a la oscuridad de mi habitación.

—Adelante —accedí, aunque en realidad no me apetecía estar con nadie. Ni siquiera con Julia.

Necesitaba estar solo. Pensar. Aclarar mis ideas. Racionalizar lo visto y oído, y entender el comportamiento de mi musa. Era justa al enfadarse conmigo por no haberla ayudado en el mar, pero no tenía sentido tanto enojo. ¿Y su huida? ¿Su forma de salir corriendo? Eso tampoco tenía razón de ser. Le había pedido perdón. ¿Qué más quería de mí? Apenas la conocía. No podía ofenderse así conmigo. No tenía derecho. Pero lo curioso era que, por más que quería pensar en ella como en una desconocida, como en una mujer más, no podía. Y debo ya, a estas alturas, reconocer que sí, que Vilar tenía razón. Amaba a Julia. No sabía si era solo un enamoramiento pasajero gracias al bien que me hacía su compañía, aunque me temía que no. Era algo más, quizá amor de verdad, y por eso me daba pánico perderla. No podía olvidarla, como me pedía Vilar, y tampoco alejarla. No podía gobernar ese amor que sentía, aunque intuyera que me haría daño.

—Don Ricardo, he oído que se levantaba. ¿Está mejor? —me preguntó, desde el umbral de la puerta, el señor Vilar, que era quien había llamado.

Asentí. Conociéndole, seguro que había estado vigilando la habitación. Quise preguntarle por Julia, pues a pesar de intentar pensar en ella como en una extraña, estaba grabada a fuego en mi cabeza y en mi corazón. Quise preguntar, pero no pude hacerlo. Vilar se me adelantó.

—No sé dónde está la mujer, señor. Yo no lo sé —me indicó—, pero eso no es ahora importante. —Hablaba como si fuera capaz de leer mis pensamientos. Lo contemplé y sentí vergüenza. ¿Eran mis reflexiones tan cristalinas como para que Vilar pudiera responder a mis preguntas antes de formularlas? ¿Era yo tan predecible? No me gustó la idea—. Ahora lo primordial es otra cosa. Debe levantarse y vestirse. Debe bajar al salón.

—Pero me pareció verla entrar en el faro y después, allí dentro, había alguien más. Lo que vi… ¡¡fue terrible!! —Me escuchaba sin pestañear, atento a mis palabras, pero se le distinguía la urgencia en la mirada. Tenía prisa—. Cuando llegaron y me encontraron tuvieron que verlo. ¿Vieron…? —Tampoco pude terminar de formular aquella pregunta.

—En el faro no había nadie, señor. Solo usted. —Se acercó a la cama y apartó las mantas y las sábanas invitándome sin remedio a incorporarme—. Nadie más.

Me levanté sintiendo mi cuerpo como un peso muerto. Estaba, en verdad, agotado. Contemplé a mi querido mayordomo durante un instante mientras se acercaba a la ventana y descorría las cortinas. La noche ya había llegado y la luna intentaba batallar con las enormes nubes que cubrían el cielo de la isla. Esa noche no había niebla, por el momento, pero la oscuridad era casi total.

—Tenemos visita, señor —me explicó volviéndose hacia uno de los armarios del cuarto—, así que será mejor que se prepare y baje al salón.

Del ropero sacó un traje limpio de color gris oscuro y una camisa blanca, impoluta y reluciente. Lo colocó todo junto a una muda nueva sobre un diván que había cerca de la ventana. A los pies del sofá, descansaban ya unos zapatos pulcros y brillantes.

—Pero en el faro vi a un hombre —insistí. Era imposible que no lo hubieran visto.

—No había nadie, señor —me reiteró.

—Pero eso no es posible. ¡Yo lo vi! ¡Estaba allí! —«¿Cómo pueden no haberlo visto?», me repetía una y otra vez—. Se escondió en la habitación pequeña del fondo, tras la puerta de metal.

Vilar negaba con la cabeza y seguía solo pendiente de mi ropa.

—¡Pero si hasta me habló!

—¿Que le habló? —Dejó de colocar mi indumentaria y se giró hacia mí—. ¿Cómo que le habló?

—Sí, Vilar, sí. Me habló. Pude sentir su aliento. Estaba allí, lo sé, y me hizo una pregunta.

—¿Qué le preguntó? —Se estrujaba las manos, nervioso, mirándome de hito en hito.

—Eso da igual. —No quería revelarle lo que me había preguntado. Me daba vergüenza.

—¿Qué le preguntó, señor? —insistió, acercándose y poniendo su mano en mi hombro. Se estaba convirtiendo en una costumbre.

—Le he dicho que eso da igual, porque después, cuando fui a enfrentarme a él, ya se había ido. Se había metido en la habitación pequeña del fondo.

No era del todo cierto que me fuera a enfrentar a él, pero no quería parecer más débil de lo que, yo sabía, ya pensaba Vilar que era.

—Eso, lo siento, señor, pero no es posible. Esa habitación está siempre cerrada. No hay llave para ella. —Reparé en cómo se tocaba de forma nerviosa el manojo que llevaba colgado en el cinturón. No le presté mayor atención, la verdad, aunque intuí que allí, entre todas las llaves que guardaba mi querido mayordomo, había una que sí abría y cerraba aquella puerta del faro—. En esa habitación no hay nada, señor. Es una habitación olvidada. Eso es todo.

—Como quiera, no voy a discutir con usted, pero sé lo que vi y lo que oí. —Estaba enfadado y frustrado. No sabía dónde estaba Julia y tampoco ese miserable que yo sí había visto.

—No se preocupe más, señor. Ese hombre se ha ido. Seguro.

—Ido, claro. —La cabeza me iba a estallar de tanto darle vueltas. Las palabras de Vilar me hacían dudar—. ¿Y cómo lo sabe?

—Porque no había nadie allí, señor. Ese hombre del que habla no estaba. Yo también sé lo que vi, y solo le vi a usted —insistió—. Allí no había nadie más.

Nadie. Vilar nunca mentía. Entonces, ¿por qué no lo habían visto? ¿Por qué? ¿Se habría escabullido de algún modo y cuando Vilar y los demás llegaron, escapó? Podía ser, pero ¿y si regresaba?

—Olvídese de él, señor. Aquí —y señaló el pazo— estamos seguros y a salvo. Además, tenemos visita —repitió señalando a la ropa del diván—. Debe vestirse y bajar porque esta visita puede serle muy útil. Puede hablar con él de ese hombre y de la señorita…

—Visita —le interrumpí obviando lo que me estaba diciendo. No quería visitas. No quería ver a nadie—. ¡Vaya día para visitas!

—Lo entiendo, señor, pero debe bajar a atenderla. Es importante.

Visita, ¿de quién?, pensé, y caí en la cuenta, de inmediato, en el caballero rubio y alto que había visto a la entrada de la casa cuando Julia salió huyendo de mí; o de lo que fuera que huyera, porque no me terminaba de creer que quisiera escapar de mí.

—¿Y qué quiere? —quise saber mientras obedecía las indicaciones de Vilar y me vestía.

—Como le decía antes, ha venido desde Baiona a hablar con usted, señor. Para ayudarle —me aclaró—. Lo ha enviado su madre.

—¿Mi madre? —suspiré. Mi madre, ¿cómo no?

—Ella ya ha sufrido mucho, señor, y está preocupada por usted. Todos lo estamos.

La preocupación parecía ser algo contagioso. No deberían de haber estado preocupados por mí, sino por ese canalla que visitaba mi isla sin permiso. Tenía que ser así después de lo ocurrido en el faro. Yo pensé que, tras lo de la playa de Los Náufragos, se había marchado, pero estaba claro que no. O preocupados por Julia, de la que no sabíamos su paradero. Eso sí era alarmante y no mi persona. Yo estaba bien. Cansado y algo conturbado tras lo vivido, pero en perfecto estado.

—Su madre cree que será bueno que se entreviste con él —me confesó a la par que me ayudaba a abrocharme la camisa—. Estos días, y ya son muchos, está usted alterado, confuso… —vaciló y no terminó aquella frase que nos hubiera ahorrado, ahora lo sé, muchos quebrantos—. Yo no soy el indicado, señor.

Debería haberle obligado a terminar las frases y también debería haber escuchado lo que me quería decir en realidad, pero no lo hice. Desdeñar y no entender lo que se me decía, esconderme tras mi frágil memoria, era algo en lo que me había vuelto un experto, sobre todo porque me convenía. Por necesidad o por negligencia, lo hacía de forma constante.

—En las cartas que le ha escrito a su madre dejaba ver esa confusión —prosiguió—. Y luego está lo de la joven. Ya se lo he explicado. Lo he intentado. No puede hacer eso. No puede estar con ella...

—¿Las cartas? —le interrumpí.

Salí corriendo sin terminar de atarme la camisa, en calcetines, escaleras abajo camino de mi despacho. Abrí la puerta y me precipité hacia mi escritorio. Sobre él, como yo las había dejado, sesteaban las páginas de mi nueva historia. A su lado, un cenicero, restos de ceniza y colillas aplastadas, el tintero y el plumín. Cerca, para mi vergüenza, los restos de la botella de absenta que días atrás me había envuelto en la inconsciencia y una cajita de madera cerrada que esperaba nadie hubiera abierto. Y más allá, en la bandeja donde depositaba las misivas que escribía a mi madre, no había nada. Estaba vacía. El señor Vilar, tras de mí, en la puerta, me contemplaba con tristeza. Me volví, enfadado. Estaba harto de su mirada y de que se hicieran las cosas sin consultarme. ¿Quién le había dado permiso para remitir las cartas a mi madre? ¿Y si yo no quería enviarlas aún? ¿Y si quería revisarlas?

—¿Dónde están las cartas?

—Se las llevó el barco hace días, señor.

—¿Qué barco? —No recordaba ninguno.

—Usted ha estado en cama, señor, enfermo, y por eso no se ha dado cuenta —me aclaró—. Desde su desmayo han venido dos. Uno se llevó las cuatro cartas que usted tenía preparadas para su madre, y el otro ha llegado esta mañana con las provisiones y con don Miguel, Miguel Castelao, la visita, que le espera en el salón principal.

Miguel Castelao. Así que así se llamaba el individuo que había venido a mi isla por petición de mi madre para departir conmigo, mas no era eso lo que había llamado mi atención de las palabras de Vilar.

—¿Cuatro? —Yo solo recordaba haber escrito tres, aunque si bien era cierto que no membrar que hubiera una cuarta no significaba que no existiera, sobre todo teniendo en cuenta cómo había pasado las últimas noches. Las sustancias que me habían acompañado no son buenas consortes si lo que uno quiere es abrigar claridad.

—Sí, señor, cuatro cartas. Todas dirigidas a su madre.

—Cuatro —susurré, y entonces, como una iluminación, vino a mí la primera noche que había pasado sin Julia tras lo acaecido en la playa de Los Náufragos. Esa noche, entre bruma y oscuridad, empujadas por el alcohol y el amor anestésico de la aguja, mis manos se movieron sobre el papel intentando alejar mis aprensiones sin éxito y también, ahí estaba la explicación, escribiendo una carta a mi madre. El pulso se me aceleró. ¿Había hecho el miedo y la culpa que mi pluma comentara más de la cuenta? ¿Qué le había narrado en esa cuarta misiva?

—Don Ricardo, debería terminar de vestirse e ir al salón. Don Miguel le espera y será bueno que charle con él.

—Me tomó del brazo, como si yo fuera un lisiado, y me condujo al pasillo—. Ya lo verá. Será bueno.

—¿Bueno? ¿Por qué?

—Pues porque nos va a ayudar. —Y soltó mi brazo y me señaló la puerta que daba al salón principal—. Le ayudará con lo de la señorita y también, ya verá, con lo del hombre que visita la isla.

Suspiré para mis adentros. Ojalá Vilar tuviera razón y ese Castelao, ese invitado inesperado e incómodo, pudiera servir para atrapar a ese canalla del faro y hacer que Julia se quedara siempre a mi lado.

11

Desde que Julia apareciera, dos fueron los barcos de provisiones que llegaron a la isla. Dos barcos en los que las cartas a mi madre habían alcanzado su destino sin yo saberlo, y habían traído, como respuesta, a ese tal Miguel Castelao que, en aquel momento, frente a la chimenea de mi salón, me escudriñaba sin disimulo y con curiosidad. Al abrigo del fuego, el hombre se presentó como investigador privado, contratado por mi protectora madre, cosa que me dejó descolocado. ¿Qué pintaba un detective en mi isla? ¿Qué le había contado mi madre? Me hubiera gustado sacarme el cerebro y estrujarlo hasta que me procurara respuestas, aunque seguro que solo extraería absenta. Era tan difícil a veces ser yo. Las dos primeras cartas no me preocupaban. Eran epístolas sin importancia que escribí antes de que Julia llenara mi vida de luz. De la tercera, estaba seguro de que había borrado la parte en la que pedía ayuda para saber quién era Julia, pero del resto, lo que fuera que hubiera escrito en la cuarta, no lograba acordarme.

Me acomodé en un sillón orejero que tenía colocado cerca del hogar y observé a aquel hombre sombrío y silencioso. Sin duda, en lo que escribí tuve que haber comentado algo sobre el miserable personaje del bote y lo que había visto en la playa de Los Náufragos. Por eso él estaba en mi isla. ¿Qué otra cosa, si no, le habría llevado hasta allí? Era la explicación más lógica. Lo leído debía de ser demasiado horrible como para haberlo obviado y suficiente motivo para mandar a un investigador. Además, con la guerra en plena ebullición, la policía no era una alternativa. Estaban a otras cosas.

Por fin, tras unos minutos que me parecieron siglos, el hombre se acercó a mí, me ofreció un cigarrillo, que acepté de buen grado, y se decidió a hablarme. Bueno, en realidad se decidió a interrogarme, así lo sentí. Comenzó a indagar sobre la llegada de Julia, cuándo la había visto por primera vez, si sabía dónde estaba, si se había ido, definitivamente o, en el caso contrario, si yo tenía alguna idea de la razón que la mantenía en la isla. Cuestiones que dirigían su investigación muy lejos de lo que, según mi criterio, tendría que haber ido a investigar. Lejos del tipo de la barca y sus horribles actos. Lejos de lo vivido en la playa y en el faro. Respondí con recelo a todas sus preguntas hasta que una de ellas, no sé exactamente por qué, me resultó extraña.

—¿Qué estaba haciendo justo antes de encontrar a Julia por primera vez?

—¿Cómo dice? —No salía de mi asombro. ¿Qué tenía eso que ver con nada?

—¿Dónde estaba? —insistió.

—Pues en el desván —recordé—. Había estado buscando inspiración.

—¿Y la halló?

—Pues no sabría decirle —titubeé—. Creo que no. La inspiración vino después.

—Con la aparición de Julia, ¿verdad?

—Así es. Creo.

—Y dígame, ¿cómo es Julia?

Silencio. No entendía sus intenciones, no sabía a dónde quería llegar. ¿De qué modo podía ayudarme eso? Vilar me había dicho que aquel hombre enviado por mi madre venía a ayudarme, pero no entendía, no concebía cómo lo iba hacer con semejantes preguntas.

—¿Podría describírmela? —me pidió—. Yo no he podido verla aún, y solo conozco los detalles que le facilitó a su madre por carta, como el color de sus ojos o su pelo; lo finas que tiene las manos y lo frías, también.

Al oír aquello, el humo del cigarro que el hombre me había dado, al que ya no le quedaban ni un par de caladas, se me fue por mal sitio y la tos inundó mi garganta. ¿Todo eso le había contado de verdad a mi madre?

—También le describió el vestido que llevaba cuando la encontró, los guantes, el colgante y apuntes similares —continuó Castelao tirando su pitillo al fuego y sacando uno nuevo de una cajetilla arrugada que llevaba en el pantalón—. Su mayordomo me ha descrito igualmente el atuendo, pero me gustaría que usted lo hiciera también, si no es molestia.

Tragué saliva. Realmente, le había referido a mi madre más cosas de las que creía. Sí, le había hablado de Julia y su aparición, y de cómo me había inspirado para volver a escribir, e incluso de lo bella que era o del color de sus ojos, que me parecían maravillosos, pero no recordaba, no podía recordar por más que lo intentase, habérsela descrito más al detalle o haberle dicho nada de su indumentaria.

—Dígame, ¿cómo es? —repitió encendiendo su cigarro y ofreciéndome otro a mí, que rechacé—. ¿Cómo es?

Ante su insistencia, me vi obligado a responder. Además, en el fondo, para ser sinceros, no me importaba describir a Julia. Era tan guapa y me hacía tanto bien que podía estar hablando de ella durante horas sin cansarme. ¿Quién no quiere hablar de la belleza? Hasta ese momento no lo había podido hacer ya que, en cuanto la mencionaba, los criados, aliados con cualquier excusa, se ausentaban, y Vilar se dedicaba a santurronearme. Ya sabía su opinión. Ya habíamos hablado del amor en su versión más cruel y perversa.

—Es muy hermosa, dulce y brillante —comencé a explicar. Las palabras salían con agilidad de mi boca. Me sentía cual poeta retratando a un ángel de grandes alas blancas. Y es que hablar de Julia era como recitar—. Es alta y esbelta, grácil, y tiene unos ojos verdes inmensos donde uno podría perderse. Unos ojos mágicos en los que la luz no se posa, sino que nace. Su pelo negro, largo y lustroso, contrasta sobremanera con ellos, haciéndolos más esmeralda, y tiene una sonrisa tan bonita… Una sonrisa en la que cualquiera puede encontrar cobijo.

—Habla de su sonrisa, ¿la ha visto sonreír? —me interrumpió.

—Por supuesto —aseguré de inmediato, pero un extraño temblor visitó mi cuerpo. ¿Acaso no estaba seguro?

A mi mente acudieron miles de imágenes de sonrisas. Bocas suntuosas que se declaraban. Risas cargadas de carmín. Algunas lascivas, otras inocentes. Muecas nerviosas acompañadas de ojos que no eran verdes. Risas en burdeles y camas de serrallo. Sonrisas que ocultaban soledad y buscaban refugio en los brazos de hombres como yo, hombres necesitados de amor y cargados de pecados.

—Sus ojos, su sonrisa, su pelo, su figura —comenzó a enumerar—. Parece muy bella.

—Es un ser extraordinario.

—¿Un ser extraordinario?

—Sí —aseveré—. Extraordinario.

El detective tiró el resto del emboquillado al fuego, que lo consumió en segundos, y se puso a pasear por la habitación, mirando aquí y allí, como un vagabundo que no tiene un hogar al que regresar. A la postre, posó sus manos sobre el anaquel de la chimenea, mostrando unas manos finas y precisas, y repitió varias veces en voz baja mi descripción de Julia.

—Extraordinario —concluyó—. ¿Un ser extraordinario?

Asentí. Claro que lo era. Eso y más.

—Es una forma curiosa de describir a una mujer, ¿no le parece? —Pero no me dejó responder—. Habla de ella como si fuera un ente, un ser divino, algo alejado de la realidad. Como si Julia fuera, cómo le diría yo, incorpórea.

—¿Incorpórea? No entiendo lo que quiere decir.

—Ya sé que no me entiende. Lo veo en su mirada, y en sus gestos, pero… —Y dejó el fogón y la frase en el aire para acercarse a mí—. ¿Le resulta familiar Julia?

—¿Cómo dice?

Ante esa consulta, que se me antojó muy incómoda, me quedé callado. Las afirmaciones o suposiciones de aquel hombre parecían esconder intenciones diferentes a las de ayudarme. No tenía nada que ocultar, pero tampoco estaba dispuesto a dejar que un extraño me investigara de ese modo por mucho que viniera en nombre de mi madre. Me sentía como si fuera sospechoso de vete tú a saber qué. Como si todo lo que dijera estuviera siendo examinado con lupa.

—¿Le resulta familiar Julia? —insistió—. ¿Cree que puede haberla visto antes?

Silencio. Tras repetir la pregunta tres veces más, tres, me cansé, me levanté del sillón y, con cierto enojo y arrebato, he de decir, le espeté la respuesta casi escupiéndosela a la cara.

—¡No! —respondí airado—. No la he visto antes.

—¿Está seguro? —presionó.

—Me acordaría, ¿no cree?

—Bueno, usted y yo sabemos que eso no es del todo cierto. —Sacó un nuevo cigarro y lo encendió. Fumaba como un carretero—. Hubo un tiempo en el que los excesos y… bueno, otras cosas, le llevaron a olvidar.

Me quedé pasmado. ¿Cuánto sabía aquel hombre de mí y de mi vida? Mi madre, pensé, y Vilar, por supuesto. Seguro que habían sido ellos quienes le habían dado la información. ¡Por Dios bendito! Estaba rodeado de chivatos.

—No es que a mí esa parte de su vida me importe. Ya no —prosiguió—, y no estoy aquí por eso. Es pasado. Eso se lo dejo a su memoria y a su conciencia, y a Dios, si cree en él.

¿Dios? ¿Qué pintaba Dios en aquella habitación? O en mi isla. Dios estaría a otras cosas más importantes. Muchas peticiones y demandas le tenían que estar llegando en esas fechas en las que, seguro, las penas, el perdón y la culpa eran el pan nuestro de cada día en una España negra cubierta de carmesí. Dios, la conciencia y mi memoria. Una combinación muy singular.

—No se ofenda, don Ricardo —rogó, ante mi cara de irritación—. Mi intención es ayudarle.

—¡Ayudarme! —gruñí—. Ayudarme, dice...

—Sí, ayudarle. Para eso estoy aquí.

—¿Y no cree que sería más útil si me preguntara sobre el hombre del faro? ¿Sobre ese canalla que anda por mi isla matando mujeres? —le grité, harto como estaba de sus sandeces.

—Mujeres, dice. ¿En plural? ¿Ha matado a más de una?

—¡Sí! ¡Creo que sí! —Él parecía saberlo—. Ese hombre horrible y monstruoso que vi en la playa de Los Náufragos, y después en el faro, mata mujeres. En el faro se metió en...

—En el faro no había nadie —me apuntó, obligándome a callar—. Estuve allí con su mayordomo y otros criados y solo estaba usted. Solo usted, pero, de todas formas, eso no es mi prioridad.

—¿Que no es su prioridad? —Me estaba empezando a poner de muy mal humor. ¿Qué clase de investigador privado era aquel? ¿A quién había enviado mi madre? Parecía más un charlatán sacacuartos que un verdadero detective—. Descubrir quién es ese hombre y por qué está aquí debería ser su prioridad. ¡La de todos!

—No, no lo es —objetó, y clavó sus ojos ambarinos en las ascuas, cada vez más mortecinas, de la chimenea. Se extinguían, como lo hacía el día—. Vilar me contó lo de la playa de Los Náufragos, pero yo no me inquietaría por eso.

Se sentó en uno de los sillones orejeros cerca del hogar. Yo estaba enfadado, intranquilo e inquieto, pero a él se le veía relajado.

—Ese hombre, quizá, con un poco de suerte, ya no regrese más —continuó—. Tal vez lo que usted vio fue excepcional y no se repita ni aquí ni en ninguna otra parte. Lo más probable es que, tal y como vino, se haya ido.

—Pero ¿y si vuelve? ¿Y si nunca se ha ido? —El sentido común me decía que esa era una posibilidad a tener muy en cuenta—. ¿Y si todavía sigue en la isla?

El silencio tras mi pregunta fue eterno, así me lo pareció. Eterno y pesado. Se podía cortar. El visitante inesperado se había quedado mudo, como la isla, donde no se oía nada. Ni siquiera la respiración de la niebla o el viento. Ni siquiera el aliento del mar que nos rodeaba.

—¿Y si no se ha marchado? —insistí.

Al fin respondió, masticando las palabras, sopesando su respuesta.

—¿Usted cree que sigue aquí?

Entonces el que se quedó mudo fui yo. ¿Qué réplica era esa? No entendía sus respuestas ni sus preguntas, ni la conversación ni sus intenciones. No comprendía nada. Pues claro que sospechaba que el hombre podía estar en la isla. Ya eran dos las veces que lo había visto. Dos veces en días distintos, por lo que, si no la moraba escondido en algún fusco escondrijo, la visitaba para cometer en ella las más atroces infamias. Actos crueles cargados de maldad.

El silencio que nos envolvió tras la contestación extravagante de Castelao fue cargante y molesto. Era como si una pesada túnica se desplegara a nuestro alrededor cubriéndolo todo con su mudez. Solo el reloj de pared del comedor, que arrastraba los segundos como lamentos, indiferente a mis pensamientos y recelos, y a lo que Castelao pudiera rumiar, lo rompía con su tictac. Un sonido que anticipaba la llegada de un desenlace que yo jamás, ni en mis mejores momentos como escritor, podía siquiera concebir.

—Ese hombre no es mi prioridad —remachó, quebrando, por fin, el silencio—. No estoy aquí por eso.

Aunque no me gustaba, agradecí que sus palabras rompieran el mutismo reinante para dejar así de oír los lamentos del tictac cansino del reloj.

—Entonces, si su prioridad no es encontrar a ese malnacido, ¿cuál es?

—Mi prioridad es ayudarle —dijo entonces—. Ayudarle a usted.

—Eso ya lo ha dicho, pero ¿ayudarme a qué?

—A saber, por ejemplo, quién es Julia.

Un temblor irracional recorrió mi nuca ante su respuesta. Yo ya sabía quién era Julia. Era mi invitada, mi amiga, mi inspiración, mi musa y, ojalá, mi amor. No necesitaba saber nada más. ¿Para qué saber más? Cuando uno hurga demasiado y sin permiso en la vida de los otros, descubre muchas veces que lo que parece, no es. Lo sé por experiencia. Mejor conocer lo justo y necesario, como en mi caso. No necesitaba más.

Me acerqué a los grandes ventanales del salón y fijé la mirada en el jardín de robles, en la pasarela de madera donde por primera vez la había visto. La lluvia había dejado de caer y la luna, triste y apagada, se empeñaba en dar luz a aquel lugar sin mucho éxito. No era fácil batallar contra la penumbra de mi isla, tan presuntuosa y arrogante. Entonces, un pequeño rayo, nimio y párvulo, se posó en el puente. Fue un segundo, un suspiro, solo un fulgor, pero suficiente para darme cuenta de que por el viaducto, como una estrella fugaz, una sombra cruzaba camino de la casa. Agucé la vista, inquieto. ¿Quién era la sombra? Y entonces la vi de nuevo: era Julia, que volvía. Regresaba a mí.

Me alejé de la ventana y me dirigí a la puerta del salón. Mi invitado se levantó ansioso, como el cazador que ve cómo escapa su presa, y me cogió del brazo.

—¿A dónde va? No hemos acabado.

—¡Sí que hemos acabado! —Y me solté de un tirón.

—¡Pero aún tengo una pregunta más que hacerle!

Ya no le escuché más. Abrí la puerta y salí resuelto al pasillo principal. Sentí la mirada de asombro de Vilar, que estaba plantado prácticamente delante, y advertí que la puerta de la habitación de Julia, en el piso de arriba, se abría. Mi corazón palpitó alegre y, por un instante, me sentí el hombre más feliz del mundo. Julia había vuelto a mi lado. Había regresado conmigo. Me apresuré a subir las escaleras a toda prisa mientras Vilar entraba en el salón a hablar con Castelao. No les presté mayor atención. Al día siguiente ya tendría tiempo de conversar con ellos, seguro, porque sospechaba que no me iban a dejar en paz. Lo primordial, además, no eran ellos, sino que Julia había reaparecido. Eso era lo que importaba y no lo que un mayordomo venido a más y un detective de medio pelo parlotearan sobre mí, Julia o el vil asesino del faro, si es que se dignaban a departir sobre él, porque al parecer eso era algo que solo me interesaba a mí.

Me olvidé de ellos, subí corriendo las escaleras y llegué al cuarto de Julia. La puerta estaba entreabierta y, con sigilo, me asomé. No la vi, aunque sobre la cama estaba su ropa. Mi corazón dio otro vuelco de alegría: efectivamente, Julia estaba allí, en mi casa, en mi isla, en mi vida.

Era muy tarde y, a pesar de que me habría encantado abrazarla, no era el momento de ir a su encuentro. No quería importunarla, debía dejarla descansar, así que me di la vuelta y, sin hacer ruido, enfundado en una especie de velo de esperanza, me escabullí escaleras abajo camino de mi despacho. Me metí en él, cerré la puerta con llave y, por primera vez en años, sin la ayuda de la bebida ni de ninguna otra sustancia, me senté frente al escritorio, y solo con el recuerdo de los ojos de Julia, e imaginando o quizá recordando su sonrisa, me puse a escribir.

12

A la mañana siguiente, cuando la luz alicaída de la alborada entró por las ventanas semiabiertas de mi despacho, el día me encontró durmiendo en mi escritorio, sobre hojas garabateadas. No había subido a mi habitación. La inspiración había sido tan mágica, tan increíble, que había estado escribiendo sin parar casi toda la noche. Solo el cansancio había logrado vencerme ya casi al alba y no había recurrido en ningún momento a la absenta y a la morfina para olvidar o recordar. Tampoco las pesadillas me habían visitado y el rato que había dormido había sido plácido y tranquilo. Dulces sueños, por fin, en una mente cansada camino de la nada. Un hecho extraordinario que atesoro con fuerza dentro de mi malograda cabeza, pues tras aquella noche no hubo más sueños tranquilos.

No me habían visitado las sombras y ni la posible presencia de un asesino de mujeres en mi isla me había cambiado el genio. De hecho, mientras escribía, me había olvidado por completo de él. Nada me había alterado mientras mis manos, ansiosas de creación y colmadas de la voz del cielo, escribían y escribían sin pausa una espléndida historia de amor. Porque son el amor, la belleza y, quizá, la eternidad, lo más bonito sobre lo que un escritor puede trazar historias.

Sin el amor, por mucho que a veces duela, no existiría la vida. Sería solo ceniza y oscuridad. Es el amor el que mueve el mundo, el que eleva al hombre y lo hace libre. Porque no hay nada más hermoso que amar y ser correspondido. Y el desamor, en el fondo, es una parte más. Una pieza más. Por mucho que hiera, es el motor de todo y de todos. Amores piadosos, locos, traicioneros, de una noche o de toda una vida. Amores, en definitiva, que nos hacen humanos.

Esa noche no me visitaron las sombras, ni la angustia ni la culpa. Los recuerdos, buenos o malos, habían decidido no emerger, y el mundo se había quedado fuera de las paredes del despacho. Un mundo que me daba igual, salvo por Julia, que había vuelto a mi lado. ¡Qué bien me sentía! Era feliz. Un hombre feliz. Lástima que la realidad no tardara en reclamarme. Lástima que no me dejara en paz. Me habría quedado envuelto por la imaginación toda la vida si me hubiera sido posible. Encerrado en ella para siempre, con la compañía de Julia, sus ojos y su sonrisa.

Al pensar en su sonrisa, las palabras de Castelao vinieron de inmediato a mi mente. Era la realidad, que ya llamaba a la puerta de mis sentidos: «Habla de su sonrisa, ¿la ha visto sonreír?». Claro que sí. Estaba seguro, pero si lo estaba, ¿por qué me mortificaba tanto la pregunta del detective? Maldita realidad que se empeña en molestar, atormentar y perdurar. Maldita realidad que todo lo quiere poseer, alejando los sueños, las ilusiones y las quimeras de la mente de hombres como yo; de hombres cargados de recuerdos ocultos. Maldita realidad que para mí era como el océano que rodeaba mi isla, despiadada y cruel.

Unos golpes en la puerta, seguidos de la voz de Vilar anunciando el desayuno fueron, por una vez, mi salvación. No quería seguir pensando en la realidad y en los recuerdos. Tampoco en la sonrisa de Julia que, de algún modo, yo guardaba en alguna parte de mi memoria. Salí al pasillo con intención de subir a buscarla para ver en persona aquella sonrisa de la que Castelao hablaba e ir juntos a desayunar al comedor, y, de frente, a un lado de la pared del pasillo, me topé con un cuadro. Me sorprendió, porque ya sabéis que desde que el éxito me devoró y me cubrió de sombras, desde que mi vida se convirtió en poco menos que un cabaret de mala muerte, mi madre había ordenado quitar todos los retratos familiares que había en la casa. Pero allí estaba aquel cuadro en el que una niña pequeña posaba sonriente. Estaba sentada en un prado verde, envuelta en flores, en un jardín que me recordó al que mi madre, tiempo atrás, se empeñó en cultivar contra viento y marea en la parte trasera de la casa, cerca de la capilla y del cementerio familiar.

—¡Vilar! —llamé—. ¡Vilar!

Mi mayordomo no tardó ni un segundo en aparecer.

—¿Y esto?

Y señalé el lienzo. Vilar se ruborizó, pero no contestó.

LA ISLA DE LAS MUSAS

—¿Qué es este cuadro? —insistí—. ¿De quién es? ¿Qué hace aquí?

—Es un regalo —respondió al fin.

—¿Un regalo?

—Sí, don Ricardo. Un regalo de su madre.

—¿De mi madre? —Su respuesta me dejó perplejo.

No es que no me gustaran los regalos, ni mucho menos, pero hacía tiempo que no recibía ninguno. Mi querida madre no solo había prohibido cuadros, retratos y espejos en la casa, sino que había decidido que los presentes, como las mujeres o parte del pasado, eran también algo a evitar.

—Un regalo de mi madre —repetí. Vilar asintió—. Un regalo para mí, de mi madre. Un cuadro…

—Sí, señor. Un cuadro para usted.

—¿Y qué significa? ¿Por qué me envía mi madre un cuadro? ¿Y quién es esa niña?

—Los motivos, señor, no los sé —alegó mi querido lacayo, pero en su cara, en sus ojos, noté que me mentía. Sí sabía los motivos. Tenía que haberle dicho algo al respecto; en aquellos días, mal que me pese, tenía que haber dicho muchas cosas, pero no lo hice. Callé y seguí escuchando la explicación—. Sabe lo que a su madre le gustan los paisajes, y este —señaló el jardín que aparecía en la pintura— es muy bonito y colorido.

—Ya, claro. Colorido.

—Queda muy bien en esta pared, ¿no le parece, don Ricardo?

—Sí, muy bonito, pero ¿quién es esa niña? No me ha contestado.

—Pues esa niña, don Ricardo, es una persona que un día vivió aquí. —Volví a notar que se ruborizada y que algo escondía. En sus ojos vi que quería decirme más, lo estaba deseando, pero no lo hizo—. Es una niña muy guapa, ¿verdad? Es muy bonita y parece feliz.

No respondí. ¿Qué le iba a decir? Que sí, que era una niña muy guapa, pero que seguía sin entender por qué mi madre ordenaba poner retratos de desconocidos en mi casa por bonitos o coloridos que fueran. Que no entendía que, después de quitar todos los cuadros de la familia del pazo, ya que el pasado era pasado y era mejor dejarlo atrás, ese día, porque sí, sin más, había llegado el momento de poner ese lienzo en el pasillo.

Antes de que pudiera presionar a Vilar, ya que estaba claro que ocultaba algo, el señor Castelao se acercó fumando, cómo no, y se unió a nosotros. Yo también era fumador, pero la querencia de Castelao era digna de estudio. Si bien no era yo el más indicado para decir nada al respecto, pues ya conocéis mis adicciones y algunas de sus consecuencias, pero es que me resultaba una persona cansina y molesta. Lo saludé con indiferencia y me fijé en que tenía cara de cansado, quizá no habría dormido bien. No obstante, he de confesar, no sentí ninguna lastima por él. No me fiaba de él, con sus extrañas preguntas y su aparente pose de querer ayudarme. Su intención, así lo creía, no era tanto echarme una mano como sacarle dinero a mi madre. Eso había deducido durante la noche anterior, tras nuestra charla.

Vilar se alegró de su presencia, pues resultó ser su vía de escape para no seguir hablando del extraño cuadro y, aún nervioso, cambió de tema y nos acompañó al comedor, donde ordenó que nos sirvieran el desayuno. De nuevo, tuve que enfadarme con el servicio, aunque hice todo lo posible por disimular mi rabia por deferencia hacia Castelao, ya que, por supuesto, habían olvidado colocar un plato para Julia.

—Disculpe, señor, es que la señorita no bajará esta mañana a desayunar —se excusó uno de los criados, el más joven de la casa, mientras nos servía café con manos temblorosas y miraba de reojo a Vilar, quien asintió desde su posición en uno de los laterales de la sala.

Reconozco que aquello apaciguó mi irritación inicial, me calmó, e incluso sentí cierto alivio porque el cubierto no estuviera y Julia no desayunara con nosotros, puesto que nada más lejos de mis deseos que tener que presentársela a ese detective. No quería.

Pensaba que no tenía hambre, pero devoré los huevos, el café, las tostadas y la mantequilla como si no hubiera comido en días. Y en cierto modo, así era. Tras los desmayos, las noches perdidas y las extrañas situaciones que había vivido, mi alimentación no había sido precisamente ajustada. Situaciones que apaleaban puertas cerradas en mi mente y mi memoria. Puertas cerradas durante años a cal y canto. Cerradas y olvidadas, prontas a abrirse.

Durante el desayuno, ni Castelao ni yo dijimos nada. Nos mantuvimos en silencio hasta que los criados se llevaron los restos y Vilar, tan solícito él, dio la orden de que nadie nos molestara y se marchó también. Así podríamos continuar la conversación que la noche anterior habíamos dejado sin terminar. Me habría gustado levantarme y marcharme, ir a buscar a Julia y pasar con ella el día. O quizá, junto a ella, regresar a mi despacho y escribir sin descanso rodeado de la paz que sus ojos me transmitían. En la paz y la inspiración de mi nueva musa. Pero no hice nada de eso. Por educación —era, y quiero pensar que sigo siéndolo, un caballero—, no lo hice. Me quedé sentado a la mesa y esperé, civilizado y armado de paciencia, a que aquel hombre que cada vez me caía peor —sus ojos amarillentos me daban mal fario— me hiciera la pregunta que, según él, le quedaba por formular.

Tardó un buen rato en decidirse, pero la hizo. Vaya si la hizo. Una pregunta más insólita aún que las que me había hecho la noche anterior y que me confirmó, si es que todavía albergaba dudas, que mi pluma había sido muy indiscreta y le había contado a mi madre más cosas de las deseadas. Pensamientos íntimos y descubrimientos que hubiera sido mejor mantener en secreto.

—¿Le dice algo el nombre de Anna?

13

quel nombre apaleó y sacudió mi mente como un balonazo: «Anna».

—¿Le dice algo el nombre de Anna? —repitió Castelao ante mi silencio y mi cara de estupefacción. Pero no lo escuché porque en mi cabeza solo tronaba aquel nombre.

Instintivamente, mi mirada se fue al techo, al piso de arriba, donde estaba la habitación de Julia. ¿Cuánto le había contado a mi madre? ¡Qué imprudente puede llegar a ser la lengua y la pluma de un hombre a las puertas de la inconsciencia!

—Sí, lo sé. Una llave con ese nombre en los guantes de Julia —me confesó confirmando lo que ya suponía. Eso también se lo había contado a mi madre en las cartas—. Una mujer, por cierto, a quien todavía no me he podido presentar. —Y se levantó de la silla—. Me gustaría conocerla y comprobar si es tan especial como usted afirma.

Yo también me incorporé.

—¿Cree que podría hablar con ella? —me preguntó dirigiéndose a la puerta del comedor—. Sería muy interesante.

—Interesante, ¿por qué? —Fui igualmente hacia la puerta, pero no para abrirla, sino para retenerle. No quería que ese hombre hablara con Julia. Ella era mi musa, mi invitada, mi... Era mía. Él no tenía nada que hablar con ella.

—Ya le dije ayer que estoy aquí para ayudarle. —Y me sonrió enseñándome unos dientes pajizos por el tabaco—. Quiero ayudarle, y hablar con la señorita Julia sería un buen paso para hacerlo. Además, no tengo mucho tiempo. Un barco vendrá a recogerme esta tarde.

Y con las mismas, sin que me diera tiempo a reaccionar, abrió la puerta del comedor y se dirigió a las escaleras. Oí sus pasos sobre los escalones, seguros y firmes, pero seguí sin moverme, presa de un nerviosismo que me decía que debía impedir que ese hombre viera a Julia y hablara con ella, aunque no sabía cómo hacerlo. Cuando al fin pude moverme, él ya estaba en lo alto de la escalinata, frente a la puerta de la habitación de bambú, llamando. ¿Cómo sabía que ese era el cuarto de mi invitada? Vilar, por supuesto. ¿Quién si no?

Corrí atropellado escaleras arriba y me puse a su lado, con un sudor frío ciñéndome todo el cuerpo, deseando que Julia hubiera salido a dar un paseo. Tan poco me fiaba de aquel hombre que eso era lo que prefería. Lo ansiaba con toda mi alma, a pesar de la sensación de pérdida que me causaba su ausencia. Tenía la impresión de que si Castelao conseguía hablar con ella, Julia se iría para siempre de mi lado.

En la habitación no hubo respuesta y un innegable alivio me invadió. Volvió a llamar y el silencio se repitió. Advertí que su mano se movía ligera hacia el pomo, sin embargo, fui más resuelto que él, por una vez, y agarré antes el picaporte para abrir yo primero.

—Espere aquí un momento —le pedí mientras entraba rápidamente en el cuarto.

Nada más poner un pie en la alcoba, me recibió un aire frío cargado de humedad y sal. Helado. Corrí hasta la ventana y me apresuré a cerrarla. Julia se había olvidado y por ella, abierta de par en par, entraba sin miramiento una cruda brisa procedente del océano. Al volverme, sobre la cama aún hecha vi que estaba el vestido de gasa, seda y flores rojas de mi invitada. A los pies, los zapatos, y sobre la mesita de noche, el colgante y los guantes. Julia estaba en la habitación. No se había ido de paseo, como yo esperaba.

Me dirigí entonces al cuarto de baño y llamé. No obtuve respuesta, pero a través de la portilla intuí cierto olor a vainilla. Dulce vainilla. Estaba allí. Sin duda, Julia estaba en el baño. Pensé en abrir la puerta mientras susurraba su nombre, para no asustarla, pero a última hora me arrepentí. No sería yo quien se inmiscuyera de tal modo en la intimidad de mi invitada. No era el momento de hablar con ella.

Me giré para salir de la habitación y decirle a Castelao, satisfecho, que no podía hablar con Julia porque estaba en el baño, relajándose, con toda seguridad, y descansando del día anterior, que había sido largo y raro para todos, pero no pude hacerlo. Al volverme me topé de lleno con los ojos cerosos cargados de nubes de tormenta del detective. Eran pequeños y agudos, y estaban abrigados por una bruma pegajosa. Aquella mirada solo consiguió confirmar mis recelos. Ese hombre, ese tal Castelao, investigador privado contratado por mi sobreprotectora madre, no traería cosa buena a mi vida. Estaba seguro de ello. Además, en sus ojos podía ver que entre las neblinas viscosas escondía algo que pugnaba por salir, pero que mantenía a raya.

—Esta es la ropa de Julia, ¿verdad? —Y señaló la cama y la mesita.

Asentí y, antes de que pudiera decirle que, por favor, se fuera, se acercó a ella. Le contemplé anonadado, estremecido al ver sus manos rozando el delicado vestido. Miré de reojo hacia la puerta del baño deseando que Julia no saliera en ese instante. ¿Qué imagen se iba a llevar? Dos hombres en su habitación, uno de ellos desconocido, porque yo ya no me consideraba tal, tocando su ropa sin ningún tipo de consideración ni reparo.

—Es un vestido muy bonito y elegante —comentó Castelao acariciando los hombros y pasando los dedos por el suave tacto de la seda del cuello—, pero parece un poco ajado.

Me dieron ganas de abofetearle. ¿Cómo se atrevía a hacer semejante comentario sobre el atuendo de Julia? ¿Ajado? No tenía ni idea de cómo distinguir lo bonito de lo feo. Su traje marrón, su camisa amarillenta y sus zapatos azul marino, que desentonaban a más no poder con el resto del conjunto, eran un buen ejemplo de ello.

—Y el cuero de los zapatos está cuarteado, ¿se ha dado cuenta? —afirmó mientras cogía uno y lo examinaba más de cerca—. Sí, agrietado y estropeado como si hubieran visto muchas primaveras.

—¡Déjelo! —le pedí con un tono de voz más bajo del que me hubiera gustado emplear, pero Julia estaba en el baño, a apenas unos metros de nosotros, y no quería que nos oyera.

Castelao obedeció y posó el zapato en el suelo, a los pies de la cama, junto a su compañero, pero no contento con su falta de tacto y discreción, cogió el vestido y se lo llevó a la nariz. Aquello casi me provoca un ataque de ira. ¿Quién se creía que era?

—¡Déjelo en su sitio! —repetí esta vez con más energía y más alto de lo deseado.

—Está bien. No se enfade —y depositó el vestido sobre el cobertor de la cama—, pero debo decirle que el vestido huele a viejo y a mar.

—¿Y?

—Nada, solo es una observación. —Se alejó de la cama y se irguió enseñándome un brillo extraño en los nubarrones eternos de sus ojos color miel—. ¿No se ha dado cuenta de lo desgastado y viejo de toda esta ropa?

No respondí. Miré el vestido y los zapatos, y me quedé callado. ¿Qué importancia tenía el estado de la ropa de Julia? Ninguna para mí. Además, podía ser fruto, perfectamente, de su intento por salvar la vida a esa mujer que vimos en la playa de Los Náufragos. Se lanzó al mar y por eso, seguro, su ropa se había quedado tan estropeada, porque mirándola bien, mal que me pesara reconocerlo, Castelao tenía razón y tanto los zapatos como el vestido estaban de verdad en mal estado. Me avergoncé de no haberme dado cuenta antes. ¿Cómo se puede ser tan despistado? Debería de haberle ofrecido a Julia un nuevo vestido. En el desván los había. Los había visto. Se lo preguntaría y, si ella quería, le procuraría nuevos vestidos y zapatos. Todo lo que quisiera. Todo.

Distraído como estaba pensando en ofrecerle a Julia nueva ropa, no me di cuenta de que Castelao se había acercado a la mesita de noche y había cogido el colgante y los guantes. Los sostenía con sumo cuidado, como si fueran de cristal y cualquier movimiento pudiera hacer que se rompieran en mil pedazos. Fui directo hacia él. Ya me había hartado de sus indiscreciones e impertinencias. No pensaba dejar pasar una intromisión más, pero antes de llegar a su lado, Castelao sacudió uno de los guantes y al suelo cayó el sobre que escondía la pequeña llave. La que yo había encontrado días atrás y de la que aún no había podido charlar con Julia. Bueno, en realidad no me había atrevido a hacerlo y después, con todo lo que había pasado en la isla, lo había olvidado. Y es que la memoria es como es. Tiende a retener y evocar solo lo que le conviene: solo lo que le beneficia. Es frágil y olvidadiza. No le gusta tener que recordar aquello que le puede causar dolor, y yo ya sabía entonces que aquella llave, seguramente, me lo causaría.

—¿Es esta la llave de la que le habló a su madre? —me preguntó dejando los guantes y el colgante en la mesita, y sacando la llave del sobre—. ¿Es esta? —Y me la mostró.

—Supongo —vacilé, y no por vaguedad, sino porque en verdad no recordaba haberle hablado a mi madre de ella, aunque tal vez lo hiciera, como de todas las otras cosas. En momentos así odiaba mi desmemoria. La aborrecía con toda mi alma. Hoy, en cambio, no. De hecho, hoy la aprecio porque me da muchos momentos de paz sin los que no sabría cómo vivir, y consigue que la culpa y los fantasmas se vayan, aunque solo sea por un rato.

—Anna —leyó.

En mi cabeza, como cuando encontré la llave la primera vez y cuando ese hombre lo había pronunciado en el comedor, comenzó a retumbar: «Anna, Anna, Anna».

—¿Le dice algo este nombre? —preguntó de nuevo.

Negué. No tenía ningún sentido.

—¿Está seguro? —insistió ante mi silencio y mi negativa.

Se acercó más a mí y prácticamente me pegó la llave a los ojos.

—Anna —repitió.

Silencio.

—Anna —recalcó en un tono cada vez más alto—. Anna.

—¡Sí, pone Anna! —dije al fin, para que se callara, pero no dio resultado, no se calló.

Yo no quería que Julia le oyera. Ella no sabía que habíamos encontrado la llave. Era una intromisión en su vida y no quería que lo supiera. Castelao siguió a lo suyo, repitiendo «Anna» hasta la saciedad mientras mi angustia crecía sin control y ese maldito nombre saltaba de un lado a otro de mi cerebro golpeando mi razón.

—¿Quiere dejar de repetirlo de una vez? —le espeté—. ¡Le va a oír!!

—Igual es lo mejor. Tal vez fuera bueno que lo oyera —me sugirió colocando la llave dentro del guante—. Quizá así podríamos saber quién es Anna, quién es Julia y qué hace aquí o cómo ha llegado hasta su isla.

—Eso me da igual.

—Sí, lo sé, pero su madre no comparte esa opinión, y yo tampoco.

Mi madre. Suspiré. Mi madre.

Castelao dejó el guante sobre la mesita y cogió de nuevo el colgante. Lo miró al detalle y finalmente me lo pasó.

—¿Me podría decir qué pone ahí? —Y me señaló la parte de atrás de la medalla.

—Julia —respondí de inmediato. No me hacía falta leerlo.

—¿Está seguro?

—Claro que lo estoy.

Estaba empezando a perder la paciencia. ¿Qué estaba insinuando?

—Mírelo bien, por favor —reiteró—. Mírelo y dígame lo que pone. ¿Qué pone? Léalo, don Ricardo. Lea.

Ahí ya sí, mi paciencia se extinguió por completo e ignorando su petición, posé el colgante sobre la mesita y de un solo empujón le eché fuera de la habitación. No iba a soportar más salidas de tono de aquel hombre. ¿Quién se creía que era? ¿Acaso me acusaba de no saber leer o de inventarme las cosas? No iba a aguantar más interrogatorios. No iba a responder a más preguntas extrañas y absurdas que no llevaban a ningún sitio. ¡Se acabó!

Castelao no intentó detenerme. De hecho, su pasividad durante el tiempo que le seguí empujando escaleras abajo para echarle de mi casa, me sorprendió, y hasta que no estuvimos fuera, en el porche, no reaccionó.

—¿De verdad no le suena el nombre de Anna, amigo mío? —preguntó como si nada hubiera pasado mientras se colocaba bien el traje.

No le respondí. Por supuesto. No era su amigo y, además, ya había contestado a demasiadas preguntas. No pensaba responder a ninguna más. Por el contrario, lo que hice fue llamar a Vilar, que vino resuelto.

—El señor Castelao se va. Esperará al barco en el muelle —le indiqué—, así que haga el favor de llevar hasta allí todas sus cosas.

Ante la cara de incredulidad de Vilar y la impávida de Castelao, al que, si le había molestado mi comportamiento, no lo demostraba en modo alguno, quise regresar al interior de la casa de inmediato, pero el detective me cogió del brazo y me hizo una última observación que provocó que mi estúpida memoria y mi frágil mente se confabularan con más ahínco aún contra mí.

—¿Se ha fijado en que el colgante es de los que se abren para guardar fotografías? ¿Lo ha abierto alguna vez? —Hizo una pausa, esperando una respuesta que no llegaba. No iba a contestar, así que continuó—. Pues debería. Por su bien y el de todos.

Se dio media vuelta y se marchó camino del muelle con un cigarro en la mano. Vilar entró en la casa y se apresuró a recoger las pertenencias de Castelao para llevárselas.

Yo, por mi parte, decidí que llevaba mucho tiempo, demasiado, sin visitar a mi querida absenta.

14

Tras la extraña charla con Castelao y su obligada partida sin haberme aportado ayuda alguna con mis preocupaciones sino todo lo contrario, mi intención era coger la absenta y pasar con ella el resto del día. Apaciguar los nervios y cerrar todas las puertas que ese hombre había abierto en mi cabeza. Sus preguntas habían provocado desconsuelo y pesadumbre en mi razón. Por su culpa algo se movía con más fuerza y determinación dentro de mi mente batallando sin cuartel por salir. ¡Le detestaba!

¡Maldito Castelao! ¿Quién le había mandado hurgar así en mis emociones? ¿Quién le había dado permiso? Esperaba que cogiera el barco sin demora esa misma tarde y no volver a verle más. Vilar, siguiendo mi orden, le había llevado todas sus cosas y también comida al embarcadero para que no tuviera que regresar al pazo.

Irrumpí rabioso en el despacho, pensando solo en mi querida absenta. Estaba enfadado, airado por las palabras de Castelao y sus insinuaciones. Molesto con sus preguntas y mis respuestas. Resentido e irritado con las puertas abiertas, con los resquicios que empezaba a vislumbrar, como pequeños haces de luz tenue pero constante, en alguna parte de las lagunas de mi cerebro. Entré decidido a sortear la senda que mi mente emprendía hacia la nada o hacia el todo, términos tan absolutos que amilanan el espíritu de cualquier hombre, cuando un ángel de profundos ojos verdes me recibió. Sobre el alféizar interior de la ventana de mi despacho, apoyada con delicadeza, estaba Julia.

La luz del mediodía, apagada por las nubes y la bruma del océano, iluminaba su rostro. Estaba pálida y se la veía cansada. Desmejorada. No en vano estaban siendo días complicados. Aun así, seguía siendo una mujer de una beldad extraordinaria. Porque sí. Porque Julia era extraordinaria.

Llevaba puesto su vestido blanco y, tras mi conversación de la mañana con el detective, no pude evitar pensar otra vez en ofrecerle ropa nueva y bonita, en mejor estado. Tal vez debía subir con ella al desván y enseñarle algunos de los vestidos que había encontrado en mi deambular por allí. Me acerqué, ansioso por decírselo, por darle lo que quisiera, y deseoso de contarle cuánto la echaba de menos cuando se alejaba de mí. Me acerqué ávido de escuchar su voz, dulce y melodiosa, pero cuando estaba ya casi rozándola y podía sentir su olor a vainilla, se giró. Dejó de mirarme y fijó sus ojos en el jardín de robles, en el puente de madera. Levanté la mano para acariciar su pelo, su larga melena; no obstante, en el reflejo del cristal, que la hacía parecer un fantasma de niebla y luz, vi en sus ojos agotamiento y también algo más que hizo que mi mano se detuviera. No me atreví a tocarla.

Parecía desánimo o, tal vez, tristeza, pero yo preferí creer que era confusión, como cuando la encontré; como cuando la vi por primera vez. Al menos, lo que no advertía ya era enfado. ¿Me había perdonado?

—¿Ya sabes quién soy? —me preguntó sin girarse, sin mirarme, con la vista clavada en el paisaje.

No supe qué responder. Su pregunta me sorprendió. ¿Por qué iba a saberlo? No había cambiado nada desde que la encontré.

—Has estado hablando con ese hombre —me explicó—, así que, ¿ya sabes quién soy?

—No —dije al fin. Tardé en contestar—. No.

Tras mi respuesta, Julia calló y yo también. El silencio nos rodeó. Estaba nervioso y un poco incómodo, por lo que fui hasta el escritorio y me acerqué a la cigarrera que allí tenía. Me hubiera gustado coger la absenta en su lugar, eso era lo que de verdad deseaba —la sed me ahogaba y me hacía temblar—, pero con Julia tan cerca no podía hacerlo. Estaba irritado y necesitaba, de algún modo, calmar los ánimos. Su pregunta, como las de Castelao, y mi tardanza en responder no me gustaban. Yo ya sabía quién era. Ya lo había dicho más veces, y lo repetiría. Julia era mi musa perdida, mi inspiración y, acaso, mi amor. ¿Para qué buscar más? No era necesario.

Se separó del alféizar y se acercó a mi escribanía. Cogió las hojas que había sobre la mesa y me las alargó.

—Las he leído —confesó—. Me parece que están muy bien.

—¿De verdad? —Me hizo mucha ilusión que me dijera eso.

¡Qué felicidad! No hay nada mejor para un escritor que alguien ensalce y elogie su trabajo. La vanidad es así. Necesita de halagos y alabanzas. Se infla y el orgullo que todos tenemos y, quizá, los escritores un poco más, es un ferviente siervo de rendibúes y agasajos. Además, sentí un gran alivio al poder cambiar de tema y dejar de hablar sobre quién era o no era ella.

—Me gusta mucho. Me gusta la historia, aunque... —Temí una mala crítica a alguna de las partes o al desarrollo de los personajes. Tal vez alguna escena demasiado pomposa, tendía a escribir así, con palabras grandilocuentes y un lenguaje algo ampuloso; pero no iban por ahí los tiros—. No sé, debo decir que no sé cómo puede acabar.

—Bueno. —Respiré tranquilo. No era un reproche—. Yo tampoco lo sé todavía.

—¿Pero no te gusta saber el destino de tus personajes antes de escribir la historia? —preguntó entonces, sorprendida.

—No.

—Yo creía que era fundamental. —Y rozó las hojas en blanco de mi escritorio con sus manos enguantadas.

—Para algunos lo es. —Pensé en otros escritores que, antes de ponerse a escribir, debían, necesitaban, tener todas las piezas encajadas y saberlo todo. Cuando escribí mi primera novela, también pensaba como ellos, pero luego mi musa se fue y mi vida cambió.

—Pero algo intuirás.

—Algo sí, claro —confesé—. Sé cosas, pero no el desenlace final.

Me sentí feliz al hablar de mis palabras e historias y no de su identidad y mi cobardía.

—Pues yo creo que acabará mal —juzgó, volviéndose hacia la ventana.

—¿Por qué?

—Porque describes un amor que es imposible. —Lo dijo casi entre susurros, como si la imagen le doliera.

—Pero en el amor nada es imposible —repliqué—. El amor derriba muros y allana caminos. El amor es…

—No siempre —me interrumpió—. El amor solo es una palabra. —Y se volvió cercándome en el verde esmeralda de sus ojos, en los que vi, esta vez sin lugar a dudas, tristeza.

Enmudecí. No podía decir eso en serio. Con Vilar ya tenía bastante. Julia no. Ella no podía pensar de tal manera. ¿Había tenido alguna experiencia que le mostrara, como a mi mayordomo, que el amor no siempre triunfa? Otra vez no. Otra historia de amor no correspondido, no. ¿Acaso no era mejor imaginar que todo saldría bien? Siempre hay esperanza. Era y es horrible pensar que el amor es solo una palabra hermosa, pero sin un verdadero significado, y vivir regidos por ese juicio. Horrible, triste y enloquecedor. Yo no quería oír su explicación, sus argumentos para afirmar tal cosa, así que intenté cambiar de tema rápidamente y le hablé, tal y como había pensado cuando la vi sentada sobre el alféizar, de su ropa. Le ofrecí un nuevo atuendo.

—¿Y qué tiene este de malo? —preguntó, y dio una vuelta sobre sí misma, cogiendo la falda para que volara.

—Quizá está un poco estropeado —me justifiqué entre balbuceos. De ninguna manera quería ofenderla—. En el desván hay algunos que creo que podrían ser de tu talla.

—Pero este es mi vestido. Mi vestido. —Bajó la cabeza y no dijo más.

Comprendí que la conversación no iba a buen puerto, por lo que decidí dejar estar también ese tema. Nada de amores rotos ni de ropa demasiado usada. Si a ella le gustaba su vestido y era feliz, a mí también. No había más que hablar. Levantó la mirada y la clavó en mis ojos, haciendo, como en el puente antes de que huyera, que me sintiera pequeño.

—Es mi vestido —repitió.

—Es muy bonito, de verdad. Yo no quería… —Dejé la frase en el aire. ¿Qué le iba a decir?

—¿Quieres que subamos al desván de todas formas? —preguntó al instante, sin tiempo para pensar más en su ropa.

—¿Para qué? Allí no hay mucho que ver.

—Seguro que sí. Seguro que esconde un sinfín de recuerdos maravillosos.

No tantos, rumié. La mayoría ya no estaban en aquel lugar. De hecho, no sabía a dónde habían ido a parar tras la orden de mi querida madre de sacarlos de la casa. Pero si a Julia le hacía ilusión subir, no iba a ser yo quien le llevase la contraria. Además, era una ocasión perfecta para estar con ella a solas y disfrutar de su compañía, que tanto apreciaba y, en el fondo, ya sabía, necesitaba. La cogí de la mano, un poco nervioso, torpe, y reprimí un pequeño estremecimiento al sentir su tacto tan frío. Quizá no quisiera cambiar de vestido, pero una rebeca o un chal no estarían de más. En el altillo había algunos. Los había visto.

Subimos a la buhardilla. Por el camino vi que Vilar había regresado de despedir a Castelao en el embarcadero. Traía consigo una caja de madera que, a tenor de sus esfuerzos al llevarla, parecía pesar lo suyo. Nada más entrar, la posó en el vestíbulo, justo antes de que, por delante de él, de Julia y de mí, desfilaran los otros cuatro miembros de la servidumbre de la casa. Iban todos ataviados con maletas y bultos, bien abrigados. Vestidos para partir. Mientras Julia y yo seguíamos nuestro ascenso al desván, oí cómo se despedían de Vilar. Estaban asustados por las noticias sobre la guerra que el barquero y Castelao habían traído consigo. Les habían dicho que la contienda se presentía larga y cruenta, y que de uno y otro bando caían como moscas en los campos de batalla, que ya no era cosa solo de las grandes ciudades. También en provincias, en las huertas y cultivos, en pequeñas aldeas dejadas de la mano de Dios, había muerte y desolación. Muchos, los que podían, estaban abandonando el país camino de un futuro más seguro en Francia o Portugal. Otros habían decidido ir más lejos, a América. Mis criados querían volver con sus familias para reunirse con los seres que les quedasen, puesto que de algunos ya no se sabía nada. Habían decidido tomar partido y, en unas filas o en otras, apretaban los dientes, callaban sus penas, y luchaban y morían por lo que creían. Les oí, ya casi en la puerta de la buhardilla, pero no hice nada. Escuché y callé. No impedí que se fueran. ¿Para qué? En cierto modo, los entendía. El miedo es libre. Lo que sí pensé, cómo no hacerlo cuando había nacido y crecido entre algodones y cuidados, era que la vida en la isla iba a cambiar mucho. Solos Julia, Vilar y yo. Solos con el viento, las mareas y la desmemoria.

Abrí la puerta del desván e invité a Julia a que pasara. Luego la cerré y dejé fuera, al otro lado, a mis criados, sus miedos y la caja de Vilar, a la que no presté mayor atención y, por tanto, no reparé entonces en que de ella asomaban marcos y fotografías. Dejé fuera la guerra, el mal tiempo que ya se había convertido en costumbre, la preocupación de Vilar y la soledad que nos esperaba allende los muros del pazo, agazapada, a sabiendas de que cada vez éramos menos.

Cuando entramos y los ojos se habituaron a la oscuridad reinante, desgarrada solo por la claridad parda y alicaída de un día gris que entraba a través de algunas pequeñas ventanas abiertas en una de las paredes laterales, advertí en el semblante de Julia melancolía, como si reminiscencias de otra vida, de una pasada, la hubieran alcanzado. Pero lo obvié. No dije nada. Lo noté y lo desdeñé. Era mejor. Y es que, por mucho que haya quien piense lo contrario, no siempre es bueno preguntar. A veces, con lo sabido es suficiente.

Se adentró calmada, pero con paso decidido, seguida muy de cerca por mi sombra. Estaba bastante oscuro. No obstante, Julia se movía por la buhardilla con agilidad. Fue de un lado a otro, mirando aquí y allí, posando sus dedos enguantados sobre viejos muebles, veteranas lámparas que habían visto casi de todo y libros abandonados al olvido. Eran todos novelas de intriga que mi madre solía leer. Pequeñas historias cortas con las que salía al porche de la casa, a sentarse y contemplarnos jugar. Ese pensamiento arraigó en mi memoria y lo percibí en puridad, como si en verdad estuviera allí, en la mecedora, sentada, con un libro en su regazo mientras nos llamaba. ¿Nos? No sé por qué lo imaginé en plural. Será mayestático, supuse. ¿Qué si no?

Seguí con la mirada el vagabundeo de Julia por el desván hasta que se paró frente a dos baúles de gran tamaño. Uno estaba abierto y en él había ropa de mujer. Era parte de la que yo había visto en mi visita a la buhardilla. Se acercó y contempló la ropa más de cerca.

—Es muy bonita —comentó rozando alguna de las prendas—. Y tenías razón. Es de mi talla.

Luego se giró y se acercó al otro baúl. Estaba cerrado. Era grande, negro y con las esquinas protegidas con metal dorado. También tenía tachuelas y listones del mismo material en los cantos.

—¿Tienes la llave? —quiso saber.

—No —dije con seguridad. Si la hubiera tenido, lo habría abierto en mi anterior visita. Buena es la curiosidad para dejar estar lo cerrado.

—¿Nunca has visto lo que hay dentro? —curioseó. Negué—. Pues es una pena —susurró—. Seguro que está lleno de cosas interesantes.

—No sé lo que contiene.

—¿No lo sabes? —insistió—. Quizá esté cargado de historias y recuerdos. —Posó la mano sobre la cerradura—. Seguro que esconde verdades y mentiras.

—Tal vez —titubeé.

Verdades y mentiras. Me pareció una forma muy curiosa de catalogar lo que un baúl puede contener, pero dudaba mucho que fuera el caso. Solo era un viejo cofre. Bonito y grande, pero ¿qué verdad iba a velar aquella arca? ¿O qué mentira?

Me miró sin dejar de pasear las manos por la cerradura del baúl, mimándola con sus caricias, y dejó que me perdiera por un instante, solo un segundo, en el piélago tranquilo de sus iris. Allí me hubiera quedado para siempre, envuelto en su mirada, besado por sus ojos, sus eternos ojos verdes que, como una náyade, me atraían de forma irremediable. Cuánto deseé besarla. Cuánto deseé amarla. Cuánto deseé que fuera mía y solo mía para siempre, para la infinitud.

—¿Quieres que te cuente un secreto? —me soltó de repente, alejándome de sus ojos, desvaneciendo mis sueños y trayéndome de nuevo a la pesada y tediosa realidad.

No pude responder porque, como si fuera una niña pequeña que esconde un gran misterio, se sentó junto al baúl cerrado y me invitó a acompañarla. Sin demora, al cobijo de la penumbra del desván y con la corte de objetos de otras vidas que por allí dormitaban, empezó a contarme su secreto.

15

Desde que Julia apareció en mi isla para cambiar mi vida, se había convertido en una experta en hacerme preguntas que yo no podía responder. Y a las incómodas cuestiones de saber quién era, cómo había llegado a mi isla o por qué no la ayudé en el mar, se le unió esa tarde una más que me dejó helado en principio y confuso después.

Me contó que había recordado que una vez, hacía años, había estado en mi isla, en el faro. Y cuando el día anterior había ido hasta aquel lugar escapando del perdón, así se refirió a nuestra pequeña discusión y su huida de mí, supo que no era la primera vez que pisaba sus desgastadas maderas. Al abrir la puerta, un aroma familiar la había abrazado y susurrado al oído, bajito, pero de forma incesante: «Bienvenida de nuevo». Al subir las escaleras, el sentimiento de familiaridad se había vuelto aún más intenso, más palpable, y se quedó ahí, sin moverse, hasta que llegó a la parte de arriba, donde la huella de lo recordado se transformó en hecho palmario.

—¿Por qué? —me preguntó—. ¿Por qué conozco esa construcción?

Yo callé, como en las otras ocasiones en las que me había hecho alguna de sus preguntas confusas y difíciles. Guardé silencio y bajé la cabeza para escapar a su inquisitoria mirada.

—¿Por qué? —repitió ante mi silencio—. ¿Por qué?

Como no sabía qué responder, lo que hice, para dejar también aquella nueva pregunta embarazosa junto a las otras, relegada y callada, mejor no hablar de lo que no se debe, fue ponerme yo a hacer preguntas.

—Cuando fuiste al faro, ¿sabías que te seguía? —Ella asintió—. ¿Y por qué no te detuviste ante mis gritos? ¿O cuando entré en el edificio?

Se encogió de hombros a modo de respuesta imprecisa y no contestó. No quiso revelarme sus motivos en aquel momento, pero todo en esta vida, todo, tiene un porqué y aquella actitud suya, también. Al igual que tuvo consecuencias. Vaya si las tuvo. Lo que allí pasó fue un golpe muy duro que agrietó un poco más los muros que estancaban parte de mi desvencijada memoria. Aquella visita al faro supuso un antes y un después en el devenir de mi historia. Un punto de inflexión donde pasado, presente y futuro se dieron la mano haciéndome partícipe de su extraña forma de mostrarse. Lucidez y locura aunadas por una mente camino de la desesperanza y un corazón roto que sobrevivía gracias al engaño.

—¿Y al hombre de la playa? ¿Le viste? —quise saber, pues ante las afirmaciones de Vilar y Castelao ya no sabía qué pensar. Me hacían dudar sobre lo que vi y lo que no vi.

—Por supuesto.

Un escalofrío me asaltó. En el faro no me hallaba solo como me habían dicho el señor Vilar y Castelao. Allí también estaban Julia y ese horrible hombre. Entonces, ¿por qué me habían mentido? De Castelao no me extrañaba. No era de fiar, estaba claro tras su visita y sus preguntas, pero ¿y Vilar? ¿Por qué mi querido mayordomo me había engañado? Eso sí que no tenía sentido. Vilar no era un mentiroso.

—Y más veces lo he visto —apostilló.

Me quedé blanco, y todos mis músculos se tensaron. ¿Más veces?

Mientras que yo no decía nada, —no sabía qué decir—, y mi cuerpo se negaba a reaccionar porque me había quedado conmocionado, ella me miraba con curiosidad mal disimulada. Observaba cada uno de mis gestos con la cabeza ladeada, como una niña chica que inspecciona algo muy interesante. Me siguió contemplando como si esperara una respuesta por mi parte, pero yo no podía dársela. Estaba turbado por la revelación. ¿Cómo era posible? ¿Y por qué yo no lo había visto antes?

Julia se enderezó y posó sus ojos otra vez en el baúl negro. Yo seguí callado. Quería preguntarle más cosas sobre aquel individuo, sobre su presencia en mi isla, pero las palabras se me atragantaban como lo hacían en mis noches y días sin inspiración. Esa asociación hizo que mi cuerpo comenzara a temblar. ¿Podían las palabras ir y venir a su antojo?

¿Podían volver a abandonarme? No, eso no podía ocurrir. No ahora que Julia estaba conmigo. Ese asesino, sus actos, no me las iban a quitar de nuevo. Me armé de valor y comencé, balbuceando, a preguntar. Obligué a las palabras a salir, casi escupidas, forzadas, porque debían obedecerme.

—¿Cuándo lo viste por primera vez?

—Fue en el jardín de los robles —recordó—. Cerca del puente de madera.

¿Fue el mismo día en que la encontré? Yo no lo vi. No estaba. O quizá sí, dudé. Ya no sabía qué pensar. Tal vez escondido entre los arbustos y matorrales del vergel, o tras alguno de los centenarios robles, anchos y robustos.

—En sus ojos… —prosiguió, pero no terminó la frase.

—En sus ojos, ¿qué? —ahondé.

—En esos ojos hay tristeza.

—¿Tristeza? —No me podía creer lo que oía—. Yo diría que maldad, más bien.

—No —me rebatió—. No es maldad. Es una tristeza infinita. Nunca he conocido otra igual.

—Pero tú, como yo, viste lo que ese canalla hizo en la playa a esa pobre mujer. Lo viste, ¿verdad?

—Claro que sí. Lo vi. —Y arrugó el gesto—. ¿Cómo no verlo?

Ella vio lo que hizo y eso solo podía corroborar mi visión de la naturaleza ruin de ese hombre, así que continué insistiendo en su maldad.

—Pues entonces habrás advertido, como yo, que eso no es tristeza —le expliqué—. ¡Es maldad!

—No del todo.

—Sí que lo es —reiteré—. Es pura maldad y nada más que maldad.

Silencio.

—Ese hombre es cruel, mezquino y desalmado —presioné—. Es malvado.

—Podría serlo —claudicó a la postre—, pero en realidad es tristeza y desamor disfrazados de maldad.

¿Tristeza disfrazada de maldad? ¿Desamor disfrazado de maldad? ¡Sandeces! ¡Tonterías! Eso no existía. La maldad era y es maldad y nada más. Julia, en cambio, no coincidía conmigo. Ella tenía su propia versión de aquel hombre y de sus actos, y siguió defendiéndola.

—En el faro, cuando se acercó a la habitación del fondo, la pequeña —continuó—, en sus ojos se apreciaba claramente esa tristeza.

—Pero, entonces, ¿viste cómo se metía…?

—Bueno, en realidad —me interrumpió, obviando mi pregunta—, siempre tiene los ojos tristes.

—¿Lo viste entrar en la habitación pequeña? —insistí. Tenía que saberlo.

—No —objetó y se giró con brusquedad haciendo que su pelo se moviera y un poco de vainilla me alcanzara. Qué dulce olor—. Solo cómo se acercaba a ella.

—¿Y a mí?

—Ya te he dicho que sí. Claro. Lo vi todo.

Al oír esas palabras, «lo vi todo», me sentí menguar porque eso significaba que también había contemplado mi temor y espanto, mi apocamiento. Me había visto tiritar de miedo ante la presencia del hombre y caer al suelo como un bebé llorón cuando de su boca helada y fétida salieron las palabras de reproche de Julia por no haberla ayudado en el mar.

—¿Cómo sabía que no te ayudé? —le pregunté al recordar la escena.

Julia no respondió y posó la mano, una vez más, sobre el baúl. Luego la movió hacia la cerradura. Sus manos enguantadas lo acariciaban como se palpa un objeto valioso y delicado, un objeto querido. Bajó la mano por todo el frontal, tocando las tachuelas doradas y sus curvas, hasta llegar a la base, donde me señaló la parte del suelo que quedaba justo delante del arca. Tenía el polvo acumulado a los lados y unas marcas, rozaduras tal vez, en el frente. Lo miré sin más, sin prestarle atención, porque lo que yo quería era que me respondiera a la pregunta, así que la repetí.

—¿Cómo podía saber que no te ayudé?

Se mantuvo en silencio, escrutando el suelo y pasando las manos, con movimientos lentos, por las erosiones de la superficie. No sé con exactitud el tiempo que transcurrió. Con Julia a mi lado solía pasar volando, pero debido a aquella extraña conversación que estábamos manteniendo, los silencios, los suyos y los míos, parecían eternos. Al fin se decidió a contestar sin dejar de mirar el suelo, y debo confesar que, tras su respuesta, pensé que habría sido mejor que se hubiera quedado callada, ausente, y que no me hubiera dicho nada.

—¿Y por qué no me ayudaste?

Otra vez no, supliqué. Ya había admitido que era un cobarde. ¿Cuántas veces más quería que asumiera mi culpa? Creía que me había perdonado porque mi corazón, al contemplarla, me murmuraba que ya no estaba enfadada y, además, en su manera de formular la pregunta no había reproche. No me lo pareció. Entonces, ¿por qué insistía en hacérmela? ¿Por qué? ¿Qué quería de mí? ¿Qué clase de respuesta esperaba? Al ver que yo callaba, se levantó, no sin antes volver a acariciar el baúl, y se dirigió a la puerta.

—Saber por qué no me ayudaste es importante —susurró—. Lo es, pero no por mí, sino por ti.

—Yo…

—Sé que lo sientes —se me adelantó—. Lo sé, pero no es esa la respuesta que debes buscar. —Lo dijo con amargura. Y antes de desaparecer por la puerta dejándome solo con la compañía de aquellos viejos cofres llenos de recuerdos, me sonrió.

Era una sonrisa extraña, como una mueca anómala que intentaba dibujarse en su cara sin mucho éxito. Y había algo más. Recordé las palabras de Castelao: «¿La ha visto sonreír?». Y entonces lo supe. Sí que la había visto hacerlo, pero de otro modo, de una forma dulce y tierna. El gesto que me enseñaba al salir, estaba, en cambio, repleto de amargura y tristeza. No obstante, por extraño que pueda parecer, mi corazón se retorció porque conocía ese mohín, pues una expresión así no se puede enterrar aunque uno quiera hacerlo con todas sus fuerzas.

16

Julia se fue del desván y allí estuve yo durante horas mientras la tarde caía, dándole vueltas y más vueltas a las últimas palabras que había pronunciado con ahogo y amargura: «No es esa la respuesta que debes buscar». Era un cobarde. No la ayudé. No lo hice, pero… ¿qué debía buscar? ¿Por qué?

El mar no me dejó. Es para mí como una barrera que me paraliza y me convierte en estatua. No puedo enfrentarme a él. No soy capaz. Desde niño. Sé que puede sonar a excusa infantil, pero es la verdad. Maldito océano que me lo quita todo. ¡Todo!

Lo curioso era que por más que me repitiera a mí mismo que el mar tenía la culpa, algo repiqueteaba en mi cabeza, hurgando en mi vieja y cansada memoria, diciéndome que esa no era la realidad. Algo, no sabría explicar qué, quizá la conciencia, quizá el recuerdo, quizá la nada, quería a toda costa tirar las paredes que convertían mi mente en un barco de camarotes estanco expertos en esconder el ayer. ¿Cuántos quedaban? Pocos, me temía. ¿Qué pasaría si todos se destruyeran? Prefería no pensar en ello, pero los recuerdos que regresaban no me lo iban a poner fácil.

Oí varias veces cómo Vilar me llamaba y también cómo subía al desván y se asomaba a la puerta. Llevaba un candil de aceite y su muda presencia, merced a la oscuridad reinante en la buhardilla, me trasladó a otros días en los que jugaba al escondite en ese mismo lugar. Días en los que mi querido mayordomo, mi fiel Vilar, subía alegre con la merienda y participaba en el juego. Solía hacerse el despistado y fingir que no me veía cuando pasaba a mi lado para que el pasatiempo fuera más entretenido. ¡Qué fácil era divertirse de niño! Días alegres de risas donde era feliz. Todos lo éramos. Aún con esos recuerdos machacando las paredes de mis camarotes estanco, no me moví. Me quedé al lado del baúl negro, quieto como una talla, esperando a que se fuera. No tenía ganas de hablar con él. ¿Qué me iba a decir? Lo de siempre.

Pasé horas allí arriba en las que, tras convencerme de que no ayudé a Julia porque el mar me lo impidió, también cavilé sobre lo que esta me había contado de ese miserable que visitaba o habitaba, ya no lo tenía claro, mi isla. ¿Tristeza disfrazada de maldad? ¿De verdad sus actos podían ser fruto del desconsuelo? No, claro que no. Eso era imposible. Ese hombre era un ser cruel y mezquino que disfrutaba infligiendo dolor y muerte a pobres mujeres inocentes. Sí que iba disfrazado, por supuesto, pero de caballero. Como algunos que conocí en mancebías y casas de citas cuando mis días se torcieron y las noches aún más. Vestían bien. Sus trajes eran buenos, pero eso era lo único noble en ellos. Sus almas, en cambio, estaban podridas. Hombres miserables. Eso es lo que eran. Hombres corrompidos y viciados que solo merecían rechazo. Y el individuo del faro era igual que ellos. Julia lo había visto más veces, lo que dejaba claro, a tenor de los acontecimientos, que Vilar, mal que me pesara, y Castelao me habían mentido. ¿Qué otra explicación había si no? Él había estado allí, en el faro, yo lo había visto, y no entendía cómo era posible que no se hubieran cruzado al subir en mi busca. El edificio solo tenía una salida. Entonces, ¿cómo era posible? Mentían. Me habían mentido. Y lo peor era que tenían que haberse puesto de acuerdo para hacerlo.

Mentiras. Qué propicias son a aparecer. No hace falta llamarlas en exceso, pues siempre están cerca, por si son necesarias. Mentiras, falacias y engaños. Yo también las he utilizado, claro. ¿Quién no? Pero cuando uno es su víctima, no su ejecutor, se convierten en veneno y la temible sospecha entra en escena.

Me revolví en el sitio, nervioso. No me gustaba la idea que se me acababa de ocurrir. ¿Una conspiración contra mí? ¿Por qué? ¿Con qué fin? El dinero brilló en mi cabeza. Cierto era que yo tenía mucho, pero ¿sería mi fortuna motivo suficiente para que Vilar y Castelao se hubieran conjurado contra mi persona? No conocía los verdaderos propósitos del detective, por mucho que mi fiel lacayo me hubiera asegurado que venía a ayudar o que hubiera sido mi madre quien le contratara. ¿Y Vilar? ¿Cómo me iba a hacer eso mi querido mayordomo? Él no podría. Eso era absurdo. Pero me mintió. Me dijo que no había visto a aquel miserable en el faro y tuvo que verlo.

Tenía la sensación de estar volviéndome loco. Loco pensando en ese hombre del faro y sus delictivas actividades. Loco por no haber ayudado a Julia. Loco por entender. Loco por las preguntas, historias, idas y venidas, argumentos y patrañas de Castelao y también, debo reconocer, de mi mayordomo. Loco de atar.

A la sazón, como una llamarada que te quema el cerebro, pero cuyo escozor augura un buen resultado, se me ocurrió una posible salida para todo el asunto. Una que me sedujo y alejó, en cierto modo, la sospecha. Aquel ejecutor sin alma ni corazón estaba allí. Yo lo vi meterse en la pequeña habitación tras la puerta de metal, por lo que, ¿y si no salió de ella? ¿Y si se encerró en ese cuarto mientras Vilar y Castelao me recogían y me traían de vuelta al pazo? Vilar me contó que esa estancia siempre estaba cerrada, así que ni siquiera se acercaron a ella. Me cogieron y me trasladaron de vuelta a la casa sin parar ni un segundo a registrar la sala. Entonces, ¿y si, todavía, mientras yo estaba en el desván rompiéndome la cabeza, ese malnacido de ojos fríos yacía plácidamente descansando allí dentro? Seguro y tranquilo, encerrado en ese cuarto, sabedor de que nadie lo buscaría allí. Escondido a la espera de huir de mi isla o de, a saber, matar de nuevo. ¡Sí! Era posible y debía averiguarlo.

Continué en silencio, contemplando la oscuridad, cada vez más pesada y penetrante, mientras maduraba cuáles iban a ser mis siguientes pasos. Sabía que Vilar no accedería a ir al faro conmigo a capturar a ese hombre en modo alguno, y que tampoco me dejaría hacerlo a mí. Nada que conllevara riesgo obtendría el beneplácito de mi mayordomo, y cierto peligro, la verdad, sí que había. Resolví, en aquel momento, que sería mejor ir cuando Vilar y Julia durmieran. A ella tampoco quería involucrarla en el lance. No quería que corriera ningún peligro. Eso sería lo mejor. Sí. Eso haría.

Acudiría al faro, entraría en el escondite de ese homicida sin escrúpulos, lo atraparía y se lo mostraría a todo el mundo porque estaba claro que solo yo me preocupaba por él. Como si para los demás su presencia y sus actos fueran una simple anécdota. Aunque para hacer eso necesitaba la llave que abría la habitación donde ese miserable se escondía. Vilar me dijo que no existía, pero yo había advertido cómo se tocaba el manojo de llaves que siempre llevaba consigo. Si ese canalla se había encerrado allí dentro, necesitaba abrir la puerta. Convenía, en tal caso, esperar a que mi lacayo se durmiera para hacerme con la llave adecuada. Siempre dejaba el fajo colgado de uno de los ganchos del perchero de la pared de su cuarto. Para disimular mis intenciones y que Vilar no sospechara, para que no me lo pudiera impedir, decidí esperar a que el sueño llamara a los habitantes de mi isla y la noche fuera cerrada. Mientras tanto, bajé al comedor y cené. Julia no vino.

Al sentarme frente al plato lleno de perdiz escabechada, su aroma, su pinta, me di cuenta de que estaba, en verdad, hambriento. No había probado bocado desde el desayuno, cuando almorcé con Castelao. Julia tampoco, pero ella era de poco comer, ya me había percatado de ello. Me habría gustado que comiera algo más, pues, a pesar de la hermosura que irradiaba, cada vez se la veía más pálida y demacrada. La preocupación estaba causando estragos en su bello rostro, y también, claro está, la falta de alimento. La descuidada atención de mi servicio, sin duda, había sido otro punto a tener en cuenta en su forzada inanición. A cualquiera se le quitaría el apetito ante tan mala educación. Ahora solo quedaba Vilar en la isla, pero las cosas no parecían haber cambiado demasiado a ese respecto. Mi mayordomo había puesto de nuevo la mesa solo para uno. Para mí y nadie más.

Pobrecita Julia. Pobre. Se tenía que sentir fatal. Una memoria perdida, como la mía, un presente incierto y quién sabe a qué futuro nos tendríamos que enfrentar. En los últimos días, sobre todo desde la visita inesperada de Castelao, su aspecto había empeorado mucho. Me costaba aceptarlo, pero era así. No solo su ropa estaba deslucida, también su rostro. La luz ya no se reflejaba igual en él. Su cabello se había ido apagando, como el blanco de su piel, que se había tornado ceniciento y borroso, o su maravilloso olor a vainilla, que también se había debilitado. Y cada vez estaba más pálida y macilenta. Lo único que seguía intacto, tal vez con más intensidad, era el brillo de sus ojos. Las esmeraldas con las que conseguía que todo a mi alrededor desapareciera y solo ella quedara. Ella y las palabras. Ella y la inspiración. Ella y yo. A pesar de su deterioro, para mí, verla era como descubrir cada día el universo. Desde que había aparecido en mi vida, yo existía sin otro motivo que estar a su lado y que su albor llenara otra vez mi mente, caída y corrompida, de palabras cargadas de belleza y amor. Amor. La palabra que más rumiaba cuando pensaba en Julia.

Siguiendo con la pantomima ideada, devoré la cena deliciosa, por cierto, que Fabián, el cocinero, había dejado preparada antes de partir rumbo a su casa con los demás. Después me excusé con Vilar y me fui al despacho no sin antes comentarle que no quería ser molestado bajo ningún concepto, pues la inspiración rebosaba en mí y debía aprovecharla. Estaría escribiendo.

Me encerré en mi despacho y esperé. Sin más. No escribí nada. Por supuesto, no había en mi cabeza espacio para la inspiración esa noche, para la belleza y las letras. Era algo que me entristecía, ya que en las manos y el alma de un escritor siempre hay, debe haber, hueco para las palabras y las historias. Pero aquella noche no podía entretenerme, mi misión era otra. A pesar de todo, hubo momentos en que las cuartillas me tentaron para que me sentara frente a ellas y les hiciera caso. No obstante, conseguí reprimir sus deseos. Son curiosas las paradojas que guarda la vida de un literato. Cuando uno quiere escribir con toda su alma, el papel te mira retador, e incluso se ríe de ti, petulante. En cambio, cuando no hay tiempo o espacio para atenderlo, te busca con ojos llorosos, rogando para que plasmes en él tus ideas.

A pesar de la sed que me inundaba y me hacía temblar, mis manos palpitaban y vibraban como si el peor de los fríos se hubiera apoderado de ellas, tampoco recurrí a mi amiga la absenta para que me hiciera compañía en la soledad de esa noche. La dejé en su rincón del armario, olvidada y sola, entre libros, papeles y textos, a la espera de otra madrugada más propicia para el cortejo. Tendríamos todavía muchas noches por delante en las que poder hacernos compañía. Y mi otra amante, la morfina, siguió también encerrada en su caja de madera, sobre el escritorio, cerca de la cigarrera, que fue lo único que abrí y casi vacié aquella noche.

Sin bebida, sin agujas, sin inspiración y sin sueño, permanecí sentado frente a la ventana, envuelto en caracoles de humo, viendo pasar las horas y las nubes que el viento traía consigo desde el mar, donde se preparaba tormenta, con un canto incesante de quejidos dolientes. Ya se podían vislumbrar los relámpagos a lo lejos, hiriendo la superficie del océano, manchando su lisa pátina con destellos plateados. La luna, incansable, seguía peleando y combatiendo a pesar de saber que era una cruzada perdida de antemano. A lo mejor no lo sabía, o acaso sí, pero le daba igual. Era su sino. Luchar cada noche por estar, incluso cuando no se la ve.

Esperé frente a la ventana, observando las sombras del jardín, de mi isla. Escuchando, a lo lejos, los graznidos de alguna terca gaviota que no quería volver al nido, al resguardo de los suyos, al calor de su familia. Mirando cómo el viento desnudaba los robles centenarios y altivos, que nada podían hacer ante el ímpetu y la fuerza del fado, rasgado y roto, que el aire se empeñaba en tañer esa noche. Esa y las anteriores. Esa y las siguientes. El otoño llegaba cargado de furia, de tormenta y olor a mar. Arribaba pisando con fuerza la isla, custodiado de sombras, culpa y verdad, pues tras él nada volvería a ser igual.

17

Esa noche, a diferencia de otras, de tantas pasadas y futuras, no bebí ni me drogué, y no abrí la puerta al aturdimiento y a la irreflexión. No dejé entrar a la culpa, a pesar de su insistente llamada, ni tampoco a la nostalgia. A ambas las arrinconé en cualquiera de los vacíos que aún quedaban vivos en mi mente. Simplemente esperé, sin otro objetivo en la cabeza que atrapar al ser malvado que dormía, ajeno a mis intenciones, en la habitación cerrada del faro. Esperé hasta que me pareció que el silencio reinante en la casa solo podía indicar que tanto Vilar como Julia estaban ya durmiendo.

Salí con sigilo del despacho, bien ataviado con el gabán, lo había llevado allí antes de encerrarme, y me acerqué con cuidado a las habitaciones del servicio que estaban todas ubicadas en la primera planta, detrás de la cocina. No siempre fue así. Al principio, cuando mis padres compraron el pazo, había una casita anexa a la residencia principal habilitada para que fuera la vivienda de los criados, pero mi madre pronto lo cambió. El inmueble, a su parecer, estaba demasiado lejos. Por eso mandó reformar la primera planta del pazo para construir en ella los cuartos de la servidumbre. Mejor tenerles en casa, cerca, bajo sus deseos y sus pies.

Me aproximé a las habitaciones, la mayoría abiertas, ya que allí solo quedaba Vilar, y escuché, atento a cualquier sonido. Silencio. Solo el viento.

Era el momento.

Abrí la puerta del cuarto de Vilar con sumo cuidado. No quería hacer ningún ruido. De hecho, ni respiré por miedo a que mi apresurado resuello, acelerado por lo que estaba haciendo, le despertara. Abrí y, con el mayor de los sigilos, hasta yo me sorprendí de mi rapidez y silenciosa agilidad, me colé dentro cerrando la puerta tras de mí para que nada pudiera alterar el sueño de mi mayordomo que, tapado hasta las orejas, descansaba plácidamente en su cama. De tal manera me lo indicaban sus ronquidos, tranquilos y acompasados.

¿Qué estaría soñando? Algo bonito, sin duda. Lo imaginé caminando sonriente por una fastuosa campiña, correteando de la mano de una buena mujer, la que él se merecía, con la que compartía feliz la vida. No pude evitar sonreír al bosquejar el cuadro. A diferencia del mío, el sueño de Vilar, el sueño de otros, no tenía que venir acompañado de angustia, pesadillas y temores. Lo envidié, tumbado allí, en su cama. Qué no hubiera dado yo, y aún daría, por una noche sin malos sueños, sin pesadillas ni angustias. Pocas había tenido, y ninguna me quedaba por delante.

Dejé que Vilar siguiera caminando tranquilo en la campiña y eché un vistazo rápido al aposento. Comprobé, satisfecho, que mi mayordomo seguía siendo un hombre de férreas costumbres. Como esperaba, colgado de uno de los ganchos del perchero de pared, estaba el manojo de llaves que buscaba. Llaves que lo abrían o cerraban todo en la isla. Todo. También vi, para mi sorpresa, que en la mesilla de noche mi intendente tenía un ejemplar de mi primera novela, la que me había traído el éxito, la que me hizo famoso y me arrojó al caos, *El amanecer de la luz*. A su lado, una fotografía enmarcada de un joven y sonriente Vilar con una mujer. Supuse que se trataba de aquella que tanto le había hecho sufrir, la que le había herido de muerte el corazón y por la que ahora creía que el amor no era algo hermoso y bueno, sino solo sufrimiento.

Me habría gustado acercarme a la imagen para observarla mejor, para descubrir el rostro de la mujer, pues desde donde estaba no podía más que intuir sus formas, ya que el cuarto estaba apenas iluminado por los restos de luz que aún emanaban de unas ascuas moribundas en la chimenea. Y es que Vilar tenía ese privilegio entre la servidumbre: su habitación, por iniciativa de mi madre, era la única de las pertenecientes al servicio que tenía hogar. Quería conocer a quien tanto daño le había causado, pero me abstuve. No había que tentar a la suerte, que bastante traicionera es de por sí. No suele necesitar ayuda para torcerse. Yo había ido allí a por las llaves y no a rebuscar entre los recuerdos de mi mayordomo, por mucho que el deseo llamara a la puerta de mi curiosidad. Así pues, me acerqué al perchero y las observé. Eran muchas, muchísimas. Por lo menos había un centenar en la argolla del llavero. ¿Cómo saber cuál era la que necesitaba? Pensé en llevármelas todas y listo, pero enseguida lo descarté. Habría sido del todo absurdo. ¿Qué iba a hacer? ¿Comprobarlas una por una en el faro hasta dar con la adecuada? Ridículo. Antes de encontrarla, el tintineo hubiera alertado al malnacido que allí paraba y todo mi plan se habría ido al garete. Sí, lo sé. Ignorar cuál era la llave adecuada podía considerarse un pequeño fallo en mi estrategia. Bueno, no tan pequeño, quizá.

Noté que Vilar cambiaba de postura y los nervios afloraron en mis manos, ya alteradas de por sí por culpa de la abstinencia, haciéndolas temblar de forma incontrolable. Aquello pintaba mal. Nervios, temblores y un manojo de llaves. La combinación perfecta.

Intenté serenarme, alejar los nervios, relajarme y concentrarme solo en mi objetivo. Respiré varias veces para ahuyentar al mal fario, intentando calmarme, y miré las llaves con decisión. Tenía una misión que cumplir y no podía fallar. Debía elegir una. Decidir cuál coger y cuál dejar. Tan sencillo como eso y, a la vez, tan complicado. Las miré pidiendo, de algún modo, una iluminación que me ayudara, como ocurría en muchas de las novelas que leía. Una especie de ciencia infusa que, en momentos de dificultad, decía a los personajes qué era lo que tenían que hacer. Una revelación que acertaba siempre y que, para mi sorpresa, sucedió. No sé cómo explicarlo, pero sucedió. La ciencia infusa o lo que fuera vino a mí y me obligó a fijarme en que, de la argolla mayor, donde estaban todas las llaves enganchadas, colgaba una fina cuerda atada a ella con una simple lazada de la que pendía una llave más pequeña y robusta. Era gruesa y oscura, y destacaba sobre las otras por su tamaño y por estar sola, sin el abrigo de sus compañeras, suspendida de una triste sirga.

No sé por qué, pero creí que, por una vez, el destino estaba de mi parte y que aquella era la llave que buscaba. ¿Por qué no iba a tener suerte? ¿Acaso el haber errado el camino en el pasado era motivo suficiente para que la fortuna siempre me esquivara? De hecho, últimamente no lo sentía así. No del todo al menos. Había encontrado a Julia, que había hecho que mi inspiración, mi perdida lira, regresara y que había despertado en mí un viejo amor escondido y olvidado. Me había hecho sentir de nuevo. Se había convertido en mi apoyo y en mi musa. Mía para siempre. Eso había sido, sin duda, un golpe de suerte, ¿verdad?

Los nervios se aplacaron y mi corazón, que había estado yendo al trote hasta ese instante, volvió a latir con tranquilidad. Como mucho, un poco acelerado por los sentimientos que pensar en Julia me despertaba, pero sereno por el hallazgo de la llave requerida. Con agilidad, sin perder de vista el sueño tranquilo de Vilar, la cogí. No fue difícil, la verdad. La lazada de la cuerda se soltó con apenas un pequeño tirón. El resto de llaves ni se inmutaron. Les dio igual que me llevara a una de sus compañeras. Una vez tuve la llave en mi poder, me la guardé rápidamente en el bolsillo del gabán y salí tan silencioso como había entrado de la habitación de mi mayordomo. Cerré la puerta con sumo cuidado y en el pasillo, a salvo, suspiré aliviado. Lo más arduo estaba hecho. Ya tenía la llave con la que abrir esa maldita puerta tras la que, seguro, se escondía aquel demonio.

Anduve por el pasillo de las habitaciones del servicio, camino del salón principal de la casa, muy despacio y en el mayor de los silencios; y feliz. Tan satisfecho estaba por haber encontrado la llave y haberme hecho con ella de forma tan sencilla que no me paré ni un instante a meditar que la suerte, mal que me pese y por mucho que yo esa noche quisiera creer lo contrario, no solía jugar limpio. Al menos, no conmigo. No me paré a pensar, tonto de mí, que la había descubierto tan rápido y fácil porque ya la conocía. O que estaba adosada con un simple cordel endeble porque alguien quería que la cogiera. ¿Para qué pensar? ¿Para qué recordar? ¿Para qué? Tampoco había oído, ya al otro lado de la puerta, con la llave bien guardada en el abrigo, que Vilar se había levantado, pues su sueño no era tan profundo como yo imaginaba, ni estaba paseando sonriendo por ninguna campiña llena de flores. No lo oí, no lo sentí, y seguí con el plan.

Entré en el salón principal y me dirigí a la pared donde estaba el armero. No tenía ninguna intención de ir al faro sin protección, a cuerpo. Cogí una de las escopetas de mi difunto padre, la mejor que tenía, con la que había dado buena cuenta de lo bien que se le daba cazar, la cargué, me guardé más munición en las faltriqueras y salí de la casa dispuesto a enfrentarme a ese infame asesino.

Me asomé al jardín de robles que rodeaba la casa, con cautela, y comprobé cómo, salvo el viento y las sombras de los árboles y arbustos, no había nadie. Esta vez, a pesar de querer correr para acabar cuanto antes con aquella situación, a diferencia de cuando fui tras Julia, decidí marchar hasta el faro a paso lento para poder llegar con el ánimo templado y sereno. Una carrera me hubiera agitado demasiado y mis sentidos no habrían estado alerta y en forma para enfrentar lo que tuviera que encarar que, a buen seguro, no sería tranquilo. Avancé con seguridad adentrándome sin prisa en el lado norte, en el Paraje del Ocaso, convencido de lo que iba a hacer. Empujado por la idea de que era lo correcto, si bien esa palabra, «correcto», quizá no fuera la más adecuada. Tenía y tiene tantas interpretaciones…

De camino, ya casi llegando al faro, me pareció notar que alguien me seguía, pero lo achaqué a la imaginación y a los nervios del momento. La bruma procedente del océano hacía que miles de proyecciones bailaran a mi alrededor y corearan mis pasos inventando mil formas, a cuál más umbría y tenebrosa. El aire que soplaba con fuerza entre los árboles y las rocas las hacía hablar con lamentos y sollozos, y creaba un espectáculo no apto para crédulos de corazón. Todo aquello era producto del tiempo, del mal tiempo y, desde luego, pensé, de la imaginación de un escritor, tan propicia ella a ver fantasmas donde no los hay e ignorar los que ciertamente nos acechan. No obstante, ese mal tiempo y la imaginación, en realidad, ocultaban otra verdad.

Una sombra que no era producto del viento y la bruma me seguía los pasos, a cierta distancia, con reserva, embutida en el viejo abrigo que la acompañaba desde hacía muchos años. Una sombra familiar cuya figura se acercaba a mí cumpliendo un cometido para el que no sabía si estaba preparada.

Una sombra asustada, más que yo, que solo quería que todo lo que estaba sucediendo en la isla, que era mucho más de lo que a simple vista uno podía imaginar, como le habían asegurado, acabara cuanto antes. Una sombra que creía que dejarme actuar de aquella manera, a la ventura de mis anhelos, no era bueno, pero que se limitaba a cumplir las órdenes que le daban.

18

Pasos, sombras y sospechas en una noche fría y desapacible que parecía querer ser eterna. La tormenta que traía el océano, cargada de relámpagos cada vez más cercanos, delineaba la silueta de una isla que se me dibujó casi desconocida y hostil. Era mi isla, mi casa, y la amaba; no obstante, por momentos, en noches como aquella, en la que mi mente, cansada del olvido y la oscuridad quería restaurar reminiscencias de otro tiempo, también la odiaba. Mi isla, mi morada, mi condena. Con lo fácil que habría sido continuar como antes: ciego, sordo y mudo. No saber, no conocer, no recordar. Mi mente y yo, ambos testarudos, empeñados en dar solución a lo que ya no la tenía. Empecinados en descender a toda costa a los infiernos. Mi yo necesitado de verdad y mi yo enterrado en el olvido. Dos lados de una misma moneda que no terminaba de decidir hacia cuál caer.

Frente a la puerta vieja y rancia del longevo faro, su forma se me antojó espectral, terrible y cargada de maldad. Sí, maldad que se respiraba y se sentía dentro y fuera, en la tierra y en el aire, e incluso en las primeras gotas de lluvia que comenzaban a caer, como lágrimas ardientes que auguraban que aquella noche de octubre de 1936, y las que la siguieron, lo cambiarían todo. ¿Puede un edificio ser malvado? Quizá la construcción como tal no, pero sí el corazón de los hombres que lo construyeron y utilizaron. El Faro del Amor. Sonaba tan romántico y evocador. En ese momento, frente a él, me preguntaba cuánto amor quedaba en el lugar. Nada. No quedaba nada. Se había esfumado como lo había hecho la bondad del alma de los que lo habían usado y habitado, dejando allí solo la huella de la consternación y la desesperanza, convirtiéndolo en un sitio sin corazón ni aliento. Un rincón relegado que subsistía a base de nostalgia e historias de otras épocas. Evocaciones de antaño que exigían vivir y ser libres de nuevo.

Abrí la puerta que, como otras veces, no se quejó y me dejó pasar sin poner resistencia, y me adentré en aquel endiablado edificio agarrando con nervio la escopeta de mi padre y decidido, a pesar del temor y el recelo que me causaba estar allí solo y de noche, a acabar con aquello. A diferencia de la última vez que había estado en aquel lugar, que había subido las escaleras al galope para dar con Julia cuanto antes, avancé por los escalones con calma, despacio y en silencio, afianzando mi posición y mi idea. Haciendo que esta enraizara. Subiría, abriría la puerta de metal con la llave que le había cogido a Vilar, entraría y daría caza a ese cruel asesino.

La escopeta y mi determinación serían suficientes. Así lo esperaba y deseaba.

Llegué a la habitación bajo la linterna con el ánimo cargado de esperanza. Había ascendido despacio y en silencio. Ese hombre no me podía haber oído en modo alguno. La estancia era una cueva solo alumbrada por nimios rayos de luna, pero mis ojos ya se habían acostumbrado a la oscuridad durante la subida. Además, me sabía la distribución de la estancia y los pasos exactos que había desde el rellano de la escalera hasta la puerta de metal. Eran diez. Diez pasos. ¿Los había contado la vez anterior? Podía ser. Diez pasos que di seguro de lo que iba a hacer.

Diez pasos hacia la maldad y la sevicia.

Cuando llegué a la puerta, con mucho cuidado, saqué la llave, sin dejar en ningún momento de asir con la otra mano la escopeta, y la metí en la cerradura…

¡Maldición!

En aquel momento, mi rostro debió reflejar el más profundo de los desesperos. La dichosa llave, por la que tantos apuros había pasado, no encajaba en el mecanismo. Era demasiado pequeña y se perdía en el ojo sin poder agarrar el pasador.

—¡Maldita sea! —masculló mientras la sacaba de la cerradura—. ¡Malditos mis muertos!

Impotente, me quedé mirando la cerradura y también la inútil llave que sostenía mi mano. Entonces, ¿qué demonios abría? Los nervios, que hasta aquel momento había logrado mantener alejados, afloraron de golpe, con fuerza, haciendo que un sudor glacial empapara mi frente y mis manos, lo que provocó que la estúpida llave inservible se me cayera al suelo. Cayó y rebotó varias veces provocando un sonido que me pareció colosal. Un eco metálico que tronó por todo el faro llenándolo de férreos embates que repiqueteaban como las cadenas que arrastran los condenados, caminando de un lugar a otro sin destino, sin Dios que les acoja y sin consuelo. Cuando la llave al fin se posó del todo sobre las carcomidas tablas del edificio, el ruido atronador que había provocado fue sustituido por el trote de mi corazón y los latidos desbocados de mi espíritu, provocados por el miedo que corría a sus anchas por todo mi ser. Su incesante golpeteo debía de estar resonando en toda la isla. Hasta ese momento, el silencio había sido mi aliado, pero, en ese instante, el pavor y el sobresalto seguro que me habían delatado.

Me agaché para coger la llave y, sin incorporarme, la guardé rápidamente en el bolsillo del gabán. Acto seguido, escuché ansioso, esperando que en cualquier momento la puerta de metal se abriera y el individuo malvado que estaba dentro saliera a mi encuentro, a acabar, tal vez, conmigo y así conseguir total libertad para seguir escondiendo secretos. Escuché, pero no oí nada. Silencio. Solo silencio.

Me mantuve en cuclillas frente a la puerta, atento a cualquier sonido o movimiento a mi alrededor. Nada. Todo seguía mudo. Las termitas comiendo madera dentro del faro, el viento fuera, las olas a sus pies y las gaviotas a su alrededor, ajenas a mi tensión y miedo, era lo único que, de vez en cuando, osaba romperlo. Seguí en la misma postura un rato más hasta que la curiosidad o la temeridad o qué sé yo me mostraron cierta claridad por el ojo de la cerradura y me acerqué a mirar. No pude evitarlo. Pegué todo lo que pude mi cara a la puerta y al agujero.

La ansiedad me oprimía el pecho y hacía que mis ojos parpadearan más de lo normal, sin embargo no me moví y continué mirando porque allí dentro había luz. No era muy potente, pero sí lo suficiente como para distinguir una sombra inquieta que se movía de un lado a otro de la habitación. A pesar del miedo, que ahora no tenía freno y recorría mi cuerpo como una corriente eléctrica, arrimé la cara un poco más contra la puerta para intentar sostener más cómodamente la mirada a través de la cerradura y así poder ver con mayor claridad a la figura que allí dentro proyectaba siluetas espectrales en las paredes y el suelo. Apreté el ojo contra la cerradura mientras intentaba enfocar y, en ese mismo instante…

¡Dios del cielo! ¡Dios de todos los cielos!

Un iris azul, frío y helador, se asomó por ella.

Mi corazón se detuvo, mi mente dio un paso más camino de su derrumbe y mi cuerpo, sacudido por el pánico, se desplomó hacia delante abriendo con su peso la estúpida puerta de metal, que resultó no estar cerrada. No lo estaba. No se necesitaba ninguna llave para abrirla. Vilar me había mentido una vez más. La puerta no estaba atrancada y, en ese instante, dudé de que lo hubiera estado alguna vez. Entonces, me pregunté: ¿por qué Vilar había llevado su mano al manojo cuando le hablé de ella? ¿Por qué pareció indicarme con aquel gesto que él tenía la llave que abría la estancia?

Cerré los ojos, como hubiera hecho un niño, deseando que aquello fuera solo un sueño: pronto despertaría en otro sitio más amable y agradable. Pero no había ningún sueño del que despertar. Y lo que de verdad sentía, como la otra vez, era un gélido aliento muy cerca, tanto que podía notar una sombra devorando la mía y un cuerpo arqueado sobre el mío, contemplándome, acechándome, estudiándome.

Palpé a mi alrededor intentando recuperar la escopeta, que había soltado al caerme tras el terror que me había provocado aquel ojo. No tarde en dar con ella y, en un arrebato de puro instinto de supervivencia, la cogí y apunté al frente, abriendo los ojos justo en el mismo instante en el que apretaba el gatillo. Asumí que le había dado, puesto que estaba pegado a mí cuando disparé, pero al mirar, allí solo había aire con olor a pólvora. El tiro había ido a parar a una de las paredes de la habitación.

Me incorporé rápidamente, sin dejar de apuntar con la escopeta a un lado y a otro; me quedaba otro disparo antes de tener que recargarla, buscando al dueño de esos ojos añil, crudos e inhumanos. ¿Dónde se había metido? ¿Cómo era posible que ya no estuviera? El cuarto parecía vacío. No había nadie. En su centro esperaba una silla de madera que había vivido mejores días. Estaba sucia, vieja y desgastada. Sobre ella reposaba una cuerda. Otra igual se asomaba entre las patas y llegaba a uno de los reposabrazos. Debajo, como si fuera su silueta deformada y disfrazada, nacía una enorme mancha de color almagre. Dejé de mirarla. Era sangre seca. Tenía que serlo. Qué otra cosa podía ser. Sangre seca mezclada con orines y fregada de mala manera después. Esa silla era donde ese canalla ataba a las mujeres que secuestraba y llevaba a mi isla, con las que se divertía y después mataba.

Aparté la vista del asiento y me fijé en que, en una de las paredes, cerca de donde había acabado el disparo, había un armario de metal y, a su lado, una mesa parecida a la que existía en la habitación de fuera. Me acerqué sin dejar de apuntar y, sobre ella, como en la otra, vi papeles y más papeles, un plumín, un cenicero y un tintero. Los documentos, como los que había descubierto en mi anterior visita al faro, estaban llenos de palabras sin sentido, garabatos y frases borroneadas sin ton ni son. Era un galimatías. Dejé el escritorio y me acerqué al armario. Dentro seguro que se escondía parte de los oscuros secretos de aquel hombre. Fui a abrirlo y, justo en ese momento, un ruido en la entrada del faro, acompañado de una terrible ráfaga de viento, subió por la escalera hasta entrar en el cuarto. Agitó los papeles de la mesa, desperdigándolos por el suelo, y las cuerdas de la silla, que cayeron a tierra para hacer compañía a los restos de las infamias allí cometidas.

La sombra que me había estado siguiendo ya estaba en el faro y había flanqueado la puerta. Su entrada y el aire que trajo consigo también movieron algo en el fondo de la habitación. Oí cómo se deslizaba hasta caer al suelo. Me volví y como un destello, un chispazo, como un fantasma, aquel hombre miserable que habitaba mi isla sin permiso se materializó frente a mí, mirándome y apuntándome, escopeta en mano, con ojos temblorosos. A sus pies había un par de sábanas enmohecidas y viejas. Eso era lo que había oído resbalar. Di un paso al frente y el hombre también lo hizo. Estaba claro que no me tenía miedo a pesar de que en su semblante se reflejara cierto atisbo de él. Sus ojos parecían fríos, pero al dar un paso más, al acercarme más a él, el pensamiento de Julia, su idea sobre la tristeza que escondían, me invadió: ¿Podía ser verdad que hubiera tristeza en ellos? ¿Tristeza disfrazada de maldad? Deseché de inmediato aquella sensación, la alejé, y apunté seguro y firme contra él. No me iba a dejar engañar por sus falsos ojos y tampoco confundir por las ideas de otros.

—¡Entrégate! —le grité con una voz más blanda de la que pretendía emitir. Tenía la boca seca—. ¡Ya no hay vuelta atrás!

No transigió y se mantuvo en silencio mientras unos pasos subían presurosos las escaleras.

—¡Tira el arma! —le exigí apuntando directamente a su cabeza—. ¡Tírala y sal conmigo del faro!

Silencio. Solo pasos ascendiendo. Nada más.

—¡Entrégate! —le repetí ante su falta de habla y su mala disposición.

Pero mis requerimientos volvieron a caer en saco roto, pues no parecía dispuesto a entregarse. No se movía, no decía nada y solo me apuntaba a la cabeza con su vieja escopeta. Di un paso más hacia delante y él, para mi turbación, no se acobardó y también lo dio y levantó la escopeta un poco más, convencido, con el dedo tenso sobre el gatillo. Temblé. Iba a disparar. ¡Me iba a disparar!

Los pasos vivos y febriles que subían por las escaleras del faro ya casi nos habían alcanzado. Las pisadas de la sombra que me había estado siguiendo; de la sombra que, en realidad, salvo en mis años de exilio, siempre había estado ahí. Yo también tensé el dedo sobre el gatillo y, justo cuando la cara familiar de Vilar, mi mayordomo y mi sombra, se asomaba por la puerta de la habitación, disparé.

La detonación sonó ensordecedora y retumbó por el faro que se dolió, harto como estaba de que todo el que lo visitaba o habitaba se creyera con derecho a hacerle llorar. Solo era un edificio. No era malvado. La maldad era propia de quienes lo utilizaban. El disparo fue acompañado por el grito de Vilar y el sonido de mi caída, provocada por la fuerza de la descarga. Un estallido escoltado también de miles de virutas de cristal que explotaron en la habitación llenándola de lucientes volutas y esquirlas, brillantes como luciérnagas en una noche de verano, que se clavaron en mí cubriéndome la cara y las manos de sangre.

19

Un espejo. Eso fue lo que se rompió con el disparo y llenó la habitación de cristales rotos. Un espejo olvidado en una de las paredes de la pequeña habitación que había provocado desconcierto. Yo intentaba quitarme los fragmentos y limpiar mis ojos de sangre para ver qué ocurría, dónde estaba aquel miserable. Había llegado muy lejos como para dejarlo escapar. Quería verlo tendido en el suelo, moribundo, pero no descubrí eso. Claro que no. ¿Cómo ver aquello que no está? Y es que yo únicamente podía ver mi sangre, en mis manos, en mi cara, en las sombras y en Vilar, iluminada a la tenue luz del candil que mi mayordomo había traído consigo.

Vilar rasgó aprisa las sábanas que habían caído a los pies de aquel inmundo personaje, arrastradas por el viento cuando había aparecido frente a mí apuntándome con una vieja escopeta de caza, y me fue curando las heridas. Me limpió la cara y las manos, aunque no logró, por mucha intención que puso, llegar a aquellas que estaban más adentro, más profundas: en mi corazón, mi cabeza y mi alma. Esas heridas no se limpian ni se curan. Tampoco el tiempo lo hace. Nada las puede sanar. El tiempo, como mucho, las esconde.

—Vilar —susurré—. Gracias, Vilar.

Le estaba, como en tantas y tantas ocasiones, agradecido. Recordé la vez primera que me había ayudado, cuando de niño me sacó del mar y me salvó. ¿Cuántas veces me había rescatado? ¿Y cuántas más lo haría? Me habría gustado, en ese mismo instante, volver a ser un niño, abrazarme a sus fuertes brazos, llorar y dejar que su abrazo me protegiera de todo.

—Tranquilo, señor, ya estoy aquí —balbuceó a la vez que procuraba retirar todos los fragmentos de cristal posibles de mi cuerpo con el mayor de los cuidados—. Ya ha pasado. ¡Ya está!

—Vilar, ese hombre ha huido. —Señalé como pude hacia la puerta—. Se ha ido.

—Tranquilo, señor —me repitió—. Ya está. Ya está. No pasa nada.

—Pero ha huido. Ese canalla. Ese miserable. Ese…

—Tranquilícese, don Ricardo —insistió mientras me vendaba las manos con jirones de sábana—. Todo acabará pronto. Ya lo verá. Todo saldrá bien.

Luego, sin dejar que yo siguiera protestando, una vez que me hubo limpiado lo mejor que pudo las heridas, me ayudó a incorporarme y me sentó en la silla que había en la habitación. Me dejé hacer, a pesar de que mi cabeza solo quería perseguir a ese miserable que habitaba mi isla, mis sueños y mi vida. Dar con él y acabar con todo. Además, la idea de estar allí sentado, donde mujeres inocentes habían llorado e implorado por su libertad, no me hacía ninguna gracia. Mis manos, envueltas en harapos y cubiertas de restos de sangre, se agitaron al rozar la madera del asiento que, dolida, desprendía sufrimiento y martirio, un tormento espantoso que se colaba por los poros de mi piel haciendo que mi alma se hiciera cada vez más pequeña. Haciendo que mi corazón temblara de tristeza y desconsuelo, y que mi mente, como hacía con asiduidad desde que había vuelto a la isla, quisiera apagarse y abandonar.

Vilar se acercó al armario de metal que había en una de las paredes de la habitación, al fondo, donde había acabado mi primer disparo, y sin decirme qué es lo que estaba haciendo, lo abrió de par en par y me señaló el interior. Dentro había una caja de zinc bastante antigua y lo que parecía un grueso cuaderno de piel marrón. Con manos vacilantes y manchadas todavía con mi sangre, mi querido intendente cogió la caja y la puso sobre la mesa, ya libre de los papeles que la cubrían cuando entré en la habitación. Yacían diseminados por el suelo haciendo compañía a los cristales, justo a mis pies, entre la silla donde yo estaba y la mesa.

—¿Ha abierto la caja? —quiso saber.

—No. No he podido registrar bien la habitación —respondí—. No me ha dado tiempo.

—Pues debe abrirla —me pidió—. Es necesario.

—¿Por qué?

—Debe hacerlo, don Ricardo. Confíe en mí. Ábrala y entenderá.

—Entender, ¿qué? Además, no tengo la llave —le aseguré, perplejo—. Y no sé de quién es o qué significa. No voy a abrir algo que no sé lo que es.

Vilar suspiró, contrariado ante mi negativa, pero me contestó:

—Es la caja de alguien que hace muchos años, muchos, perdió la cabeza por amor —me confesó.

Como un relámpago, un nombre vino a mí: Ramón Rouco Buxán. Era el terrateniente que, poseído por los celos, mató a su mujer y al amante de esta, y más tarde enterró el corazón de él y la cabellera de ella en una caja de zinc en algún lugar del lado norte de la isla. Pero eso había ocurrido hacía muchos años. No podía ser que fuera la misma caja. Mientras yo pensaba en don Ramón y su arrebato de furia y odio, Vilar siguió con su explicación, afirmando que esa caja no era, en realidad, de un solo hombre, sino de dos.

—¿Dos? —pregunté.

—Sí, señor, dos. —Se acercó a mí y me la señaló—. Y debe abrirla.

—Pero ¿por qué? —Me resistía a cumplir sus órdenes sin más explicación que la que me daba. No quería hacerlo. Me daba igual que hubiera sido de don Ramón o de otros. Si aquella era, además, la caja maldita de la leyenda del terrateniente, ¿quién en su sano juicio iba a querer abrirla? Yo no.

—Es importante que me haga caso, señor —insistió Vilar alejando mis pensamientos de maldiciones y amenazas—. Es el principio de una historia que debe recordar.

—¿Y cómo la abro? Ya le he dicho que no tengo la llave.

—Sí que la tiene —me aclaró, y yo, de forma instintiva, eché la mano al bolso del gabán y palpé la pequeña llave de metal que había tomado de su manojo—. Sí. Esa es —ratificó al verme—. Sáquela y abra la caja.

—Pero ¿cómo…?

—Yo dejé que la cogiera —me interrumpió—. Yo se la mostré hace días.

Entonces, yo no estaba desencaminado, pues. Había interpretado correctamente el gesto que él había hecho cuando le hablé de la puerta de metal cerrada del faro y le había preguntado por la llave que la abría, si bien había errado al pensar que su gesto había sido instintivo y que se refería a la puerta, pues en realidad la que sugería era la que abría aquella caja. Era eso lo que me había señalado. ¿Por qué? ¿Por qué debía tener esa llave? ¿Por qué debía abrir aquella caja?

—Así debe ser —continuó, respondiendo a mis preguntas tácitas, leyendo mi mente—, aunque ya no estoy tan seguro de que sea una buena idea.

—¿El qué debe ser?

—Lo de la caja y la llave —respondió receloso—. Se me dijo que, a tenor de lo que estaba ocurriendo, era lo mejor. «Si le vuelve a hablar del hombre y de la habitación del faro», me indicaron, «tóquese las llaves». —Bajó la mano y me enseñó el enorme llavero que siempre iba con él—. «Él pensará que le está mostrando que allí guarda la que abre la puerta de metal de la habitación», me explicaron. «La cogerá e irá al faro. Cuando descubra que la puerta, en realidad, está abierta, solo le quedará ir al armario, coger la caja y abrirla».

—¿Quién le dijo eso? ¿Quién le mando hacer eso?

—En cambio —prosiguió sin hacerme caso, sin responder—, en vez de llegar, ir al armario, coger la caja y abrirla, como se esperaba, ha pasado todo esto. —Y miró a nuestro alrededor.

—¿Cómo que se esperaba? ¿Quién lo esperaba? ¿Por qué?

—Sé que es difícil de comprender, señor, pero si abre la caja, si la abre, todo cobrará sentido y entenderá lo que está ocurriendo. Lo que le está ocurriendo.

—¿Y qué me está ocurriendo, Vilar? ¡¿Qué?!

—¡Ábrala y lo sabrá! Yo no puedo hacer más. No puedo decir más. Demasiado he dicho ya.

—Pero yo no quiero abrir la caja. —Y era verdad. No quería.

Desde que Vilar la había sacado del armario, algo dentro de mí, el miedo tal vez, o la cobardía, y no provocada solo por la maldición, me apuntaba, a gritos, que si abría la caja de zinc, que si obedecía a Vilar y miraba en su interior, todo mi mundo se desvanecería. Todo lo vivido aquellos días; todo lo que me había ocurrido. No me importaba que algunas cosas se fueran, claro está, pero sí otras. No podía. No quería.

—No lo haga más complicado, señor —me insistió—. Solo conseguirá sufrir.

El sufrimiento del que me hablaba hacía tiempo que ya se había instalado con comodidad dentro de mí y, por lo que traslucía su semblante, también en él.

—Claro que sufriré, Vilar. ¿Cómo no hacerlo cuando ese hombre ha escapado? —Eso era lo que me importaba de verdad y no la caja—. Creo que está herido. Le he dado, pero no he podido acabar con él. Ha huido.

—Quizá no debía acabar con él —dijo bajito, farfullando, pero le oí perfectamente—. Quizá no pueda acabar con él. A lo mejor lo que debiera hacer es olvidarse de él. —Y cogió la caja y me la acercó invitándome de nuevo a abrirla.

Me quedé en silencio, sopesando sus palabras. ¿Qué estaba pidiéndome? ¿Por qué iba a olvidarme de él? Era absurdo. A veces debía recordar y otras olvidar. Eso me decían. Olvidar, recordar, olvidar, recordar. ¿Qué hacer?

Locura es una palabra que se queda pequeña para describir la horrible sensación que sentí en ese turbador momento. Y qué manía con la caja. No quería abrirla. No iba a renunciar a mi nuevo mundo, a mi nueva vida, porque era lo que podía suceder si la abría. Estaba seguro. Algo dentro de mí me lo decía.

—Deje a ese hombre. Olvídelo —repitió en un susurro, cansado ante mi terquedad. Se le veía cada vez más abatido—. Déjelo en paz. En el fondo… no es malo.

—¿Cómo dice? ¡¿Que no es malo?!

—No me malentienda, señor… Me refiero a que…, quién sabe. Lo hecho, hecho está…

—¿De qué me está hablando ahora? —No alcanzaba a entender a qué se refería.

Vilar y sus frases sin terminar, sus medias verdades, sus pocas explicaciones. No sabía yo que no podía decir más ni hacer más porque se lo habían prohibido. Le habían asegurado que no era el momento y que él no era la persona adecuada. Había que esperar. ¿A qué?, se interrogaba él, pero obedecía. ¿A qué?, pensaba mientras el corazón se le iba muriendo un poco más cada noche. Le habría encantado, luego lo supe, hablar sin tapujos y decir lo que pensaba, pero callaba. Callaba y obedecía. Ese era su sino, lo había sido siempre.

—Yo solo digo que ese hombre no es lo que parece —me explicó—. Sé que le pueden resultar extrañas mis palabras, pero la diferencia entre lo que vemos y lo que queremos ver es, a veces, muy fina. Una pequeña línea que se atraviesa sin darnos cuenta y que nos confunde, pero si abre la caja, entonces comprenderá mejor a qué me refiero.

—A mí no me confunde nada —repliqué—. Ese hombre es malvado y no habrá nada ni nadie que me haga cambiar de opinión. Y usted —remarqué temblando, con los nervios a flor de piel y las heridas ardiéndome como fuego bajo las vendas improvisadas—, ¿por qué lo protege?

—No lo hago, señor.

—Sí. Sí que lo hace. ¿Por qué, si no, me dice que no es lo que parece? —Me levanté de la silla, enfadado y harto de tanta palabrería inútil. Al incorporarme con tanto ímpetu, esta cayó hacia atrás, haciendo que el faro gimiera—. ¿Por qué, si no, me dice que no es malvado? ¿Por qué, si no, me habla de la confusión?

Vilar retrocedió ante mi arrebato y volvió a dejar la caja sobre la mesa. La posó con delicadeza y después se volvió. Sus ojos, al mirarme, estaban cargados de reproches y desesperación.

—¿Por qué se empeña en llevarnos con usted a los infiernos? ¿Acaso no se ha cansado ya de hacernos sufrir? —Esas palabras estaban llenas de censura, pero también de tristeza.

—¿Sufrir? Yo no hago sufrir a nadie —mentí, pues sabía que les había hecho padecer mucho con mis andanzas pasadas y que, quizá, allí, en el presente, también lo estaba haciendo. Pero no lo iba a reconocer. Por supuesto que no—. Ese sujeto, en cambio, es pura maldad. Un ser vil y cruel que sí que hace sufrir. Me hace penar a mí, a las mujeres, a Julia, a mi isla. A todos.

—No, no es así —me corrigió—. Cierto que hizo y hace sufrir, pero no es por maldad. Es por otra causa. Ese hombre se siente solo. Está envuelto en un infinito halo de tristeza. —Su voz se fue debilitando mientras me confesaba lo que él pensaba—. Lo que le pasa es que...

—¡Es que nada! —le interrumpí. ¿Cómo podía decir eso? ¿Tristeza? Me negaba a creer semejante majadería—. ¿Qué hay más cruel y villano que asesinar mujeres? Es un miserable, un mal hombre. Y usted lo sabía, ¿verdad? ¡Lo sabía!

Vilar asintió llevándose las manos a la cara, cubriendo su rostro para aplacar así las lágrimas que comenzaban a asomar en sus ojos, sus tristes ojos que, por desgracia, desde esa noche, ya nunca volverían a ser los mismos. Unos ojos que se volverían simples sombras que viven porque deben hacerlo, pero por nada más.

—Todos lo sabemos —susurró.

—Todos. ¿Quiénes?

—Abra la caja, señor, y entonces lo entenderá. —Dio unos pasos hacia mí con la mano extendida, pero no se atrevió a tocarme—. Recuerde el principio de esta historia y lo comprenderá todo.

Miré a mi alrededor, el desastre de la habitación. Cristales rotos, sábanas viejas hechas jirones, sangre, papeles, la silla tumbada rodeada por la soga y los restos de tinta que se colaban por las grietas del entablado como perlas negras. Parecía que por allí hubiera pasado una ventolera y hubiera arrasado el lugar. Lo único que seguía en su sitio, intacto, era el armario de metal del que Vilar había sacado la caja. En él, en una de sus baldas, aún reposaba el cuaderno marrón que la acompañaba. Una obra que podía contener… ¿Qué podía esconder? Seguro que era de ese malnacido que asesinaba mujeres en mi isla. ¿De quién si no? Su diario, tal vez. Un libro que yo debía leer. Una voz en mi cabeza me lo decía, me gritaba que lo cogiera y lo leyera.

Di un paso hacia el armario y Vilar enseguida comprendió mis intenciones.

—No, señor. No lo haga. Aún no debe leerlo. —Intentó persuadirme, pero era demasiado tarde—. Solo le confundirá. El cuaderno va después.

En un abrir y cerrar de ojos, a pesar del dolor que me molía todo el cuerpo, sobre todo las manos y la cara, donde más fragmentos del espejo se me habían clavado, cogí el libro y eché a correr.

—¡Por favor, don Ricardo, no lo haga! ¡Maldita sea! —escuché cómo gritaba Vilar mientras salía a toda prisa tras de mí y renegaba de las órdenes que le habían conferido—. Primero debe abrir la caja —suplicaba—. Ese cuaderno es el final. ¡El final!

No le hice caso y seguí mi descenso atropellado hacia la libertad o hacia otro sitio donde no escuchara ni los lamentos ni las peticiones de mi mayordomo. No quería abrir la caja y sí leer el libro.

—Por favor, señor… —suplicó de nuevo desde el principio de la escalera, con la caja en una mano y la vieja escopeta de caza de mi padre en la otra, bajando él también a trompicones para darme alcance—. ¡No lo lea, por Dios!

Le habían dicho que yo iría al faro, al armario, sacaría la caja y la abriría y, después, si me quedaban fuerzas, cosa que no pensaban, leería el cuaderno. Él lo había creído y por eso, cuando llegó, tras curarme, no había cogido el ejemplar para esconderlo. Ahora se arrepentía, era evidente. Les había creído, confiado, pero se habían equivocado y en aquel momento era él quien tenía que perseguirme, desesperado, suplicando porque no lo leyera todavía. No se habían dado cuenta aún de que las acciones de un hombre cuya mente se pierde no siguen la lógica ni la experiencia adquirida en el pasado. El libro era el final, según pregonaba Vilar, pero eso a mi mente enferma le daba igual. Principio o final eran todo uno.

Escapé de allí todo lo deprisa que pude y me oculté en unos arbustos cercanos. Unos matorrales bajos pero frondosos que me ofrecían una muy buena vista del faro y un refugio perfecto. A buen seguro, Vilar pensaría que me había ido corriendo al pazo, a encerrarme en mi despacho o, tal vez, a buscar a Julia para desahogarme tras todo lo vivido. Y hasta allí le llevarían sus pasos dejándome libre de hacer lo que quisiera. Libre para leer aquella obra y descubrir qué escondía, que era lo único que yo quería en ese momento, máxime tras la insistencia de mi fiel mayordomo para que no lo hiciera.

20

Cuando Vilar abandonó el Faro del Amor, como había presumido, no se detuvo a buscarme por los alrededores y, escoltado por la tormenta y sus rayos, con los pies embarrados con la tierra húmeda por toda la lluvia de aquella noche y de los días anteriores, tomó el sendero que se alejaba del Paraje del Ocaso en dirección al pazo de San Jorge. Le observé alejarse abatido y con paso lento mientras maldecía su suerte. Parecía que le fallaran las fuerzas. Era como un fantasma, una mancha triste y espectral que se confundía con las sombras de la noche y las penas que esta esconde, porque es la noche una de las mejores centinelas de secretos y dolores.

Cabizbajo, apesadumbrado y con semblante triste, vi cómo se alejaba con la caja de zinc bien asida para que el viento, que azotaba con ganas, no se la arrebatara. La imagen hizo que el estómago se me encogiera. Los remordimientos entraron sin llamar y faltó muy poco para que abandonara mi escondite para llamarlo y pedirle perdón. ¿Por qué? Por hacerle sufrir, por no agradecer sus pasos preocupados, por no devolverle los cuidados de años y por no acceder a sus peticiones que, de seguro, albergaban sabiduría. Sin embargo, me contuve. No podía hacer eso. Mi idea era otra muy distinta y, por más que Vilar me diera pena, por más que sintiera que le había fallado, no podía flaquear.

Cuando la silueta gruesa de mi mayordomo se perdió definitivamente entre el velo del mar y la oscuridad de la noche, cuando me sentí solo en el lugar, decidí salir del abrigo de los matorrales e ir al sitio que me pareció el más seguro en aquellas circunstancias. Tras lo ocurrido, los disparos, la presencia de Vilar y la aparición de la caja y el libro, nadie, ni siquiera ese perverso homicida que conseguía siempre huir y mantenerse a salvo, se atrevería a regresar esa noche al faro. Era, sin duda, el lugar ideal para estar solo y leer los secretos que ocultaba el cuaderno que reposaba con holgazanería en uno de los bolsillos de mi gabán, esperando a ser leído.

Dejé los matorrales y, presuroso, entré en el faro. Cerré la puerta principal con el pasador, toda precaución era poca por si me equivocaba y alguien osaba ir hasta allí, y subí las escaleras en total silencio, escuchando el mordisqueo de la carcoma y el siseo del viento en el exterior. Quería entrar, pero el faro, todavía altivo a pesar de los años de dejadez, se lo impedía y se defendía del embate del aire, las olas y la tormenta con gallardía caballeresca.

Ascendí hasta la habitación que albergaba el depravado cuarto tras la puerta de metal y saqué el cuaderno marrón del bolsillo. Al principio pensé en quedarme en esa estancia, pero cambié de idea y entré en el pequeño cuarto donde todo parecía haber ocurrido porque pensé que allí entendería mejor lo que aquel texto guardaba. Me senté entre las sábanas rotas, en el suelo, con el candil de aceite cerca, para poder leer mejor, y lo abrí. Me temblaban las manos y no solo por el dolor que sentía, que era intenso y penetrante. Había más, y es que, debo reconocer, tenía miedo, pues no sabía si sería capaz de asimilar lo que ese escrito podía contener. El instinto me decía que debía leerlo para comprender todo lo que estaba sucediendo en mi isla, fuera lo que fuera, pero, tras las palabras atropelladas de mi mayordomo advirtiéndome de que primero debía abrir la caja porque ese cuaderno era el final, sentía ansiedad y recelo. ¿Y si tenía razón? ¿Y si lo estaba haciendo todo mal? Daba igual. La decisión ya estaba tomada. Lo iba a leer aunque presintiera que no sería una lectura placentera. Además, estaba convencido de que me ayudaría a saber más de ese individuo de crudos ojos y de su mal llamada tristeza. Más de él, de mi isla, y la razón o la sinrazón, no lo sé, me indicaba que también de mí mismo.

Abrí el cuaderno y lo primero que leí, para mi pasmo, fue una sola palabra. Solo una: «Musas».

Me quedé quieto, sin saber si continuar o no. ¿Musas? ¿Era un libro sobre la inspiración? No podía ser. ¿Qué clase de broma era aquella? Como escritor, aquello se me antojó una burla del destino. ¿A qué estaba jugando el albur conmigo? Como estaba escondido en el armario de metal, junto a la caja, en aquella habitación que ese malnacido utilizaba de guarida, pensé que se trataba de alguna especie de diario.

Alguna relación sobre sus actividades y no una historia sobre la iluminación o el genio. Con temor, pero convencido de que debía seguir adelante pese al mal cuerpo que esa primera palabra, «Musas», me había provocado y al dolor intenso que, poco a poco pero de forma constante, se había instalado en mi cabeza desde que había disparado allí dentro, pasé la página. Lo siguiente que encontré fue aún peor, pero sirvió para confirmar que no me había equivocado al prejuzgar la importancia de aquella obra.

Un nombre de mujer, Lucía, y a su lado la edad, dieciocho. Luego, mal pegado, el fragmento de una fotografía desgastada por el roce. Era la instantánea de una joven hermosa con una larga melena negra y unos ojos claros que miraban a la cámara con desconfianza. No, quizá con miedo. No sonreía y parecía perdida. En la parte inferior de la imagen volvía a aparecer su nombre junto a una fecha: «Lucía, 15 de marzo de 1927».

Me quedé asolado. ¿1927? ¡Por el amor de Dios! ¿Cuántos años llevaba ese hombre en mi isla? ¿Cuánto tiempo llevaba matando? ¿Cuántas mujeres habían pasado por sus manos y por ese faro?

Tras el nombre, la edad y la fotografía con la fecha, el diario continuaba con una serie de párrafos descuidados, encabezados por una especie de título: «Silencio en la torre». Tras él, palabras y más palabras descompuestas y enredadas que intentaban, aunque lo conseguían a duras penas, ser una historia. La leí con cierta curiosidad, la verdad, pues no esperaba nada de aquello. Ese primer cuento trataba de una princesa de otros tiempos, lejanos y arcaicos, encerrada en una torre a la espera de que su príncipe azul fuera a rescatarla.

¿De verdad? No me lo podía creer. Era tan pueril, tan inocente en el fondo, que me dio pena. Que me dio risa. Que me dolió. Acerqué más el candil y no solo para leer mejor, también para que cierto calor me arropara, pues mi cuerpo se sentía cubierto de un frío terrible, provocado, a buen seguro, por mi encierro voluntario en esa habitación de los horrores y por las palabras maltrechas que leía.

Tras la imagen de Lucía y el comienzo de aquel cuento de hadas, el texto se interrumpía abruptamente. No había un final. Después, unas páginas en blanco y todo volvía a empezar. Era de locos. Un desvarío mayúsculo. Un delirio terrible. Eso sí era locura. Luego aparecía la foto de otra mujer, de nombre Rosario, también bonita, de pelo negro y ojos claros, que miraba a la cámara temerosa. Según estaba apuntado, tenía diecisiete años. En la fotografía, la fecha era el 10 de mayo de 1927. ¡Por Dios bendito!, solo un par de meses habían pasado entre ambas muchachas.

El segundo relato se titulaba «El amor me salvará», una frase que me entristeció en extremo porque sospechaba que el amor no la salvó. Ni a ella ni a ninguna. Lo leí y, al igual que el primero, era infantil e inocente. Estaba mal escrito, con palabras pobres, desestructuradas, sin sentido ni razón. No había en ellas más que confusión, anarquía y caos. Era igual de ingenuo y fútil que el anterior e igual de malo, y también que los siguientes. Porque en total había cinco que iban desde marzo de 1927 hasta finales de 1929.

Cinco historias, cinco mujeres. Lucía, Rosario, Maribel, Paula y Marta. Todas hermosas. Bellas damas de ojos claros y cabello negro brillante, con sonrisa apagada y mirada ausente. Todas jóvenes de no más de diecinueve años. Mujeres atrapadas en los cuentos sin final de aquel libro, en sus palabras caóticas. Mujeres que ese hombre, intuía, llevaba a mi isla y encerraba en aquella habitación del faro. Allí las ataba a la silla y, a golpes y amenazas..., ¿qué?

Dudé, pues lo que se me había ocurrido me hizo enfermar, encorvarme y padecer un dolor agudo e intenso más allá, más hondo, en el espíritu y el corazón. Se me heló el alma. Al principio no entendía que todos los relatos fueran similares, pero enseguida, analizándolos en su conjunto, lo supe y no pude hacer otra cosa que maldecir al destino por ser tan cruel y mísero. Era demencial: ¿acaso les pedía ese horrible ser que le contaran cuentos? A tenor de lo que había leído, historias, además, de amor, de amor verdadero. De ese que salva vidas y almas. De ese que eleva al hombre. De ese que, en realidad, no estaba en aquel libro.

¿Qué clase de locura era aquella? En mis manos, en mis palpitantes y doloridas manos, tenía en verdad la historia de cinco pobres mujeres que, antes de morir, habían susurrado cuentos infantiles de princesas encerradas o damas en apuros que esperaban ser salvadas por un príncipe apuesto, por un caballero andante de brillante armadura. Cuentos infantiles de niñas pequeñas cargados de inocencia. Aquellas desgraciadas solo estaban contando lo que les hubiera gustado que les ocurriera. Lo que deseaban que les pasase. Querían ser salvadas, liberadas y, allí, en esa oscura habitación, ante la fría mirada de aquel canalla que las mantenía cautivas, se volvían niñas asustadas que lloraban y clamaban ayuda. Una ayuda que nunca llegó.

Las lágrimas de esas mujeres inundaron también mi rostro mientras pasaba las sucias y perversas páginas del diario. La ira, ceñida por un tremendo sentimiento de dolor y culpa, me arrasó. ¿Qué estaba haciendo aquel hombre? ¿Por qué? Pronuncié la pregunta en voz alta y, nada más hacerlo, como un chispazo, como una centella, a mi mente acudió la primera palabra que había leído al abrir el libro: «Musas». ¿Era posible? Desde pequeño yo había tenido el don de verlas y, además, la suerte de que una de ellas me acompañara durante años. Yo podía ver a las musas, hermosas y bellas, que susurraban excelsas historias que contar, pero... ¿Podía ser? ¿Era eso lo que ese miserable estaba haciendo?

—¡Oh, Dios! —grité—. ¡Oh, Dios mío!

Aquel hombre no era solo un asesino. Era un cazador de musas.

21

Esa noche en la que todo cambió para siempre, el océano de mi isla rugía con furia, presa, como yo, del dolor de los pecados cometidos. Y esa noche descubrí, también, más oscuros secretos que helaron mi sangre y achicaron, casi del todo, las lagunas de mi desmemoria. Ese libro, el final que todavía no debía leer según mi mayordomo porque solo me confundiría, era, como yo había imaginado, un diario. Pero no el de un asesino cualquiera, no. Era otra cosa. Era el cuaderno de bitácora de un cazador de musas. ¿Era eso posible?

¡Qué absurdo sonaba todo aquello! ¿Aquel malnacido pretendía cazar la inspiración? Las musas son seres libres que, habitando cuerpos femeninos, se acercan solo a los que pueden verlas y escucharlas, por lo que, ¿acaso aquel hombre tenía mi mismo don? Entonces, si ese criminal, como yo, podía ver a las musas y las estaba cazando, reteniendo, para inspirarse, ¿por qué los relatos de aquel diario eran tamaño desastre? Todos ellos, los cinco, eran pueriles, estaban mal trazados, con personajes vacíos, esquemáticos, sobre todo los supuestos héroes que debían rescatar a las doncellas en apuros. No había en ellos más que palabras vanas puestas sobre el papel al dictado, sin elaborar, sin trabajo. De vez en cuando, para mi sorpresa, algún párrafo destacaba por hermoso, pero eran pequeñas luces, casi exiguas, en un mar de total oscuridad. Y lo peor de todo era que cada uno de aquellos cuentos estaba inacabado. No tenían final, por lo que si el libro, el diario, era, como afirmaba Vilar, el final de algo, desde luego no sería de las ficciones que aquellas cinco mujeres, todas bellas y jóvenes, y todas, a priori, con la desgracia de ser musas, le habían contado. Cinco mujeres que habían sido engañadas y llevadas a mi isla bajo falsas promesas de amor y bondad y que solo habían recibido dolor y muerte.

Ahora lo veía claro. El asesino las llevaba al faro, las ataba a aquella silla, ahora derribada, y las encarcelaba sin miramientos. Luego las maltrataba para que le refirieran historias de amor, buscando en sus palabras la inspiración que a él se le escapaba. ¿Y qué obtenían ellas? Nada. Solo sufrimiento y la muerte en las frías aguas del océano que rodeaba la isla, pues ese, sospeché, era su final. Las historias no eran, aunque os parezca una crueldad por mi parte decir tal cosa, dignas de una musa, de una de verdad al menos, e igual que yo me daba cuenta al leerlas, a aquel hombre seguro que le habría pasado lo mismo al escribirlas.

Me lo imaginé a la perfección. La mujer, cualquiera de ellas, atada a la silla y golpeada constantemente, narrando una triste historia que solo le servía para hacerse falsas ilusiones sobre algún caballero andante que pronto iría a liberarla. Y ese canalla, escribiendo en el diario lo que esta le relataba, cada vez más enojado al descubrir que las palabras eran solo palabras, que no había inspiración verdadera en ellas. No al menos en las que yo había leído. Quizá locura y desesperación, pero no inspiración. ¿Por qué no la había? Porque, en el fondo…

¡Oh, Dios!

Ese miserable no veía a las musas, no tenía mi don, y esas mujeres no eran musas. ¡No lo eran! Me estremecí. Muchachas inocentes convertidas en falsas musas, cazadas para nada. ¡Para nada!

Continué con la lectura, pero tras la historia de la quinta mujer, Marta se llamaba, inacabada también, no había más. El resto de las páginas del libro habían sido arrancadas en su mayor parte y solo quedaban al final unas pocas páginas en blanco. Faltaban en él, estaba seguro, más testimonios y más muchachas. ¿Cuántas? Lo desconocía, pero en cualquier caso, demasiadas.

Iba a cerrarlo, pues no había más que leer en él, o eso pensaba cuando me di cuenta de que, en la parte final, cerca de la última página, columbré algo más. Un párrafo que me sobrecogió y que hizo que una de las preguntas de Castelao reapareciera con una rapidez inusitada en mi mente. La más incómoda y la que más repitió: «¿Le dice algo el nombre de Anna?».

«Anna». El nombre volvió a tronar en mi cabeza con fuerza y vi claramente ante mis ojos la llave dorada que Julia tenía escondida en sus guantes. ¿Quién era Anna? ¿Qué abría aquella llave?

«Anna». Me sentí enfermo y confuso, y mi mente se enturbió un poco más. Lo viejo, los recuerdos olvidados; y lo nuevo, los que estaba construyendo esos días, se estaban mezclando sin permiso, sin aviso, creando un universo terrible en mi cabeza del que, además, lo sabía, sería incapaz de salir. Esta vez no iba a poder hacerlo. No iba a poder escapar de él, de mí.

Miré a mi alrededor, buscando una salida a ese malestar creciente, pero solo conseguí aumentarlo. Lo que hubiera dado en ese momento mi alma por un trago de mi absenta, mi anhelada absenta. Solo un trago. Uno nada más. O por un poco de ayuda de la morfina y su virtud para apagar penas.

Me incorporé y contemplé la silla tumbada en el centro de la habitación y la sombra cobriza que la rodeaba, y un repugnante sentimiento de dolor e ira invadió mi cuerpo, acompañado del retumbar de Anna y de las palabras escritas en el último párrafo que había encontrado en el diario y que había traído consigo ese nombre. «Anna».

Quise gritar, sacar lo que en ese momento me quemaba por dentro, pero mi garganta se había quedado muda. Todos los gritos de odio, dolor y pena; los de pecado y culpa, todos, habían muerto dentro de mí. Se habían ahogado, como todas las mujeres que habían pasado por allí, en el mar de mi isla.

El diario me quemaba las manos, la cabeza y el corazón. Me pesaba su contenido, como una lápida, sus relatos inacabados y ese maldito párrafo que, sorprendentemente, era uno de los pocos decentes que contenía. Me afligían sus palabras y ese nombre, Anna, que cabalgaba al trote por mis lagunas. El párrafo, el detestable párrafo decía: «En el fondo del mar encontrarán sus tumbas, pues no hay espacio para ellas en mi corazón o en la tierra. No sirven. No son. No valen. No son Anna».

¿Quién era esa tal Anna por la que ese hombre parecía sentir algo? ¿Por qué era merecedora de que alguien matara en su nombre?

Aquel párrafo le daba un nuevo sentido a las palabras enfermas del diario. Ninguna mujer valía porque ninguna de ellas era Anna. Ninguna servía como musa porque la verdadera, la inspiración auténtica, era esa tal Anna a la que el cazador de falsas musas, de simples y pobre mujeres, intentaba sustituir, pero ¿por qué necesitaba reemplazarla? ¿Qué había sido de ella? ¿Dónde estaba?

22

La oscuridad de esa tormentosa noche, tras la lectura del último párrafo, ya no se me antojó tan cerrada, y no solo porque las primeras luces del día germinaran entre las tupidas nubes dando paso al amanecer, sino porque las palabras que albergaba aquel protervo diario sí que eran, en verdad, enlutadas y sombrías. A su lado, la noche era un insignificante trozo de negrura.

Por los ventanucos de la habitación comenzaban a colarse tímidos rayos de luz que no alejaban la lluvia que, más débil, seguía cayendo, pero sí la tormenta, que se retiraba camino de otra isla a la que azotar. Esa cándida claridad me hizo abandonar definitivamente mi lugar entre las viejas y rotas sábanas y deambular por el pequeño cuarto en busca de... ¿Qué? No lo sabía. Paz, tal vez, pero eso era algo que no iba a encontrar allí dentro, como tampoco lo hallaría ni en mi cabeza ni en mi corazón tras lo averiguado.

Vagué sin rumbo, como un desamparado a la deriva de las corrientes marinas, de un lado a otro de la estancia, con el perverso diario lleno de almas atrapadas, palabras vacías y vidas rotas en las manos, abrasándomelas. Notaba cómo, a cada paso, me quemaba un poco más. Me pesaba, abrasaba y dolía. Era un libro siniestro, cargado de maldad y muerte, que teñía la inocencia de sangre y dolor. Me detuve en el centro de la habitación, cerca de la silla derribada, y miré el cuaderno, su tapa marrón, sus páginas arrugadas y sobadas, sus desiertas frases y voces. Pensé en aquel momento en las repetidas palabras de Vilar: «Ese cuaderno es el final». El final. Era el final, pero ¿de qué? Y entonces, ¿qué era el principio? ¿Era Anna el principio? «Abra la caja», tronó en mi cabeza junto a aquel nombre.

—La caja —suspiré—. El principio.

Y a mi mente, junto con la imagen de la caja de zinc, las palabras insistentes y constantes de Vilar y el nombre de Anna, llegaron sensaciones y reflejos, borrosos al principio, pero que se fueron tornando más nítidos según me adentré en ellos.

Paralizado, vislumbré un claro en el bosque que había cerca del faro. Un claro junto a un manantial limpio y sereno de aguas cristalinas. Y más allá, un poco más allá, en la orilla, un agujero en el suelo. Dentro, una caja. Me acerqué y avisté dos pares de ojos contemplándola. Ojos infantiles y ansiosos por conocer el mundo y vivir mil aventuras. Ojos traviesos, pero llenos aún de ingenuidad que pronto se evaporaría para ser sustituida por la realidad y su persistentes deseos de llenar el alma de penas y dolores. Un par de ojos a los que correspondían unas manos nerviosas, como las mías en aquel cuartucho sosteniendo aquel detestable volumen, que, con una llave como la que yo todavía conservaba en el bolsillo de mi gabán, abrían la caja y revisaban con cierto recelo, miedo tal vez, lo que allí dentro había. Encontraron horror y también mucho amor. Luego voces, susurros, un papel y sangre. También una voz más potente, ajena, que hablaba sobre la infinitud y la promesa de un amor eterno. «Juntos para siempre», repiqueteó en mi cabeza.

Juntos para siempre.

Una promesa y una veloz carrera hacia el acantilado de Las Ánimas, hacia la playa, hacia el océano de mi isla, que me engulló y sacudió con fría hostilidad hasta que Vilar me rescató.

Membré, en ese instante, parte del recuerdo que al comienzo de esta historia no os podía todavía explicar. El de mi primera incursión por el Paraje del Ocaso. Solo parte, porque no fue hasta un poco más adelante que el recuerdo retornó a mí por completo. ¡Ojalá lo hubiera hecho antes! ¡Ojalá!

«Abra la caja», volví a escuchar bien alto dentro de mi cabeza, y la voz seria de mi mayordomo estaba en esta ocasión acompañada de otra infantil.

«Abre la caja», resonó ingenua e inocente.

Y otra voz, más lejos, armoniosa y musical, también cobró vida: «Abrid la caja».

La caja, la dichosa caja de don Ramón Rouco Buzán y de otro hombre más. El principio y la sospecha de una sombría maldición pululando a mi alrededor

—¡No! —grité y, ahora sí, mi voz no se ahogó en mi garganta y salió con furia de mi boca—. ¡No! ¡Nooo!

No pensaba abrirla. No estaba preparado. La caja, después de lo visto o sentido en esa especie de visión o ensueño, era pasado y no quería regresar a él por mucho que este se empeñara en hacerse presente y también futuro.

—¡No! —volví a chillar, y de rodillas caí junto a la silla, encima de la sangre seca y ronca de tantas y tantas mujeres que habían pasado por allí y sufrido para nada. Sí. Para nada. Si al menos lo escrito en el libro valiera la pena; pero no lo valía. Era un cuerpo vacío. Un texto malo de palabras mediocres y oscuras.

Lo miré, asqueado, y con la rabia ciega que me estaba devastando el alma, lo lancé con todas mis fuerzas contra la pared donde antes paraba el espejo, ahora hecho trizas. El cuaderno se quejó, el faro se quejó y también el suelo carcomido sobre el que había caído. Se arrugó y medio rompió y, como el destino aún no había terminado de jugar conmigo, de una de sus tapas se desprendió una fotografía distinta de las que había visto.

Me levanté, desalentado, y arrastré mis cansados pies hasta dar con la imagen. La cogí temeroso, con miedo a qué pudiera encontrar, y la miré. Las lágrimas afloraron de nuevo, sin mucho esfuerzo, pues no se habían ido del todo, y miré aquella foto sintiendo que las piernas me fallaban y que mi espíritu y mi mente ahondaban un poco más en el pozo sin fondo al que estaban cayendo. Un hoyo oscuro, colmado de presencias olvidadas, huellas enmudecidas y recuerdos arrinconados durante años que ya no estaban dispuestos a seguir callados y escondidos. Querían salir, vivir, ser libres.

La fotografía era de una joven hermosa de unos dieciocho o diecinueve años. Tenía el pelo negro, largo y lustroso, y unos hermosos ojos claros, profundos y soberbios. Una mirada limpia, bella y, al igual que las otras mujeres de las imágenes del diario, no sonreía. En uno de los márgenes había una fecha escrita anterior a la de las cinco mujeres de los relatos: «Anna, 17 de junio de 1925».

Las lágrimas me arrasaron la cara y caí de rodillas al suelo. ¿Qué disparate era todo aquello? ¿Por qué me estaba pasando eso? ¿Por qué a mí, Dios mío? ¿Por qué? No lo entendía y no era capaz de asimilar lo que veía. Me desplomé junto al libro, con la fotografía bien aferrada en mis sucias y doloridas manos. Con la llave que abría la dichosa caja pesando a más no poder en el bolsillo de mi abrigo y con la sensación laberíntica de la locura acechando muy cerca.

Contemplé aquellos ojos que, a pesar de que la reproducción era en blanco y negro, yo sabía que eran de color esmeralda. Ojos que me estrechaban con decisión desde que había encontrado a su desmemoriada dueña atravesando el puente de madera de mi jardín de robles. Ojos verdes que me habían consolado las noches y llenado mi vida de esperanza, de palabras, de bellas historias, de inspiración y de amor. Ojos verdes de mi musa, de mi amada.

Las lágrimas no dejaban de brotar y tardarían en parar, pues la mujer de la fotografía era Julia, mi Julia.

23

Un rato más, mientras el alba despertaba, estuve allí tirado en el suelo de aquel cuarto, llorando como un niño, acunando mis miedos para que se durmieran, deseando comprender qué estaba sucediendo. Un rato más que no sirvió, como esperaba, para calmarme o entender. ¿Julia se llamaba Anna? Y entonces, ¿quién era Julia, en realidad?

Me estaba volviendo loco. No entendía nada. ¿Qué clase de ardid era ese? No podía ser. Julia era Julia y no esa tal Anna por la que tantos actos horribles se habían cometido. Julia era mi musa, mi inspiración, mi rayo de luna y no esa mujer, esa Anna por la que aquel ruin individuo del faro prendía falsas musas. No lo era. No podía serlo. ¿Cómo lo iba a ser? ¡Imposible!

A la postre, cuando a mis ojos ya no les restaron más cansinas y dolientes lágrimas, me levanté y, con la fotografía de Julia bien agarrada, salí a la luz del día para enfrentar, como pudiera, el presente nebuloso que se abría ante mí. Necesitaba respuestas. Debía volver al pazo de San Jorge y hablar con Julia. Ella, sin duda, podría ayudarme a comprender.

Cuando comencé a bajar las escaleras, mi idea inicial era abandonar allí dentro ese abominable diario saturado de crueldad y pecado, en esa habitación donde tanta amargura y desolación se había vivido, pero a última hora no pude hacerlo. Un impulso salido del miedo a que todo lo leído y vivido desapareciera se interpuso y me hizo regresar a por él. Después abandoné el Faro del Amor que, desde luego, ya no hacía honor a ese nombre.

Partí de allí con la llave que abría la condenada caja de zinc, la fotografía de Julia y el diario de ese perseguidor de ilusorias deidades, camino de respuestas. Durante el recorrido, todos aquellos objetos comenzaron a inquietarme en extremo. Todos eran partes de una misma historia, tenían que serlo, pero ¿cuál exactamente? Cada vez que miraba la fotografía y Julia me devolvía la mirada, serena, esperanza, era otro nombre el que aturdía y mareaba mis pensamientos confusos: «Anna».

Intentaba convencerme de que todo aquello, por supuesto, debía tener una explicación más sencilla y racional. Era necesario buscar la sensatez y la lógica del asunto. Era vital porque, de lo contrario, acabaría loco de atar. Loco como esos que había conocido en mis viajes a las grandes ciudades, por las que vagaban como fantasmas que nadie veía u oía. Esos con los que durante años conviví.

Me sorprendió pensar de aquel modo. Yo, don Ricardo Pedreira Ulloa, gran escritor, siempre imaginando mundos invisibles, narraciones muchas veces sin lógica solo guiadas por el deseo y el amor, estaba buscando la mesura en la que yo mismo estaba viviendo, esa historia en la que yo era el protagonista involuntario de los engaños de aquellos que me rodeaban. Sí, me engañaban. Así era, porque no me decían las cosas claras y ocultaban secretos con medias verdades y falsas apariencias. Vilar me había confesado en el faro, mientras intentaba convencerme de que abriera la caja, que todos sabían lo de ese hombre. Todos. ¿Qué todos? Mi madre y Castelao, supuse. Mi querida madre y su detective privado. Vilar y el resto del servicio, quizá. Todos. Era vergonzoso. Era degradante. ¿Cómo podían haberme ocultado algo semejante? Sabían lo de ese hombre, lo que hacía; luego, ¿también estaban al corriente de que dentro del diario había una fotografía de Julia con otro nombre? ¿Acaso lo sabía Castelao, que tanto insistió en preguntarme si conocía a Anna? Si era así, ¿por qué lo habían encubierto? ¿Por qué no me contaron la verdad desde el principio? ¿Por qué no me lo dijo Vilar nada más aparecer Julia en el jardín de robles? Y mi madre, mi amada madre, ¿sabía todo aquello y no me había dicho nada? ¿Por qué?

Demente. Me estaba volviendo loco mientras me acercaba a la casa a paso cada vez más apresurado y torpe. Varias veces tropecé, como si estuviera borracho, a pesar de que nunca había estado más sobrio, en mi tortuoso trayecto hacia la verdad, porque ese era mi objetivo. Debía entender, saber, qué estaba pasando. Dar respuesta a todos esos porqués que bailaban sin descanso entre las ya muy poco estables lagunas de mi mente, en el laberinto en el que se había perdido mi cabeza.

¿Quién estaba escribiendo aquella historia que yo interpretaba, en la que únicamente había confusión, malos recuerdos llamando a la puerta y tormento? Un martirio, y no solo por las heridas de mis manos o de mi cara, que aún punzaban y escocían. Era algo más intenso y penetrante. Estaba más hondo. Dolor por esas mujeres del faro, por las vilezas allí ejecutadas, por las ficciones incompletas del libro que llevaba conmigo y por la fotografía de alguien a quien yo amaba.

¿Y si Julia tenía una hermana gemela de nombre Anna?, me pregunté. Ridículo, lo sé, pero solo buscaba alternativas a que, de verdad, Julia, mi musa, mi inspiración, se llamara Anna y fuera, en realidad, la musa de otro, la mujer de otro, la inspiración de otro, el amor de otro. No podía ser. No podría soportarlo. Julia no podía ser Anna porque Anna era una mujer distinta. Otra. Julia era única y era mía, solo mía.

Eché un vistazo otra vez más a la fotografía. No sé cuántas veces lo había hecho ya, pero sentía un deseo persistente y tenaz de confirmar mi visión, lo que yo sentía, del mundo que vivía.

—¡Julia! —llamé ya en el porche de la casa—. ¡Julia!

Abrí la puerta y entré, como un terremoto, decidido a hablar con ella y saber lo que tuviera que saber, que, de seguro, corroboraría lo que yo quería creer. Y es que no hay mayor ciego que el que no quiere ver, ya que sufrir nunca fue buena alternativa. Yo no quería que mi mundo, el que había concebido con Julia siempre a mi lado, se desvaneciera entre dos simples parpadeos.

—¡Julia! —repetí ya en la entrada—. ¡Julia! ¿Dónde estás?

Nadie respondió y nadie salió a mi encuentro, por lo que me dirigí a las escaleras para ir directamente a su habitación. Seguro que todavía estaría durmiendo, pues aún era temprano. Una vez frente a la puerta de su cuarto, a diferencia de las otras veces en que había ido hasta allí, no llamé e irrumpí decidido, pero no la encontré dentro. No estaba, a pesar de que aún percibía cierto olor a vainilla en el ambiente. Más débil que en días anteriores, pero igualmente delicioso. Y también olía a mar.

—Julia —vociferé, aproximándome al cuarto de baño, por si estaba dentro, pero mis pasos no llegaron más lejos. Se quedaron a mitad de camino, paralizados por lo que mis ojos habían visto en una de las paredes. Frené en seco al reparar que estaba cargada de cuadros que no estaban allí antes. Hacía años que mi madre los había quitado todos. La pared estaba desnuda solo unas horas antes.

En aquel momento, Vilar entró en la habitación, con cara de cansado, la misma ropa que el día anterior y la caja de zinc en las manos. Se acercó a la cama, perfectamente hecha, donde yacía el vestido de mi musa, que me pareció más ajado que nunca, y posó la caja sobre la mesita de noche, junto a los guantes y el colgante. Luego fue hasta la ventana abierta del cuarto y miró por ella. Suspiró, abatido, mientras contemplaba la lluvia de mi isla. En seguida, regresó a la cama y se sentó en una silla cercana. Allí contempló, sin decir nada, los zapatos de Julia, que dormían en el suelo, bajo el lecho, estropeados y marchitos. Luego, siguió callado y se dedicó a ir repasando con la mirada el vestido, los guantes, el colgante y, por fin, posó su mirada en mí, que examinaba asombrado los cuadros que habían aparecido en la habitación.

Eran una docena de instantáneas y pinturas que cubrían casi toda la parte superior de la pared. En una de ellas aparecían mis padres el día de su boda, posando juntos, sonrientes. En otra salía mi madre con una abultada barriga que acariciaba mientras sonreía a la cámara. Detrás, un Vilar serio y más joven, acompañaba a otros criados en la distancia, posando como el buen sirviente que era: sobrio, recto, neutral. A su derecha, otro cuadro con mi madre y un niño en brazos. Conmigo, claro, su hijo. Y una más de mi madre embarazada.

Miré a Vilar, por ver si su expresión o su rostro me revelaban algo sobre el sentido de todo aquello, pero él ya no me miraba, concentrado en el colgante de Julia, que escudriñaba como si fuera el más hermoso de los adornos. Cierto que lo era, pero su embeleso me pareció exagerado, sobre todo teniendo en cuenta que había cosas más importantes de las que preocuparse.

Seguí con las fotografías; en la siguiente, mi madre y mi padre posaban junto a una niña pequeña de unos cinco años, igual a la que aparecía en el cuadro que Vilar había colgado en el pasillo. Detrás, como en otras reproducciones, se veía al servicio al completo bien colocado, con Vilar a la cabeza, aunque esta vez mi mayordomo no miraba al frente, sino hacia un lado, a algo que se salía del encuadre. ¿Qué buscaba?

—Fue un día hermoso —me explicó sin dejar de contemplar el colgante y sin moverse siquiera—. Usted andaba algo revoltoso y se salió de la fotografía. Eso era lo que yo miraba.

Lo había vuelto a hacer. Me había contestado sin ni siquiera dejarme formular la pregunta. A veces, reviviendo todo lo sucedido aquellos días del otoño de 1936, me he preguntado si mi mayordomo no tendría alguna especie de poder adivinatorio o si, tal vez, solo me conocía muy bien. Demasiado bien.

Continué descubriendo aquellas fotografías y pinturas que se me hacían cercanas, pero a la vez confusas. No sabía quién era esa niña que volvía a aparecer en algunas fotos más, posando sin vergüenza y mirando a la cámara como si se la quisiera comer. Tenía una mirada clara, limpia y hermosa. Al final de la pared, un cuadro más grande, un lienzo enorme que destacaba sobre los otros no solo por el tamaño sino porque tenía un marco más robusto, dorado, con flores talladas en las esquinas, hizo que volviera a apretar con fuerza la fotografía de Julia que aún conservaba en la mano. Era el retrato de un hombre y una mujer de unos veinte años posando en el salón principal del pazo, cerca de la chimenea. Las rodillas se me doblaron y me dejé caer al suelo, empalidecido, aflojando la mano en la que sostenía la fotografía de Julia, que cayó al suelo.

—Vilar —pedí—. ¿Qué significa eso? —Y señalé el cuadro—. ¿¡Qué?!

Vilar se levantó de la silla y recogió la fotografía. Al ver lo que era, su mirada se ensombreció un segundo porque supo de dónde la había sacado.

—El final —susurró alicaído, vencido—. No me ha hecho caso y ha leído el final sin saber el principio —renegó mientras se acercaba a la mesita—. Ha leído el final, ha encontrado esta fotografía y ahora todo en su cabeza es pura confusión. ¿Por qué no me hizo caso? Se lo pedí. Se lo rogué y ahora… ¿Por qué ha tenido que leerlo?

Lo había hecho, sí. Había leído el diario. ¿Y qué? ¿Acaso creyó en algún momento que sus ruegos y súplicas me detendrían? Conociéndome como me conocía, era muy ingenuo pensar eso. Además, tampoco era el más indicado para reprocharme desobediencia, pues él también me había desobedecido a mí. Yo había pedido que nadie entrara en el cuarto de Julia y él lo había hecho. ¿Quién si no había colocado todos esos cuadros en la habitación?

Ante mi falta de respuesta, Vilar calló, aunque siguió maldiciendo por dentro, se lo noté en los ojos y en las manos, nerviosas. Volví a echar otra ojeada a aquel cuadro, aquel monstruoso retrato que me había hecho caer a tierra, donde seguía, de rodillas. Ya no tenía fuerzas para levantarme. Empezaba a no tener fuerzas para nada. Mi mente y mi alma se estaban derrumbando, mi vida entera. Vilar, a pesar de verme en el suelo, a diferencia de otras veces en las que hubiera acudido expedito para ayudarme a incorporarme, no se movió. Se quedó cerca de la cama, de la caja de zinc y con la fotografía de Julia en la mano.

—Son cuadros que su madre me pidió que colgara de nuevo —explicó al fin, dejando el tema del diario a un lado. Ya estaba hecho. ¿Qué podía hacer al respecto? Nada. Y confirmó que había sido él quien los había colocado.

Le recordé cargando una pesada caja de madera a su regreso del embarcadero, tras la partida de Castelao. Una caja llena de cuadros que mi madre había decidido recolocar en la casa. ¿Por qué entonces?

—Y le voy a ser sincero, señor —continuó—. Creo que se lo debo después de todo. Yo solo cumplo órdenes y no estoy de acuerdo con esto, con lo de los cuadros. No lo estoy.

—¿Y qué más me da eso? —le rebatí—. ¿De qué me sirve que esté o no de acuerdo? Eso no me ayuda a entender qué está pasando, qué es todo esto. —Y señalé, ya sin fuerzas, el último, solo el último, donde Julia, mi musa, de nuevo tenía el nombre de Anna escrito a sus pies y posaba junto a un hombre que con sus fríos ojos cerúleos podía congelar el alma a cualquiera: el perverso asesino que cazaba falsas musas en mi isla.

Vilar se volvió a sentar con la fotografía de Julia que yo había encontrado en el diario, con los ojos vidriosos y el semblante ceniciento.

—Señor, creo que es hora de que acepte y entienda que la verdad, aunque duela, es la única que siempre gana.

—Pero ella…—Y levanté el dedo indicando aquel infernal cuadro—. Ella… —repetí, empero no terminé la frase porque las palabras se me congelaron al ver la mano de ese ser malvado sobre el delicado hombro de Julia y ese nombre, otra vez ese maldito nombre, grabado esta vez en el marco, bajo la imagen.

Me arrastré por el suelo de la habitación como un gusano, como un miserable, así me sentía, hasta llegar a la puerta cerrada del baño y la golpeé todo lo fuerte que pude, que fue más bien poco, pues mi ánimo y mi resistencia se estaban agotando. El camino a la pérdida total de la mente ya no tenía vuelta atrás. A la pérdida de todo. De mi vida, mi musa, mi amor, mi futuro y mi presente. Ya no había salida posible. Todo se desplomaba, se acababa y yo ya había iniciado el terrible viaje hacia la nada, aunque aún me resistiera a creerlo. Todavía tenía la esperanza de que, en poco tiempo, me pudiera reír de todo aquello sentado junto a Julia y Vilar en el salón principal, recordándolo como un embrollo sin importancia.

—Julia —susurré con apenas un hilo de voz mientras seguía arañando la puerta cerrada—. Julia.

—Nadie le va a abrir, señor —me dijo Vilar desde su silla. Ya no tenía la foto en las manos. La había posado sobre la maldita caja de zinc.

—Julia —repetí con algo más de aire—. ¡Julia!

—Julia no existe, don Ricardo. —Se revolvió en la silla, pero no se levantó. Tampoco me miró. Tenía los ojos clavados en el cuadro, el último, el grande—. Esa joven del lienzo, de todos los cuadros, es Anna, y la de la fotografía que ha encontrado en el faro, también. Anna.

El corazón lo sentí roto. Muerto. De verdad. Y, acabado, noté ese sonoro nombre en la cabeza, aturdiendo y mareando mi conciencia: «Anna». Sentí que todo mi mundo se desvanecía, que volaban las barreras de mi cerebro y que todas las lagunas de mi mente, todas, se hacían una. El ayer, irritado, apaleaba mis sienes para que de una vez por todas oyera y viera; para que entendiera.

—¡Claro que existe! —rebatí. No me iba a dar por vencido tan fácilmente, yo quería creer lo que quería creer y nada más—. ¡Vaya sandez! Julia existe y está en el baño.

—¿En el baño, dice? —desconfió Vilar volviendo la mirada hacia la recia puerta de roble cerrada y torciendo el gesto—. No es posible, señor. No lo es.

—Julia está bañándose…

—¡Julia no existe! —porfió. Luego cogió el retrato que yo mismo había encontrado en el faro, en el diario de ese malnacido, y me lo enseñó—. Ya lo ve. ¡Julia no existe! ¡Es Anna!

—¡No diga eso! —grité—. ¡Existe! ¡Es!

—No, señor. No. —Posó la fotografía sobre la caja. De inmediato cogió el colgante de la mesita, que descansaba junto a los guantes, y lo revisó un segundo antes de levantarse y tenderlo hacia mí—. ¡Lea! —me pidió.

Rehusé. No quería leer el colgante. Ya sabía lo que ponía. Julia. Julia. Julia.

Entonces Vilar lo atrajo hacia sí y lo leyó en voz alta.

—Anna —recitó—. Pone Anna y no Julia porque Julia no existe.

Volvió a tenderme el colgante, dando un par de pasos en mi dirección, pero sin atreverse a acercarse demasiado. Se le veía cansado, muy cansado. Sus ojos, tristes y apagados, eran apenas un reflejo desvaído de los del Vilar serio y eficaz que siempre me había cuidado.

—Ábralo, señor —me pidió.

Castelao me había pedido lo mismo antes de echarlo de mi casa y de mi isla. Me había dicho que el colgante era de los que se abrían y que debía ver lo que contenía. Ignoré al detective y también ignoré la petición de Vilar, pegándome más a la puerta del baño.

—¡Pues abra entonces la caja! —pidió mientras la señalaba.

—¡No! —grité. Yo solo quería que me dejara en paz y que me dejara estar con Julia. ¡Julia!

—Ya no puedo hacer más, señor. Ya sabe el final y es hora de que entienda el principio. Le estoy dando la oportunidad de hacerlo. De comprender todo de una vez. —Se pasó la mano por la cabeza, apesadumbrado, y posó el colgante sobre la mesita.

Yo seguí muy pegado a la puerta, como si esta me pudiera proteger de todo aquello, de la locura, y Vilar se puso a dar vueltas por el cuarto, yendo de un lado a otro, como un extraviado. Tras unos segundos, se detuvo frente al último cuadro colgado en la pared y lo señaló. No dije nada. Me mantuve callado y adherido a la puerta, contemplando la expresión cada vez más parda y obscura de mi mayordomo.

—Para entender lo que está pasando, señor —reanudó—, para dejar de sufrir y acabar de una vez por todas con este delirio, debe dejar de negar la evidencia. Debe enfrentarse a sus miedos, don Ricardo, y abrir la caja, el colgante y también leer el nombre del caballero que acompaña a Anna en el cuadro.

Su mano lo señaló, deteniéndose sobre los gélidos ojos de aquel miserable, y no se movió hasta que vio que mi mirada se centraba también en el retrato que me había hecho caer y no solo a tierra, sino a los abismos.

—Ahí no hay ningún nombre —refuté casi sin energía.

No podía más. Solo quería descansar. Cerrar los ojos y reposar con Julia siempre a mi lado.

—Sí que lo hay —me objetó y lo marcó, un nombre largo de gran caballero—. Y sé que lo ha leído ya, señor. Lo ha hecho. Le vi hacerlo cuando lo descubrió. —Cerré los ojos. No quería seguir escuchando—. Lo ha leído, pero no quiere asimilar la verdad, su verdad.

¿Mi verdad? Como si lo que estaba sucediendo en la isla solo fuera fruto de mi persona. Como si él y los demás no tuvieran nada que ver en lo ocurrido, antes y después. Y vaya si tenían que ver. Más de lo que les habría gustado. Yo era un necio que no quería escuchar ni ver, no quería comprender, pero él y los demás tenían mucho que ver con ello.

—¡Déjeme en paz! —chillé—. ¡Déjeme!

—No puedo dejarle en paz, señor. Debe pronunciar ese nombre en voz alta —me advirtió—. Debe hacerlo. Debe afrontar su destino.

—¿Mi destino? —pregunté—. Mi destino es ahora un caos, Vilar, porque todos me mentís. Porque no me ayudáis. Porque me engañáis.

—El único que se miente es usted, que no quiere ver ni oír. ¡Se ha vuelto ciego!

—¡Ciegos vosotros que os dedicáis a engañarme en lugar de ayudarme a capturar al hombre del faro! —Y señalé con mano temblorosa el cuadro, la figura, sus impasibles y helados ojos—. Me mentís en lugar de capturar a ese cazador de falsas musas.

—¿Cómo lo ha llamado? —preguntó Vilar, asombrado.

—Por su nombre. Por lo que es en realidad.

—¿Musas?

—Sí, Vilar, sí. Ese canalla caza musas para escribir historias y luego —le revelé ante su cara de vacilación—, como no le sirven porque no son verdaderas fuentes de inspiración, las mata —concluí, y le lancé el diario a los pies.

Vilar lo recogió y le echó un vistazo rápido. Miró los fragmentos de fotografías de mujeres que en él aparecían y negó con la cabeza. Luego lo posó también en la mesita, junto con el resto de cosas, y volvió sobre sus pasos hasta llegar de nuevo frente al retrato de la pareja. Allí se quedó silencioso, contemplando la imagen en la que ese miserable asesino, ese canalla inmundo, aparecía junto a Julia. El semblante de mi lacayo era cada vez más mate y su mirada estaba perdida en los despiadados ojos de aquel demonio, en su infinito y congelado mar. Lo observaba como quien ha encontrado algo asombroso que le deja anonadado. Como si mi explicación sobre el motivo por el que mataba, por el que cazaba, le hubiera abierto una puerta al entendimiento de los actos de ese horrible ser, pero me estaba precipitando en mis conclusiones. Estaba equivocado. Vilar no lo miraba así por eso, sino por otra cosa que pronto supe y que fue a mí a quien dejó abrumado. Secretos. Demasiados secretos a mi alrededor.

—Musas —masculló—. Cazador de musas —repitió mientras yo asentía—. Curiosa forma de llamarlo. Curiosa.

—Es lo que es —aseveré.

—Ya. —Se acercó más al retrato, posó sus manos en él y recorrió con los dedos la frialdad que transmitía la fisonomía de aquel hombre.

—¿Qué hace? —le reprendí atónito. Estaba desvariando—. ¿Por qué le acaricia como si fuera algo bello?

—¿Se ha fijado, don Ricardo, que en este cuadro no hay tristeza en sus ojos?

—Pero ¿qué dice?

Vilar seguía examinando el lienzo y acariciando el rostro de aquel despreciable sin hacer caso de mi espanto por sus gestos y palabras.

—¿De qué habla? —insistí.

Mi fiel mayordomo continuaba embobado, hipnotizado por el cuadro, repasando sus líneas, sus trazos.

—¡Vilar! ¡Por Dios! ¡Respóndame!

—De la tristeza que esconden sus actos —me reconoció al fin—. Caza musas, como usted dice, pero lo hace por tristeza y amor, no por inspiración.

—¿Amor? ¿Me está hablando en serio, Vilar? ¡Imposible! Ese hombre no sabe lo es que es el amor. —Y, según lo dije, me di cuenta de que a lo mejor estaba equivocado y sí lo sabía.

Anna. El amor por esa tal Anna que todos querían confundir con Julia.

—Amor por Anna —confirmó en aquel momento Vilar, dándose la vuelta y mirándome, como si leyera de nuevo mis pensamientos—. Tristeza y amor.

—Deje de decir esas cosas —le censuré—. No es amor ni es tristeza ¡Deje de una vez de defenderlo! —Y recordé cómo ya le había echado eso mismo en cara en nuestro encuentro nocturno en el faro—. ¡Deje de protegerlo!

—No lo hago —me rebatió, pero sin convencimiento, sin fuerza. Él sabía tan bien como yo que sí lo estaba haciendo. Lo que se me escapaba eran los motivos.

—Sí lo hace, Vilar. ¡Lo hace! Lo protege, lo ayuda, lo defiende. ¿Por qué?

—Yo... —Dudó y bajó la cabeza, abatido—. Es difícil y, quizá, después, ya no quiera saber de mí.

—¿Por qué? —presioné.

Silencio.

—¿Por qué?

—No puedo hacer otra cosa —susurró postreramente—. Es mi obligación.

—¿Su obligación? ¡No me diga bobadas! ¿Cómo va a ser su obligación proteger a ese malnacido?

—Lo es, señor. Siempre lo ha sido.

—Pero ¿qué me está queriendo decir, Vilar? ¡Hable! ¡Hable de una vez!

—Ese hombre —y señaló al cuadro—, ese cazador de musas, como usted lo llama, es, en realidad, mi hijo.

Sorpresa es una palabra que se queda pequeña, pequeñísima, ante semejante revelación. ¿Su hijo? Sorpresa, espanto y compasión. Esos eran los sentimientos que invadieron mi cuerpo tras lo que confesó mi mayordomo, dejándome anonadado y estupefacto. ¿Su hijo? ¿Vilar tenía un hijo? Y ese hijo, ¡por Dios!, ¿era el hombre del faro?

Pobre Vilar. Cuánto sufrimiento en una misma vida. Un amor perdido, ingrato y egoísta, y un hijo que solo le hacía penar.

—Vilar —musité con cuidado—. Lo siento.

Y lo sentía de verdad. Yo quería a Vilar, lo apreciaba, y su confesión me hacía sentir mal. La verdad, por mucho que se hablara de ella como algo bueno, no era tan caritativa y compasiva como se afirmaba. A veces era y es mejor que se quede callada. La verdad es como el arcoíris, hermosa y atrayente, pero efímera. Se desea, se admira y después, una vez pronunciada, desaparece sin más dejando tras de sí solo un huero desierto.

—Lo siento —repetí, pero Vilar no reaccionó. Se limitó a volver a la silla del cuarto, a sentarse decaído y humillado en ella, y a ocultar las lágrimas que desbordaban sus ojos con las manos. Las lágrimas de dolor de un padre.

24

Durante un buen rato, tras la confesión de Vilar, el pobre Vilar, ninguno dijo nada. El silencio, solo roto por la cadencia del sonido de la lluvia y el viento que entraba por la ventana y ondeaba las cortinas, se instauró en la habitación de invitados mientras las lágrimas asolaban el rostro de mi mayordomo y la culpa me devastaba a mí. ¿En rigor era necesario que yo supiera esa verdad? ¿Lo era? ¿Había cambiado algo? Tal vez mi concepto sobre por qué Vilar protegía a ese monstruo o por qué no iba en su busca, pero los hechos, lo que ese miserable había estado haciendo, eso no iba a cambiar.

Quién sabe si Vilar podía haberlo detenido en algún momento, pero ¿cómo pedir a un padre que entregue a su hijo? ¿Cómo pretender que no lo proteja? ¿Cómo pedirle que lo abandone? No aprobaba su conducta ni su manera de actuar, pero le entendía. Por una vez, entendía algo y también comprendía por qué me había mentido, por qué me había ocultado algunas cosas. ¿Cómo no hacerlo?

No me atreví a romper aquella especie de vigilia. Apenas osé mirar a mi mayordomo, que no se movió ni habló hasta que las lágrimas se agotaron y su mirada volvió a fijarse en el cuadro donde aparecía Julia con su hijo. Ya podía llamarlo así, su hijo. Al ver cómo sus ojos se perdían en aquel retrato enmarcado por la pena y el dolor, la culpa aumentó, pero debo reconocer que, al mirarlo yo también, igualmente sentí enfado, porque aquel hombre, por muy hijo de mi intendente que fuera, cazaba mujeres. Además, en la fotografía posaba sonriente junto a Julia, con una de sus sucias manos sobre su delicado hombro. La culpa, sin yo querer, dio paso a los celos, que vinieron sin avisar, y también a la ira, que se presentó como escolta. Las lágrimas de Vilar me dolían y me apenaban, pero su hijo era un asesino, un cruel y vil asesino que no podía estar cerca de Julia. Ella se merecía algo mejor.

—¿Por qué está su hijo en ese cuadro con Julia? —pregunté levantando la voz, dejando libres a mis pensamientos y permitiendo que la rabia fluyera desde el suelo, donde yo estaba, hasta los ojos tristes de Vilar.

—Julia no existe —me respondió—, y usted ya lo sabe. Esa mujer —y la señaló en el retrato—, se llama Anna.

—¡Deje ya de decir eso! —le grité enfadado. Mi ira iba en aumento. Era una forma de que la culpa desapareciera—. ¡Sí que existe! ¡Existe!

—No, no existe —repitió, pero sin gritar como yo. Sin elevar la voz. Lo dijo calmado, con palabras, en realidad, llenas de desconsuelo.

—¿Por qué se empeña en decir eso? ¿Por qué se empeña en hacerme daño? ¿Cómo no va a existir mujer tan hermosa, bella y perfecta?

—Es usted un necio, señor. Abra la caja, abra el principio —me imploró—. ¡Ábrala y lo entenderá todo de una vez! Lo entenderá y, por fin, todos podremos descansar. Ella —y señaló a Julia en el retrato— y todos.

Sus palabras eran ruegos, pura súplica acompañada de cierta desesperación ante mi negativa, pero yo no podía abrir la caja. No estaba preparado, si bien, nunca se está preparado para algo así.

—Desde pequeño —me explicó, y aún siento el ruego en sus palabras, pero también el cariño—, siempre fue usted un testarudo. Nunca hacía caso de consejos u órdenes; no obstante, aquí, al presente, en el día de hoy, debe usted, por una vez, hacerme caso y abrir esa caja. —Dejó de mirar el cuadro y me devoró con sus apenados ojos—. Debe hacerlo por su bien y el de todos. Debe hacerlo para que la verdad sea al fin libre y usted también. Debe hacerlo porque, de lo contrario, su destino no será otro que la locura y la demencia y nos arrastrará a todos con usted.

A pesar de que sabía que Vilar tenía razón y que la locura ya me estaba acompañando en demasía, rigiendo mis pasos, mis pensamientos, mi mente, y haciendo que los recuerdos dormidos regresaran para atropellar mi vida, negué con la cabeza, dejando bien claro que no pensaba ceder.

—Pues entonces —y se levantó—, acompáñeme y acabemos cuanto antes con toda esta historia contada solo a medias.

Se incorporó con tanta fuerza que hizo que la silla se tambaleara, chochando con la mesita y tirando los guantes y el colgante. De uno de los mitones, cayó el sobre donde Julia guardaba la pequeña llave con el nombre de Anna inscrito en ella. Lo miré, como Vilar, pero no me moví. No quería más llaves. No quería más verdades o secretos por desvelar. Vilar cogió el sobre, lo abrió y sacó la llave. La contempló a la luz de esa mañana, ya gris de nuevo por las borrascas que venían del mar, y de la misma, elevó sus ojos al techo de la habitación, hacia el desván.

—Esta llave —dijo mientras me la enseñaba— debía estar guardada a buen recaudo. Debía estar en el cajón de las llaves olvidadas.

El lugar del que Vilar hablaba era un viejo cajón del escritorio de mi padre donde se metían las llaves que ya no abrían nada, las que no se sabía qué abrían o las de aquello que estaba mejor cerrado para siempre. Nadie les hacía nunca caso pues allí, en el fondo, solo iban a parar las olvidadas. De ahí su nombre.

—¿Conoce esa llave? —pregunté entonces—. ¿Sabe lo que abre?

—No necesita que yo se lo diga, don Ricardo. —La acarició con cariño, como se roza un objeto querido—. Usted ya sabe lo que guarda.

Negué. ¿Por qué iba a saberlo? Yo no sabía qué abría esa llave dorada. Yo no sabía…

—La ha cogido del cajón y…

—Yo no la he cogido de ningún sitio —le interrumpí—. Es de Julia.

—Aquí no pone Julia —dijo—. Pone Anna. Esta llave es de Anna.

Cuatro letras a voces resonando en mi cabeza sin descanso.

No repliqué. No tenía nada que decir. Ante mi silencio, la dejó con delicadeza sobre la caja de zinc, al lado de la fotografía de Julia que yo había encontrado en el diario de ese demonio en el faro, que también estaba en la mesita. Del mismo modo cogió el colgante y lo dejó a su lado. Lo miró todo como si fuera un tesoro y suspiró.

—Ahí está —me indicó—. Ahí tiene la historia al completo. El principio y el final e incluso algo más que la llave de los guantes desvela. —Se volvió hacia mí y me tendió una mano para ayudarme a levantarme del suelo.

Rechacé su invitación y seguí pegado a la puerta, pero mi mayordomo, mi querido Vilar, terco y obstinado como yo aquel día, no se dio por vencido y, esta vez sí, se aproximó y me cogió de los brazos, tirando y obligándome a levantarme. Obligándome a empujones a salir del cuarto de Julia.

—¿A dónde me lleva? —quise saber mientras miraba la puerta cerrada del baño. Julia estaba allí dentro, y pensaba en las ganas que tenía de estar con ella y solo con ella.

—A un lugar que le ayudará —me respondió a la par que seguía empujándome hacia las escaleras.

—Estoy cansado —protesté, e hice amago de tirarme al suelo otra vez, pero Vilar me apresó con brío y no me dejó.

—Lo sé, señor. Lo sé. Todos lo estamos, y por eso me voy a saltar las órdenes que tengo —me explicó sin dejar de asirme mientras bajábamos la escalinata—. Ya lo he hecho al decirle que soy padre, pero todo esto ya ha llegado demasiado lejos.

—Pero...

—¡Nada! Me va a acompañar, le guste o no —me interrumpió dándome un envite enérgico que dio conmigo contra la puerta del recibidor—. Me acompañará y después será usted mismo el que pida abrir la caja y el colgante. ¡Ya lo verá!

—¿A dónde? —insistí.

—Al cementerio.

25

Vilar no dejó en ningún momento que me escapara de su abrazo hasta que llegamos a la puerta de hierro del cementerio familiar. Era un camposanto que ya estaba en aquella parte, cerca del pazo, cuando mi familia compró la isla y se trasladó allí a vivir. De hecho, las primeras tumbas de la necrópolis, las más grandes y hermosas, son las del terrateniente don Ramón Rouco Buxán y su esposa, doña Josefina Pillado Fariñas. Allí fueron a parar sus maltrechos cuerpos tras ser recuperados del mar después de que don Ramón se lanzará al vacío desde el Faro del Amor con el cuerpo sin vida de su esposa en brazos.

Vilar abrió la imponente verja del cementerio, que chirrió y protestó, oxidada y corroída como estaba tras años de abandono, y me invitó a pasar. Hacía mucho tiempo que casi nadie pisaba aquel suelo sagrado. Ni Vilar ni mi madre o el servicio lo visitaban. Daba igual que allí estuviera la tumba de mi padre. Cada aniversario, solo un criado entraba para limpiarla y le ponía flores, pero nada más. No se rezaba o lloraba en el lugar.

Tardé en reaccionar, en moverme, pues no quería entrar, y no porque los cementerios me produjeran algún tipo de miedo o aprensión, sino porque sentía, al igual que ante la petición de abrir cajas y colgantes o decir nombres en voz alta, que si lo hacía, si sucumbía y obedecía, estaría más cerca del derrumbe total.

—¡¡Entre!! —me ordenó mi mayordomo con una voz y un ardor que me dejó asombrado. No acostumbraba a hablarme de ese modo, aunque ese día era la segunda vez que me gritaba—. ¡Entre de una maldita vez! —Y me empujó.

Atravesé a regañadientes aquella longeva verja enmohecida de hierro forjado, altanera y arrogante, que nos miraba con insolencia por osar molestarla, y entré, acompañado de Vilar, en el cementerio del pazo. Cruces y seres alados nos recibieron por doquier. Centenares de ángeles que, con sus alas plegadas, alzadas, rotas o inexistentes, nos miraban al pasar, curiosos, mientras guardaban el sueño eterno de los que allí vivían.

El camposanto del pazo, a diferencia de otros que yo había visto en mis viajes, se caracterizaba, hoy todavía lo hace, por su enorme colección de ángeles. Las tumbas no tienen más adornos que las cruces o las lápidas, y, por supuesto, los ángeles. Tal es su número que algunos de los hipogeos están rodeados de decenas de ellos, sujetando con brío las pesadas losas y custodiando a los difuntos, a los que ya no debemos molestar ni tocar.

Ese lugar, desde pequeño, me pareció siempre una especie de jardín celestial lleno de figuras aladas, guardianes que, rodeados de hiedra salvaje, vigilaban no solo los pasos de los muertos, sino también los de los vivos. Era como un edén de etéreos e inmortales espíritus divinos. Había pasado muchas tardes en él, deambulando entre tumbas y panteones, jugando entre aquellos ángeles que ese día, en compañía de Vilar, no me parecieron ni mucho menos amigables. Eran más como soldados, centinelas de Dios y de su reino, al acecho, alerta, por si alguien osaba despertar el respiro de los moradores de aquella especial ciudad. Y sentía, a cada paso, que me miraban con recelo, como si no fuera bienvenido. Notaba sus ojos clavados en mí, en mi conciencia. No les estaba gustando mi visita, mi presencia. No me querían allí.

Vilar, a mi lado, ajeno a mis impresiones, caminaba despacio, con calma, como si fuera de paseo. Iba con la mirada fija al frente. Sabía perfectamente a dónde quería ir, a dónde me llevaba. Solo de vez en cuando giraba la cabeza para comprobar que yo seguía a su lado y no había salido corriendo, que era lo que en realidad me apetecía hacer. ¿Qué pintábamos en el cementerio? ¿Qué quería que viera? ¿Qué iba a entender allí? Aquello era una tontería. No tenía caso pasear por ese lugar repleto de sombras tan tristes y dolientes como mi caminar ese día.

Cuando llegamos cerca de los panteones principales de la necrópolis, el del terrateniente don Ramón y su familia, y el que debía ser para la mía, Vilar se detuvo.

—Son hermosos, ¿verdad? —Y los señaló.

Sí que lo eran. Sí que lo son. A pesar del paso incesante del tiempo, permanecían intactos, rodeados de ángeles custodios que elevaban sus grandiosas alas al cielo. Piedras cenicientas y pardas con ornamentos de flores esculpidas y vidrieras azules por las que entraba la luz, iluminando en celeste el descanso de sus moradores. Eran hermosos, muy hermosos. Cuando mis padres se trasladaron a la isla y vieron el panteón familiar de los Rouco Buxán, quedaron enamorados de su perfección y beldad. De sus cerúleas cristaleras y sus cantos esculpidos, de sus divinos ángeles, diez en total, todos con las alas abiertas y con el dedo pidiendo silencio. No hay que perturbar la paz del lugar y tampoco el sueño de los que allí permanecen, decían con su gesto.

Tan impresionados quedaron que mandaron construir uno igual para el momento en el que les tocara a ellos viajar al más allá, aunque nadie de mi familia lo ocupó jamás. Cuando mi padre murió, su tumba se ubicó en la parte de atrás del camposanto, cerca de la tapia, junto a unos robles centenarios que con sus hojas y arrullos ofrecían, a ojos de mi madre, un mejor descanso. Al lado de mi padre, vacío, esperaba el sepulcro para cuando mi madre partiera. Cerca, el mío y alguno más.

La decisión de no usar el panteón, a pesar de su innegable belleza, quizá pudo estar influida por la terrible historia de la muerte del terrateniente y su esposa que, al principio, cuando mis padres fueron a la isla a vivir y construyeron el mausoleo gemelo, desconocían. Fue uno de los barqueros que traía a la isla provisiones y suministros quien se lo contó una buena tarde a mi querida madre que, horrorizada, prohibió ir al lado norte de la isla y, seguro, también decidió cambiar dónde descansar en la muerte. Mi padre, simplemente, accedió. Siempre fue complaciente con todos y cada uno de los deseos de mi madre. Y vistos juntos, los dos panteones gemelos parecían, en verdad, fanales azulinos. Un faro hacia la infinitud donde se reposa o se pena eternamente.

Vilar se santiguó y continuó camino. Yo le seguí, andando recto, tras su sombra, y dejando atrás otros panteones de menor belleza e importancia, de familiares del terrateniente en su mayoría, hasta llegar cerca de la tapia. Seguimos sin desviarnos, sorteando algunas tumbas pertenecientes a la servidumbre que desde hacía más de cien años había trabajado en la isla, y también otras vinculadas a familiares que mi madre había tenido a bien dejar que se enterraran allí. Continuamos andando un poco más hasta llegar a una zona amplia, cerca de los robles donde estaba enterrado mi padre, rodeada de un cercado bajo de hierro, carcomido por el verdín y la roña, que Vilar no dudó en abrir con determinación.

—¿A dónde vamos? —indagué al verlo atravesar la verja—. ¿Me va a enseñar la tumba de mi padre? Ya la conozco.

—No es eso lo que quiero que vea.

Me detuve nada más atravesar la cancela, con una sensación extraña de parálisis y cogí a Vilar del brazo.

—Entonces, ¿qué estamos haciendo aquí?

—Paciencia, don Ricardo. Paciencia —me respondió soltando mi mano—. Enseguida lo verá. Un poco de paciencia.

—Ya no tengo paciencia —rezongué sin moverme.

—Enseguida llegamos —continuó hacia delante—, y lo entenderá todo.

—Estoy harto, Vilar. —Levanté la voz olvidando dónde estaba—. Estoy cansado y harto.

—Hágame caso por una vez, señor. —Y fue él entonces quien me cogió del brazo y tiró de mí para que le siguiera—. Se lo ruego.

—Cansado, Vilar, cansado —seguí protestando, pero le seguí—. Cansado de tantos secretos y mentiras. Cansado de que todos sepan cosas que yo desconozco, como lo del hombre del faro. —Su expresión se ensombreció; no obstante, no apaciguó el paso—. Me lo ocultó. No me dijo que era su hijo.

—No podía decírselo —se defendió.

—¿Por qué?

—Porque lo había prometido.

—¿A quién?

—Eso da igual, fue hace muchos años.

—No da igual, Vilar. Todo es importante en este asunto pues me trae aquí, al cementerio, obligado, a ver qué sé yo y no me dice el qué. Me oculta cosas y me miente.

—No le miento, señor.

—Sí que lo hace —le contradije—. Lo hace. —Le vi negar con la cabeza mientras continuábamos andando hasta casi llegar al postrero muro del camposanto—. Me mintió respecto a ese hombre y a Julia. Usted ya la conocía y no me lo dijo cuando apareció en la isla. También sabía que su hijo la trataba. Me mintió y…

—Usted habla de Anna —me interrumpió, sin levantar la voz, pero seguro y firme.

—¡Julia no es Anna! —chillé haciendo que todos los ángeles cercanos se volvieran hacia mí y me mostraran su enfado por romper la paz sacramental.

Me quedé inmóvil, como las estatuas que poblaban el lugar, ante su mirada de reproche, y ya no di ni un paso más. No quería seguir avanzando entre tumbas y cruces por aquel terreno que solo traía recuerdos, pocos buenos y muchos malos, a mi mente cansada y enfermiza. No quería recordar ni avanzar ni saber. No me iba a convencer de que mi musa, mi inspiración, no existía. ¿Cómo no iba a existir? Julia era Julia y punto.

—¡Déjese de quimeras y venga conmigo de una vez! —me ordenó. Había retrocedido para ir a mi encuentro y tiraba de mí, obligándome a avanzar.

Vilar recorrió un par de pasos más haciendo oídos sordos a mis quejas y reproches hasta que, sin previo aviso, sin más, me soltó de golpe y se desplomó. Cayó de rodillas al suelo, asustado y temeroso, echándose las manos a la cabeza, mirando de hito en hito aquel lugar en el que estábamos, con los ojos abiertos como platos.

Se había derrumbado junto a una tumba con una enorme losa, donde un ángel de titánicas dimensiones, vestido con una gran túnica de ribetes floreados y con las alas semiplegadas, señalaba el cielo con el dedo índice de su mano izquierda. El ser alado avistaba doliente la inmensidad del nuevo hogar que anunciaba para el exánime al que protegía mientras con la otra mano se apoyaba sobre la piedra. Era el sepulcro de mi difunto padre. Vilar miraba a su alrededor como si un fantasma se le hubiera aparecido, espantado, y comenzó a persignarse de forma compulsiva mientras se giraba sin levantarse y me miraba estupefacto.

—¡Por Dios bendito! ¡Dios del cielo! —se escandalizó—. ¿Cómo es posible?

Ignoré su espanto y retrocedí hasta darme con el muro, alejándome de aquel ángel que guardaba las tumbas. Apartándome de su mirada que, por momentos, me pareció que cambiaba y se dirigía a mí, llena de censura y reproche.

—¡Usted ya lo sabe todo! —chilló mi mayordomo sin dejar de santiguarse. Le dio igual romper la santidad de aquel lugar que no era ya, a sus ojos, un sitio sagrado—. Por eso no quiere abrir la caja ni el colgante. Por eso no quiere leer el nombre de mi hijo en voz alta. Ya sabe toda la verdad. ¡Toda! La sabe, aunque no la quiera dejar salir.

—¡Yo no sé nada! —le corregí, apoyado en el muro—. No sé de qué está hablando.

Vilar no dejaba de mirarme sobrecogido y aturdido, incluso con tristeza, pena y algo que enjuicié como rabia.

—Necesita ayuda, don Ricardo. —Sus ojos se llenaron de lágrimas, amargas y ásperas—. La necesita.

—Sí —confesé mientras empezaba a alejarme de las tumbas y de su inmenso ángel guardián que, como Vilar, también me miraba con enfado—. La necesito, pero más necesito a Julia y que todos dejen de mentirme.

—Julia no existe, señor. Anna. ¡Es Anna! Y usted es el que se engaña —apuntó aún desde el suelo, ya no se santiguaba, con las manos hundidas en la tierra mojada y sucia, cabizbajo y triste, muy triste—. Usted es el único que nos ha mentido a todos desde el principio. ¡Usted!

—¿Yo? Yo no he mentido.

—Lo ha hecho y, lo peor, señor, es que se está mintiendo a sí mismo. ¿Cómo lo soporta? —preguntó—. ¿Cómo puede vivir con ello? ¡¿Cómo?!

Ya no seguí escuchándole y eché a correr. Sorteé tumbas, ángeles que amenazaban con llevarme a los infiernos y lápidas con nombres conocidos y desconocidos. Corrí sin mirar atrás ni una sola vez porque no quería ver a Vilar arrodillado entre vieja tierra consumida.

26

Ángeles, cruces y tumbas. Todo lo sorteé y dejé atrás mientras en mi cabeza resonaba con fuerza la voz de Vilar, mi querido Vilar: «Julia no existe, señor. Anna. ¡Es Anna!». Pero no me detuve y tampoco miré atrás. No me volví en ningún momento a comprobar si Vilar seguía con las manos hundidas en la mugrienta tierra y tampoco me frené a escuchar sus ruegos, preguntas y reproches. No lo hice. Me negué de la misma forma en que había evitado abrir cajas, medallones o leer nombres en voz alta. No quería reconocer lo que Vilar sabía y pretendía, a su manera, mostrarme.

¿Por qué?, os estaréis preguntando. ¿Por qué tanta terquedad si mi obstinación solo nos hacía sufrir a todos? A todos sin excepción. Llegados a este punto, vuestra pregunta es razonable, pero la respuesta solo parte de mi abatida y enferma mente la conocía.

Corrí con todas mis fuerzas, sacadas de las ganas de escapar de todo y de todos, y no paré hasta que estuve en el pazo. Primero en el cuarto de Julia, donde no la encontré. Y después en mi despacho, donde me encerré. Iba tan aprisa que no presté atención a que por el mar se acercaba un pequeño barco camino del embarcadero con varias personas a bordo. Seguí mi marcha raudo y, solo por un instante pequeño, fugaz y sin embargo suficiente, me vi a mí mismo en otra época en estos mismos parajes de los alrededores de la casa, pero en compañía de la deseada felicidad. ¿Qué no somos capaces de hacer por conseguirla? ¿Y por mantenerla? Es como un tesoro por mil años enterrado que queremos hallar a toda costa. El final de un camino. El premio a la constancia.

Cuando entré en el despacho, lo primero que hice, tras atrancar la puerta, fue sacar la absenta, mi querida absenta, la más constante y fiel de mis amigas. La única que no me mentía ni me abandonaba. La saqué y bebí con ansia directamente de la botella.

—Ayúdame —le susurré—. Ayúdame.

Otro trago y otro más hasta que sentí cómo se calmaban las palpitaciones y estremecimientos de mi cuerpo y ese maldito nombre, Anna, empezaba a sonar más bajo. Seguía ahí, pero con menos fuerza. Bebí con ganas, como si no hubiera un mañana, capturado entre mis recuerdos olvidados, los que regresaban y los recuperados. Y en verdad, debo reconocer que, mientras el sabor amargo de la absenta pacificaba mi sed, no sabía si realmente habría un mañana.

Me acomodé en el escritorio con la botella bien cerca y encendí un cigarrillo que me turbó, pues llevaba muchas horas sin probar el tabaco. El mareo también me ayudó a que aquel nombre repiqueteara menos, pero no era suficiente. Necesitaba más. Quería acallarlo para siempre, olvidarlo, por lo que tomé la caja de madera que guardaba la morfina, la que mejor apagaba y enterraba los malos sueños y los malos pensamientos. No me quedaba mucha, pero sí la suficiente para intentar que aquel día se desvaneciera y todos los fantasmas que me acechaban, cada vez en más cantidad y más cercanos, se evaporaran. También para que las palabras de Vilar desaparecieran y el nombre de esa mujer, Anna, acabara soterrado en algún lugar recóndito e insondable donde vivificarlo resultase imposible. Eso deseaba. No volver a oír ese nombre. Que volara. Que nunca más existiera. No era tan difícil, ¿no?

Saqué la pequeña botella de cristal de la caja de madera y también la jeringuilla y la goma. Lo dejé todo sobre la mesa y, con cuidado, me preparé la dosis mientras echaba algún trago más de absenta. Poco a poco, la bebida empezaba a hacer su efecto provocando en mí una sensación dulce de irrealidad que me relajaba, si bien no alejaba del todo la percepción de pérdida y ruina que me demolía. Me quité el gabán, mugriento y desastrado, sucio, manchado con mi propia sangre y cargado con demasiados pecados. Parecía más el abrigo de un vagabundo que el de un señor. Antes de arrojarlo al suelo, saqué de los bolsillos la llave que abría la maldita caja de zinc; el principio, según Vilar. La posé sobre el escritorio, cerca de las páginas de mi nueva novela. ¿Cuándo podría continuar con ella?, me pregunté al verla sobre la mesa, abandonada. ¿Y cómo lo haría si, en efecto, Julia no existía o si era realmente Anna?

—No pienses eso —me dije a mí mismo a la par que me quitaba la chaqueta y me subía las mangas de la camisa regañándome por especular de ese modo. Vilar mentía, como todos—, Julia existe. ¡Existe!

Alejé esos oscuros y terribles pensamientos que encogían mi alma y me hacían tiritar, y cogí la goma. La até en el brazo izquierdo, bien apretada, y busqué un buen rincón en mis venas, entre las durezas y ulceraciones, donde dar paso a la aguja. Me costó mucho, por lo que tuve que cambiar de extremidad y, un poco más torpe, buscar mejor entrada en el brazo derecho, igual de repleto de callos y cicatrices. Al final, solté la goma, que dejé caer al suelo, y me quité los zapatos y los calcetines. Busqué entre los dedos de los pies, donde había menos marcas de pinchazos, y clavé la aguja con decisión.

¡Qué placer! ¡Qué ensueño! En cuanto el líquido irrumpió en mi torrente sanguíneo, una sensación extraordinaria de paz me invadió. ¿Acaso era tan difícil permanecer así por siempre? Me habría gustado sentirme de tal forma eternamente, en calma, sin problemas, sin remordimientos. Hubiera dado cualquier cosa por conseguirlo, pero el destino, porfiado, no estaba por la labor. No me iba a dar el gusto. Tenía aún asuntos pendientes que resolver conmigo y, aunque me dejara disfrutar un segundo, apenas un segundo de esa paz que notaba, simplemente era, en realidad, una sensación fugaz y frágil. Quebradiza y delicada como los copos de nieve que desaparecen al calor de la palma del niño que juega a capturarlos.

Dejé la jeringuilla sobre el escritorio y alcancé la botella de absenta, de la que bebí unos tragos más. Aquello acabaría por matarme, pero tenía sed, una sed que no conseguía aplacar. Bebí y la dejé junto a la jeringa y al resto de cosas que había en la mesa, en el caos de mi escribanía, que parecía un barco hundido meciéndose en un océano cebado de tinta negra y envuelto en hojas a medio llenar.

Cogí las últimas páginas que había escrito días antes y, con voz temblorosa, me puse a leerlas en voz alta. Siempre me había gustado hacerlo. Era una buena forma de ver los fallos, de darme cuenta de dónde había errores que subsanar. Orar para rehacer y remendar. Elevar la voz para que la historia cobrara vida más allá de mi imaginación.

Pasajes hermosos llenos de bellas palabras colocadas con esmero para contar una grandiosa historia de amor verdadero, de amor con mayúsculas, de amor inmortal. Uno como el que yo sentía y siento por Julia. Ya no tenía dudas sobre mis sentimientos. Al principio había recelado, pues no sabía si mi cariño era una simple pasión estacional, pero el tiempo y los acontecimientos vividos me habían demostrado que era amor, como el de mi novela. Y uno, además, que se puede profesar a una musa, sí, a una inspiración.

Las lágrimas, sin yo querer, asomaron. Malditas lágrimas. ¿Cuántas había derramado? Lágrimas de desconsuelo que arrastraban verdad en ellas. Lágrimas negras cubiertas de tinta y de sangre. Lágrimas que emborronaban las palabras de amor que yo había escrito con cuidado en esas páginas que temblaban entre mis dedos. Lágrimas que solo pretendían hacerme ver lo que yo no quería, como mensajeras de una realidad incómoda y celada.

«Ciego», me susurraban.

«Necio», me decían.

«Abre los ojos de una vez. Escucha».

—No llores —me solicitó entonces una voz cercana, suave y dulce—. No llores.

Me giré, inquieto. Pensaba que me había encerrado. Al darme la vuelta y ver a la dueña de aquella dúctil voz, cualquier atisbo de miedo se esfumó. Se fue en cuanto los ojos verdes de Julia me invitaron a acompañarla. Dejé las páginas de mi novela sobre el escritorio y me levanté de la silla, aturdido y algo mareado. Casi caigo de bruces por hacerlo con demasiado ímpetu, pero no llegué a desplomarme porque Julia me tomó de la mano y con suavidad me llevó hasta el suelo, donde me invitó a tumbarme con ella sobre el gabán que allí dormitaba.

—No llores —me repitió mientras con sus manos desnudas me acariciaba, como una brisa, las mejillas. Sus manos, gélidas como el hielo, como siempre solían estar, aliviaron con su frescor el ardor que las lágrimas producían en mi rostro.

—Julia —la nombré—. Existes.

Sus manos siguieron acariciándome, la cabeza esta vez, que apoyé gustoso sobre su regazo. Como si, en lugar de en mi despacho, estuviéramos en un picnic al lado del mar, contemplando a las gaviotas sobrevolarnos y disfrutando de una tarde soleada de primavera.

—Existes. Eres.

Caricias de amor, de dulzura, pero también escarchadas como el granizo, acompañadas de una especie de espasmos musculares y temblores que la hacían parecer una autómata estropeada. Yo me dejé hacer, acurrucándome contra ella, e ignoré aquellos raros movimientos. Me centré solo en el calor que sentía mi corazón, henchido de amor, y capaz, sin duda, de calentarnos a ambos. Los ojos de Julia, con su fulgor de esmeraldas, más propio de náyade o de princesa que de simple mortal, que no dejaban de mirarme. Su rostro, apagado y blanquecino, estaba cada vez más níveo y marchito, muy desmejorado. Llevé una mano hacia su cara pero no alcancé a tocarla porque no pude sostener el brazo, se me derrumbó a mitad de camino.

Todo mi cuerpo se caía y desplomaba en un espejismo placentero donde solo existíamos Julia y yo. Ella y yo, y nadie más, camino de un lugar donde únicamente los amantes eternos pueden habitar y donde solo hay cabida para la felicidad que da el amor.

El amor. ¡Cuánto duele el amor!

Julia, con su ropa hendida, sucia y desgastada —estaba en verdad estropeado su vestido, comido por las polillas y demasiado manoseado, dañado por la sal y el océano—, siguió mimándome como haría una madre con un niño asustado y temeroso; y, en el fondo, así me sentía. Como un niño con miedo a todo y con un sentimiento enorme de culpa.

—Lo siento —le musité muy bajito—. Lo siento mucho.

—No deberías pedirme perdón.

—Pero yo… Yo no te ayudé. El mar… Lo siento —repetí—. Fui un cobarde.

—Pensé que ya lo habías entendido —susurró.

—Debí ayudarte. Debí hacerlo —seguí lamentándome, dejándome llevar por una terrible sensación de pecado.

—No era sencillo.

—Pero...

—Nada. —Me puso una mano en la boca para que no replicara más—. Mi destino estaba escrito mucho antes de aquello. Debes entender que no podías hacer nada.

—El destino se puede cambiar. —Y las palabras vinieron escoltadas de nuevas e hirientes lágrimas.

Quise secármelas, hacerlas desaparecer, pero ya no podía controlarlas. Eran ellas las que me gobernaban. Tristeza, culpa, pecado. Todo atado por la enérgica y potente sirga del llanto.

—El destino se puede cambiar —reiteré, entre sollozos.

—¿Desde cuándo? —Y una carcajada violenta, llena de tristeza y amargura, salió de su boca en forma de convulsión.

—En las novelas, yo puedo elegir el destino. —Y me pegué más a su cuerpo intentando que dejara de temblar, aunque lo único que conseguí fue tiritar yo también.

—Esto no es una novela. En ellas uno puede escribir lo que le plazca, pero esto es la vida.

—Puede acabar siéndolo.

—Puede...

Después de aquel «puede» dejado a medias, un rato más siguió mi musa acariciando mi cabeza mientras el alcohol y la morfina intentaban cumplir con su cometido. Estaba demasiado acostumbrado a su compañía. Les estaba costando, pues tantos años de abuso provocaban que no consiguieran llevarme lejos de la realidad, que apremiaba con salir y ser a toda costa. Ya ni ellos podían conducirme más allá de esa verdad que todos sabían. Lejos de las palabras, reproches y acusaciones de Vilar que, a pesar de los esfuerzos de mis amantes, aún retronaban en mi cabeza culpándome y señalándome. Lejos de la caja de zinc, del medallón y de los cuadros. Más allá de ese hombre del faro, de ese monstruo, y de esa tal Anna.

Al pensar en el medallón, con los ojos entrecerrados, vislumbré su color dorado, su brillo, colgado del lastimoso cuello de Julia, que se había tornado límpido, y lo rocé. Lo atrapé entre los débiles y palpitantes dedos y le di la vuelta. Vi la inscripción y la leí, y temblé porque la realidad, mezquina y tirana, estaba pronta a subir a su real trono.

—¿Ya sabes quién soy? —me preguntó entre murmullos, entre otros clamores, mientras devolvía mi mano al regazo y se quitaba el medallón.

Había más voces aparte de la suya. Voces al otro lado de la puerta cerrada de mi despacho.

—Lo sabes, ¿verdad? —insistió y lo abrió. Contempló su interior, dos fotografías, un hombre y una mujer, y después me miró a mí, estrechándome en el sinople de sus luceros—. Lo sabes porque me buscaste y me sacaste de mi sueño. Yo soy...

Tapé su boca con mi aturdida mano y negué con la cabeza. No necesitaba oírlo. Ya sabía lo que tenía que saber.

—Sé lo que sé. Yo... —Pero no pude continuar. Mi voz, a diferencia de las que se oían al otro lado del despacho, era apenas un balbuceo. Un rumor apagado y moribundo que no se atrevía a decir más.

Tras dejar el medallón abierto en mi mano, Julia se levantó, se acercó al escritorio y cogió la llave de la caja de zinc. La puso junto al colgante y después se arrodilló a mi lado.

—Debes abrir la caja —suspiró—. Por mí. Debes hacerlo.

Acto seguido, con cuidado, entre una especie de sacudidas de bruma y niebla, se acercó y me besó. En ese instante, no me hubiera importado morir porque fue el beso más hermoso que jamás había sentido. Un beso de amor verdadero que lo cura todo, que lo puede todo.

27

Yo siempre te esperaré», susurró mi amada musa antes de irse de mi lado y desaparecer, de dejarme allí solo con la compañía de una absenta caduca que no conseguía calmar mi sed y de una morfina infecunda que no era capaz de mudar mis sueños en almíbar. Antes de que las pesadillas invadieran mi mente, que lo harían, como siempre, y me hicieran compañía en mi caída a los infiernos —pues era allí a donde iba—, quise volver a olvidar. Deseé viajar lejos, abandonar, pero no me fue posible. Ninguna de mis dos amantes conseguía ayudarme y los tristes ensueños que me guardan acudieron ese día con apetito de penitencia. Fueron terribles. Creo que nunca había vivido algo igual, ni antes ni después. Y puedo dar fe de que los que me visitan cada noche, sin descanso, tras aquellos funestos días, no son dulces sueños mecidos con canciones infantiles.

Aterradoras, fieras y horripilantes. Así fueron mis pesadillas, y vinieron esa tarde acompañadas de un olor nauseabundo que se me metió dentro de la cabeza y me llevó a través de senderos espinosos y oscuros vigilados por sombras dañinas. Sombras de otro mundo que venían a por mí.

Me desdoblé y me vi a mí mismo tirado en el suelo del despacho, rodeado de tinta, papeles y con el colgante de Julia abierto en las manos, vigilado por la llave que abría la maldita caja de zinc. Un medallón hermoso que brillaba como una estrella y me invitaba a mirar, a echar un vistazo a su contenido. Me negaba a hacerlo, no quería, pero mi cuerpo, desobedeciendo mis órdenes, se aproximó a mi otro yo, al tirado en el piso, y asió el colgante. Lo miró. Vaya si lo miró. Y vi lo que no quería ver.

La absenta y la morfina no me estaban ayudando del modo que yo quería. Lo que estaban haciendo, para mi desconsuelo, era que la clarividencia me dominara, que la verdad saliera, que el pasado regresara y que yo viera, por fin, lo que no quería ver. En el colgante había dos fotografías, de un hombre y una mujer. Una era la imagen de Julia y la otra… ¡Oh, Dios! ¡Había estado ciego! ¿Cómo puede uno negarse a sí mismo?

La otra imagen me quemó por dentro y arrasó la poca cordura que me quedaba. Bajo ambas, un mensaje, palabras de amor: «Te quiero». Cerré los ojos y me alejé. Lancé el colgante sobre mi yo postrado en el suelo y me aparté.

—¡No! ¡Por Dios bendito! ¡No! —grité, sin que ningún sonido saliera de mí. Era como un fantasma pululando alrededor de mi yo delirante—. ¡No es posible!

Pero lo era. Claro que lo era. El demonio. El yo odiado.

Al otro lado de la puerta, más contornos de mujer acechaban mis sueños y se colaban por las bisagras y cerraduras como el agua, como el mar de mi isla. Líquido negro y oscuro, repleto de reproches, que se acercaba, como lava, hasta mi figura abatida. Yo, desde el aire, intentaba pararla. Soplaba, gritaba, chillaba y pataleaba, pero nada hacía que esa masa informe, tostada y bruna, colmada de sermones y de quejas, se acurrucara a mi lado, cercando mi cuerpo de cerrazón y noche.

A la masa le acompañaba una fetidez inmunda a expiración y agonía. Un tufo que atraía a otra sombra, esta blanca y henchida de luz, pero rota y astrosa, que salía del cautiverio en el que había estado confinada y bajaba por las escaleras en mi busca. Quería ser libre. Quería que la reconociera y la dejara marchar. A su paso, un nombre resonaba con determinación sin principio ni final: «Anna».

Descendía con marcha torpe y pesada. Bajaba aferrada a la barandilla, perdiendo un poco de sí misma y su luz a cada paso que daba. Abandonando albores de un tiempo pasado, de un tiempo mejor pronto a desaparecer. Dejando atrás tierra y suciedad en la tarima. Morados del tiempo los labios y unos ojos vacíos que conservaban cierto brillo verde, casi extinto. Tierra de cementerio, tierra de sepultura. Harapos eran sus ropajes y límpido su rostro.

Quise parar su marcha, pidiéndole perdón, suplicando que me absolviera, pero ella continuaba, firme, constante. Venía a por mí, como el resto de sombras. Venía a decirme lo que yo no quería oír ni ver. Deseaba que abriera los ojos y mi cerril mirada al fin entendiera lo que estaba pasando.

«Necio», gritaban las sombras. «Cobarde», algunas.

Pesadillas y delirios que me llevaron a ensordecer otras voces, estas familiares, que aporreaban y golpeaban la puerta de mi despacho con saña repitiendo mi nombre. Voces que me llamaban y pedían a gritos que las dejara pasar. Pero yo no podía hacerlo. No estaba dentro de mí. Yo solo era un espectro que vagaba por el cuarto observando mi cuerpo inmóvil, en el suelo, rodeado de ánimas, tiniebla y tristeza, y angustiado, además, por la pronta llegada de esa otra sombra de ojos aceitunados que se acercaba sin descanso dispuesta a que, de una vez por todas, comprendiera.

Las pesadillas terribles no acabaron hasta que un hacha partió la puerta en dos y la conciencia me asaltó de golpe, regresó, haciendo que mi desdoblamiento despareciera y, entre celajes y niebla, vi aparecer al otro lado del umbral a mi severa y querida madre. Su pelo ceniciento bien apretado en un moño alto y su luto eterno. Apareció con su inseparable bastón. Un apoyo de madera labrada con empuñadura de plata con piedras preciosas engarzadas, regalo de mi difunto padre que imponía respeto y temor con su golpeteo constante. Madre surgió escoltada por la tristeza de Vilar, sucio y lleno de tierra, mirada perdida y semblante abatido, hacha en mano, y la cara de sorpresa de Castelao, aquel extraño detective cuyas preguntas me hacían sentir mal, al verme tirado en el suelo lleno de babas y lágrimas. Eran mi madre y Castelao quienes venían en aquel barco que la prisa por volver a casa en mi huida del cementerio, en mi deserción de una parte de la incómoda y déspota realidad, me había impedido ver.

Cuando entraron, la sombra que bajaba las escaleras huyó, pues no quería que otros la vieran. Solo yo debía liberarla. Era mi carga. Desde el suelo ruinoso contemplé el rostro duro de mi madre, lleno de arrugas y con un gesto mezcla de tristeza, amor, desazón y reproche. Sí. También reproche.

—Hijo —dijo disgustada mientras se acercaba a mí—. Mi querido hijo. ¿Qué has hecho?

—Julia —acerté a decir con apenas un hilo de voz—. Julia, ¿dónde estás?

—¡Julia no existe! —me respondió rauda, cambiando tristeza por rencor, dando un paso al frente y poniéndome su bastón en la garganta, apretando. El metal del mango estaba caliente. Conservaba aún el calor de la mano firme y segura de mi madre.

—Julia —repetí casi sin aire, revolviéndome para deshacerme del peso, pero no lo conseguía. Mis movimientos eran lentos y torpes, y mi madre no aflojaba la presión ni un milímetro.

Ante mis meneos, mi progenitora, enfadada y casi fuera de sí, apretó aún más. Se la veía dolida y muy irritada. Vilar hizo amago de ir hacia ella para que aflojara el bastón, para que me dejara respirar, pero con una sola mirada le mandó apartarse. Lo fulminó y lo apocó como a un perro chico. Mi madre siempre tuvo ese poder sobre los que la rodeaban. Era una mujer fuerte y decidida a la que no le temblaba nunca la voz. Dura y severa.

—¡Es Anna! —me gritó, sus ojos saturados de desesperación—. ¡Entiéndelo de una vez por todas, hijo! ¡Entiéndelo! ¡Anna! ¡Es Anna!

Su presión aumentó y mi consciencia empezó a flojear. Vilar no pudo contenerse y, a pesar del enorme respeto e incluso miedo que tenía a mi madre, dio un paso al frente y se pronunció para detener aquel espectáculo.

—Señora, déjelo —le pidió—. Es su hijo. ¡Déjelo!

—¿Dónde está Anna? —me preguntó ella, ignorando las peticiones de Vilar para que me soltara, aunque sí que aflojó un poco la presión del bastón—. ¿Dónde está?

—¿Anna? —articulé, ya más cerca del aturdimiento que de la razón—. Anna... —balbuceé mientras la imagen del colgante me acosaba y en mi mente un nombre inscrito en él se transformaba—. Julia es...

—¿Dónde está? —repitió, presionando de nuevo.

—Yo... —Casi no podía hablar. El bastón me estrangulaba—. Yo... —Y señalé, como pude, el medallón abierto que reposaba a mi lado con la fotografía de Julia y de un hombre. De un hombre que, demonio y asesino, miserable y malnacido, por más que quisiera negarlo, yo conocía muy bien—. Yo, madre, yo...

Mi progenitora se apiadó de mí un segundo, de mi sentir y mi color, ya níveo por la falta de aire, y me dejó respirar. Apartó el báculo y se agachó para coger el colgante. Lo miró con cierto nerviosismo, y me pareció ver la pena reflejada en sus ojos cuando contempló las fotografías del interior, pero solo fue un segundo, solo un soplo. Luego, tan pronto como había venido, ese sentimiento se murió y la desesperación y la condena regresaron a colmarlos.

—Hijo mío, ¿por qué te empeñas en hacernos sufrir? —Inspiró—. ¿Por qué lo haces todo tan difícil?

—Porque yo… Yo… —Las lágrimas me ahogaban y la pena y la culpa también—. Yo… Yo… Soy ese, madre. Lo soy, ¿verdad? —pregunté al fin y temblé, al formular en voz alta lo que ese medallón, endiablado y detestable, y sus fotografías me habían enseñado durante mi desdoblamiento. Lo que yo ya sabía y había olvidado para no sufrir, para no penar, para que la culpa me dejara en paz. Lo que el alcohol y las drogas antes me ayudaban a olvidar y ahora me habían hecho recordar con fiereza, fulminando mi alma—. ¿Soy él?

Sentí cómo una parte de mi cabeza suspiraba aliviada y otra, muy honda, lloraba.

—¡¿Quién?! —me respondió elevando la voz, sin paciencia; la había perdido, aunque yo no lo recordara aún, hacía diez años.

—Yo… Él… —titubeé—. El cazador —confesé y, con lágrimas en los ojos y el corazón del todo roto, roto para siempre, señalé la fotografía que acompañaba a la de Julia en el colgante.

—Hijo. Mi querido hijo. —Y por un momento me pareció escuchar un sollozo que brotaba de lo más hondo de su corazón—. Sí. ¡Sí! —Certificó con furia—. Tú eres ese hombre.

En ese mismo instante, mi mente se abrió y la claridad entró en el oscuro bosque de mi alma para enseñarme lo que yo ya sabía y me negaba a creer. Una iluminación que me dolió y me quemó la razón, y que convirtió en escombros los muros que yo había construido dentro de mi espíritu para no sufrir, para no expiar. Un fulgor que me hizo maldecir mi suerte y mi destino.

El cuadro grande de la habitación de Julia vino a mi pensamiento y también la mano del hombre del faro sobre el delicado hombro de mi musa. Vi sus ojos, de nuevo, claros y azules como unos que yo conocía muy bien. Mis ojos. Unos que habían visto y vivido demasiado y que se habían quedado húmedos y rotos por siempre tras la desaparición del amor de su vida, su único amor, el verdadero. Lo vi en la playa de Los Náufragos en una barca, acosando y destrozando a aquella pobre mujer. Lo distinguí a la perfección a pesar de la bruma y la niebla. Lo percibí como un eco en el lago de mis ojos, en el lago de mi memoria. También lo vi en el faro. Comida, mantas y restos de la vida que hacía a escondidas de los ojos ingenuos de los otros. Una vida huraña y solitaria. Mi vida. Y escuché su voz preguntándome por qué no había ayudado a Julia. Oí su voz, mi voz, su reproche, mi reproche.

«Mi destino estaba escrito mucho antes de aquello», sonó la dulce voz de Julia en mi cabeza. «Debes entender que tú no podías hacer nada», la escuché decir, cerca, dentro, pero no terminaba de asimilarlo. Yo era culpable. Lo era. De todo.

Cuando fui a por él, a cazarlo, también lo vi. Sí, en el espejo olvidado del faro, a donde disparé, tonto de mí, creyendo que lo que tenía delante era otro y no un reflejo. Y lo vi, cómo no hacerlo, en mis emociones, sentimientos y en la culpa, que era, sin duda, la autora y causante de todo aquello y no el éxito, como me decían. La maldita culpa que no dejaba descansar mi alma y me atormentaba.

Lo descubrí en mis sueños y anhelos, en mis pesadillas y terrores. Lo entreví, aun cuando ya no existía. Se había olvidado de su tiempo de cazador, me había olvidado, vagando por mi isla, aquí y allí, siendo solo un fantasma, una proyección de mi mente enferma. Por eso los demás no se preocupaban de su presencia. ¿Para qué inquietarse por un recuerdo? No era caso, pues aunque este volviera de vez en cuando, solo lo hacía como una visión prisionera de una mente acabada, olvidadiza e ida.

Y allí tirado, sus manos, su rostro, sus ojos, su voz refulgieron en mi cabeza armando a la postre el puzle que yo mismo me había encargado de destruir al arrinconarlo y enterrarlo en el olvido más profundo. Todo relució y construyó la imagen rotunda de un perfecto caballero que había perdido la razón, como aseguraba Vilar, por tristeza y amor.

¡Había sido un necio!, como me gritaban las voces de mujer que ocupaban mis sueños. Julia me lo había sugerido en el desván. Ella lo había visto en muchas ocasiones. ¿Cómo no hacerlo si ese hombre siempre me acompañaba? Lo vio, seguro, en el faro, en el puente, en la playa, en el jardín… Lo vio a cada paso que dábamos juntos.

Miré a Vilar, a mi mayordomo, y comprendí sus palabras y su congoja. Entendí su obligación de ayudarlo y defenderlo, protegerlo. Con sus ojos, llenos de la amargura infinita que le acompañaría por siempre, me trasladé a otro lugar y a otro tiempo. Fui con él hasta una pequeña fotografía que descansaba sobre su mesita de noche, que en su momento, cuando le robé la llave que pensé abría la habitación del faro, solo me pareció vislumbrar y que ahora distinguía a la perfección. Era tan obvio y yo había sido tan ingenuo, tan tonto.

La mujer que lo acompañaba en esa foto, la que fue el amor de su vida, por la que dio todo y tan mal fue correspondido, no era otra que mi querida madre. Recordé su historia, su final. Él quería marcharse, pero el albur le tenía preparado otro camino. Uno que le llevó a trabajar a las órdenes de mi progenitora en la isla. Un camino en el que me aseguró ser feliz, pues, en el fondo, el amor, a su manera, seguía estando presente. ¿Cómo no lo iba a estar? Aceptó el empleo y se convirtió en sirviente fiel, amante ocasional y padre.

Vilar y mi madre. Jóvenes locos de amor. Viejos rotos por la ingratitud.

Un hijo. Un asesino. Un cazador de musas.

Un hombre triste cuyo nombre, en letras hermosas y doradas, estaba escrito justo debajo de su imagen en el enorme retrato que colgaba en la habitación de invitados. Un nombre que siempre me pareció bonito. Un nombre que conocía demasiado bien. Ricardo Pedreira Ulloa. Un asesino. Un monstruo.

28

Padre? —Sollocé mirando a Vilar, que se arrodilló a mi lado, lleno su rostro de tristeza, pena y lágrimas, pero también de amor. ¿Cómo no iba a proteger a ese hombre del faro? ¿Cómo no me iba a proteger?

—¿Por qué no me lo dijo? —quise saber antes de que la verdad me devorara del todo—. ¿Por qué no me detuvo? ¡¿Por qué?! ¿Por qué dejó que me convirtiera en un monstruo?

Vilar fue a responder, pero mi madre se lo impidió. Un solo golpe de su bastón, seco y adusto en el suelo, con estrépito, sirvió para que Vilar se pusiera en pie, entre lágrimas, y se apartara de mí. Al pasar al lado de mi madre, en sus ojos entreví la rabia contenida después de tantas órdenes cumplidas sin convicción, pues siempre pensó que ella se equivocaba al no decirme las cosas a las claras, al esconder verdades que era mejor que yo hubiera sabido en cuanto regresé a la isla y empecé a evocar al hombre del faro, pero también percibí los restos de ese amor tan enorme que siempre le profesó. Siempre. Hasta la tumba.

—¿Por qué, madre? —Me dirigí entonces a ella—. ¿Por qué tanta mentira?

Se arrodilló de nuevo a mi lado hasta poner su cara contra la mía y, con una voz fría, de ultratumba, se transformó en una madre muy distinta a la que yo quería recordar. Siempre fue dura y severa, y allí, delante de mí, la tenía convertida en una madre feroz.

—¡El único que ha mentido aquí, hijo, has sido tú! Siempre has sido tú —me reprochó—. Tú y tus fantasías. Tú y tu cabeza errante. Tú y tus absurdas historias de amor verdadero. —Se incorporó y se apoyó en el bastón. Se veía fatigada, pero también muy molesta. Sus palabras destilaban amargura por los cuatro costados—. ¡Ya basta de tanta tontería y de tanto acertijo! Esta vez no voy consentir que nos arrastres a tu locura. ¿Dónde está Anna? ¡¿Dónde?!

No le contesté. ¿Qué le iba a decir? No tenía nada que decirle. Cogió el medallón y casi me lo lanza a la cara.

—Ya has visto quién eres —me indicó—. ¡Ya sabes quién eres! Ahora, ¡lee de una vez la maldita inscripción! —Y dio un golpe con el cayado tan fuerte en el suelo que toda la casa, lo juro, retumbó y gimió—. ¡Léelo y acabemos con este dislate!

Había tanta fuerza y furia en sus palabras que me vi obligado a coger el colgante, darle la vuelta y leer la dichosa inscripción, si bien, en mis primeros momentos allí tirado, en mi desdoblamiento, ya lo había hecho.

—¡¿Qué pone?! —gritó, inflexible, dándome un golpe con el bastón en la pierna—. ¡Dime qué pone!

«Ya sabes quién soy, ¿verdad?», oí decir a Julia a lo lejos. «Lo sabes, ¿verdad?». Lo sabía. Claro que lo sabía. Seguramente lo supe desde el principio. «Julia no existe», decían Vilar y mi madre en mi mente.

El dolor en el fondo no me importó, pero su actitud, su aspereza y su rabia, sí. Notaba en sus ojos que me consideraba el culpable de todos sus males, los pasados y futuros. Veía, a diferencia de en los ojos de Vilar, ira y reproche. Y ya casi no quedaba nada de amor en ellos.

«¿Le suena de algo el nombre de Anna?», resonó Castelao en mi cabeza.

«¿Ya sabes quién soy?», le siguió Julia.

Voces y más voces en mi mente, dentro, taladrándola, haciendo que me doliera. Voces que en esos días me habían intentado hacer entender una verdad que me resultaba inhumana e incómoda y que ya no podía ensordecer por más tiempo.

—¡Anna! —claudiqué—. ¡Pone Anna!

El corazón me dolió y se rompió del todo al pronunciar aquel nombre en voz alta.

29

La absenta y la morfina no estaban aquella tarde por ayudarme y hacerme ir lejos, olvidar de nuevo, abandonar mi cuerpo, y me sentí caer en un agujero muy profundo lleno de soledad y delirio. Yo, el famoso escritor, era en realidad un monstruo. Un hombre cobarde y miserable que había cazado mujeres sin piedad. Por eso mi madre siempre se empeñaba en decir que la isla no era un buen lugar para ellas y recibía el apoyo de mi querido Vilar, mi pobre Vilar. ¿Cómo iba a serlo con el mal y la locura acechando entre la bruma y la oscuridad? ¿Con ese demonio empeñado en sustituir a la mejor de las mujeres, a la más increíble, a la más hermosa, a esa que en realidad se llamaba Anna? La que aparecía en la fotografía del diario, mi diario, el infame relato de las atrocidades que había perpetrado en el faro. La que estaba en el cuadro de la habitación de invitados y la que descubrí paseando desmemoriada por el jardín de robles. Esa bonita mujer que un día, años atrás, yo había amado como nunca pensé que se podía amar. Una dama que había vuelto a mí, tiempo después, que había regresado con otro nombre, pero con la misma esencia. Había confundido su identidad, pero eso daba igual.

Anna. Hermosa, bella, mi paz. Mi musa.

Julia. Su igual.

Lo que no era capaz de entender eran los motivos por los que intenté suplirla por otras, convirtiéndome en un leviatán. Ella fue mi musa, pero ¿había sido también mi particular Sibyl Vane, aquella hermosa actriz enamorada de Dorian Gray?

En aquel momento, una luz muy brillante, un recuerdo, resplandeció con enorme fulgor en mi estropeada cabeza y me llevó hasta el faro, con la ayuda de los hermosos ojos verdes de Anna, y de su olor a vainilla, ese que una vez ya me transportó al pasado, a días de risas infantiles. Los olores son así. Buenos o malos, son capaces de hacernos viajar sin movernos del sitio. Vainilla. ¡Qué aroma más encantador! ¡Qué hermoso perfume!

Y allí estaba yo, una tarde de abril de 1926, hablando, jugando y riendo en la pequeña habitación del faro, desnudo en el suelo, tras haber hecho el amor. «Bienvenida de nuevo», le había susurrado el faro a Anna, cuando entró en él huyendo de mi perdón. Ella me lo había referido en el desván, junto al baúl negro. Intentaba ya entonces revelar parte de lo que un día habíamos sido. Nuestros cuerpos, aquella tarde, no tenían reparo en rozarse y amarse mientras yo disertaba sobre la siguiente novela que iba a escribir tras el éxito de *El amanecer de la luz*. Ella me escuchaba, me inspiraba, atenta. Me ayudaba. Era mi musa, mi inspiración, mi amor. Entonces, unos fuertes golpes en la puerta de metal interrumpieron nuestra charla y nuestras caricias, y el silencio se instaló entre nosotros y a nuestro alrededor. Los mismos golpes que sonaron en mi cabeza el primer día en que fui a buscar a Anna al cuarto de baño de la habitación de invitados. Anna, en el faro, se asustó, su rostro reflejaba pánico cuando la puerta comenzó a abrirse y después…

Después, oscuridad. Anna desapareció. Todo lo hizo. El silencio apagó la luz de mi mente y la oscuridad se volvió a cerrar sobre el recuerdo.

Tras esa hermosa luminiscencia que me había hecho revivir momentos llenos de felicidad y amor, la siguiente escena que mi aquejada mente me trajo me guio a mis días grises de cazador, sin Anna, sin amor, sin inspiración. Días en los que la bebida no calmaba mi tristeza, mi desolación. Días de penas y desánimos, dolorosos y terribles, en los que la demencia se acuarteló en mi mente y el delirio se convirtió en mi amante. Días en los que cacé por amor, por inspiración, por locura y desesperación, buscando una salvación que aquellas pobres mujeres no podían proporcionarme. Nadie podía. Días en los que intenté escribir sin que de mi mano saliera nada más que grisura. Dedos impregnados de negro y carmesí.

—¿Dónde está, hijo? —dijo entonces mi madre, disolviendo mis ensoñaciones, alejándome de aquellos recuerdos, sin darse por vencida, era aún más testaruda que yo—. Vilar nos ha contado lo del cementerio. ¿Dónde está?

—¿El cementerio? —pregunté—. ¿Qué pasa con el cementerio?

Para mí, el paseo por el camposanto no había servido de nada, había sido una pérdida de tiempo. Solo valió para que los fantasmas de aquel lugar disfrutaran con mi memoria dañada y disgustaran a Vilar. Solo para que la tierra...

Sí, lo sé. Tenéis razón. En aquel momento actuaba como un estúpido que rechazaba la posibilidad de ver la luz cada vez que esta se presentaba. De entenderlo todo por fin y de que aquel infierno acabara, pero no estaba preparado. ¡Por Dios que no lo estaba! Así que insistí en no recordar. Aún no podía y dejé que mi parte necia, esa que muy a menudo en los últimos tiempos me había gobernado, persistiera en no rellenar los vacíos que aún conservaba. No se habían destruido del todo y yo, en el fondo, no quería que se extinguieran. De todas aquellas preciosas lagunas, que me habían permitido vivir libre de culpa y pecado durante años, ya apenas quedaba una. Habían surgido en 1926 tras la partida de Anna, porque fue entonces cuando ella se marchó, cuando desapareció y me convencí, con la ayuda de otros, de que era el éxito y solo él, el culpable de la aflicción que sentía a cada paso que daba mi alma. Las lagunas me ayudaron a seguir adelante y a no sucumbir a la terrible pero dulce tentación de partir tan pronto al mundo de los muertos. Porque no hay nada más fácil que morir y nada más difícil que vivir.

—Quise que lo entendieras por ti mismo, poco a poco, al ver que comenzabas a recordar tu pasado, tu maldito pasado, pero se acabó —prosiguió mi madre ajena a mis elucubraciones y mi dolor. Ajena a mis sentimientos—. ¡Se acabó!

Mi pasado... Aún me faltaban piezas para que la historia que protagonizaba, aun en contra de mi voluntad, cuadrara del todo. Y muy importantes, de hecho. Recordé en aquel instante algunos de sus consejos, cuando decidió llevarse del pazo parte de mis cosas: «Olvidar no siempre es malo, hijo. Los recuerdos, a veces, solo sirven para sufrir». Y tenía razón. La tenía, pero no había sido el éxito lo que me llevó a los infiernos y me hizo olvidar ese pasado del que hablaba y los recuerdos que me hacían sufrir. Tampoco fueron las letras. Fue otra cosa bien distinta lo que me convirtió en un demonio, lo que me obligó a desdeñar y cambiar la realidad, lo que me hizo sucumbir, caer y morir en vida. Otra cosa que pronto averiguaría, si bien, en el fondo, ya la sabía. Cómo no saberla, ¿verdad?

Luego, tras pronunciar aquellas palabras, mi madre ordenó a Castelao y a Vilar que me levantaran y me llevaran a mi habitación. Ambos obedecieron y en volandas me transportaron al piso superior. Allí me dejaron en la cama, me quitaron la chaqueta y el chaleco del traje, me pusieron de nuevo los calcetines y, acto seguido, se fueron cumpliendo nuevas órdenes de mi madre, susurradas en voz baja para que yo no las oyera. Al poco regresaron con unas cuantas cuerdas en las manos, se acercaron a mí y, con prudencia, pero a toda velocidad para evitar aspavientos por mi parte, me ataron a la cama.

—Vilar, por favor —supliqué agarrándole del brazo sin fuerza—. Padre.

Pero Vilar se mantuvo callado y siguió atándome sin ni siquiera mirarme.

—Ayúdeme —le pedí, abatido—. Por favor.

En su mirada se adivinaba una congoja tremenda que le daba un aspecto pequeño y débil al hombre que poco antes había destrozado la puerta del despacho a golpe de hacha. No parecían la misma persona.

—¡Anna! —grité.

—¡Deja ya de chillar! —vociferó mi madre dando un buen golpe con el bastón en el suelo—. ¡Deja de perseguir imposibles!

—¡Anna, ayúdame! —supliqué desesperado, esperando que apareciera por la habitación y pusiera fin a toda aquella locura—. ¡Ayúdame!

Varias veces más pedí su auxilio, anhelando que ella me diera respuesta a las preguntas que aún me quedaban. ¿Por qué se fue? ¿Qué pasó? Ella me ayudaría a comprender y me perdonaría. Al final me perdonaría, pero ella, ELLA, no apareció.

Intenté resistirme, si bien todas mis tentativas fueron inútiles, pues no tenía fuerzas. La absenta y la morfina, la noche y el día, la culpa y el pecado me envolvían como mortaja, me oprimían y me impedían moverme con presteza y ligereza.

—Es por tu bien, hijo —me apuntó mi madre desde el umbral—. Es por tu bien. Iremos un rato a descansar. El viaje ha sido largo.

—Pero, madre...

—Cuando te hayas calmado y expulsado todo lo que te has metido en el cuerpo, te será más fácil entender. —Mandó a Vilar y a Castelao que salieran—. Te será más sencillo decirnos dónde está Anna y después, cuando cada cosa esté en su sitito, partiremos de esta isla. Nos iremos lejos. Nos marcharemos de España, donde el agua de riego se ha transformado en sangre.

Al momento se fueron todos y a mi alrededor se hizo la oscuridad. Me quedé solo, dándole vueltas y más vueltas a la idea de abandonar mi isla. Jamás, pensé. Nunca la dejaría, la isla de las musas. Se lo debía a todas aquellas mujeres. Me quedé solo, encerrado en la habitación, con el alma clausurada por el recuerdo de todas las falsas musas a las que intenté explotar sin reparo. ¿Para después qué? Para después nada.

30

No sé el tiempo que pasé en cama. Mucho o poco, según se mire, pero el suficiente para que mi madre, Vilar y Castelao fueran al faro y no a descansar, como me habían dicho. Fueron allí buscando a Anna. ¿No podían dejarla en paz?

El detective había insistido un par de veces en que no estaría en aquel lugar, pero a mi madre no le gustaba recibir órdenes de nadie, así que lo ignoró. Castelao estaba convencido de que había que buscarla en la casa, pero no discutiría con la señora, que era quien le pagaba. Vilar, por su parte, opinaba igual que el detective e incluso creía saber dónde estaba Anna con seguridad, pero no protestó ni batalló sobre el asunto porque tenía en mente otro plan y lo de ir al faro le servía, en realidad, para ganar tiempo. Quería, después de ver la actitud furiosa de mi madre, que yo lo entendiera todo

LA ISLA DE LAS MUSAS

de una vez, sin más medias verdades, sin más mentiras, y me ayudaría a hacerlo, pero para eso necesitaba que me despejara, que expulsara parte de mi tormento. Estar en cama me aliviaría y él pretendía alargarlo el máximo tiempo posible.

Tras descubrir que Anna no estaba en el faro, que allí solo quedaba inmundicia y dolor a espuertas, sin miramientos, le prendieron fuego. Fue idea de mi madre. Para ella el faro era inservible y no quería, además, que en aquel lugar quedara testigo, por mudo que este pudiese parecer, de todas las cosas horribles que allí sucedieron. Además, quería así aplacar los remordimientos que sentía por haber dejado en el armario de metal la caja de zinc y el diario, el principio y el final de mi historia.

Se había llevado de la isla casi todo lo que tenía sabor u olor a pasado, pero hubo algunas cosas que dejó, ingenua, por si necesitaba usarlas en algún momento en el que yo me volviera a perder o torcer del camino. No obstante, el asunto se le había ido de las manos. Yo, ya os lo dije al comienzo de esta historia, nunca había abandonado del todo ese sendero que mi querida madre tanto temía y había recordado las cosas a mi manera. Los recuerdos me habían alcanzado a trozos, desordenados, creando un completo mundo nuevo en el que vivir sin sufrir podía ser posible y donde la lógica que ella deseaba no tenía cabida.

Lo quemaron. Lo destruyeron. Calcinar para enterrar y negar que allí su hijo se había convertido en un engendro. Un hijo que no conseguía armar el puzle del todo porque aún faltaba un recuerdo muy importante que evocar. El más importante de todos.

Ya sabía que Julia no existía como yo la había imaginado, que se llamaba Anna y también que yo era aquel espejismo horrible que habitaba mi isla, pero aún no estaba preparado para recordar por qué Anna me había abandonado. No conseguía, además, recordar cómo había entrado en mi vida. ¿Cómo nos enamoramos? ¿Dónde? Esa parte estaba todavía en manos de mi yo necio y terco.

Tirado en la cama, entre el aturdimiento y el vértigo que sentía, solo lograba revivir nuestra tarde de abril de 1926 en el faro, los golpes en la puerta y esta abriéndose. Su mirada asustada y temerosa. Luego, la oscuridad, hasta que yo regresaba al faro ya convertido en un demonio.

La memoria es así. Tan frágil, quebradiza y delicada que perderla, romperla y acabar con ella parece sencillo. Pero no lo es: siempre resurge. A la larga, lo hace.

Tiempo para quemar el faro y para que a mí, en aquel lecho, tirado y atado, vinieran a visitarme, otra vez, las pesadillas. Laberintos, voces, ojos y risas que me buscaban y de los que no conseguía escabullirme por más y más que corría entre paredes de piedra y lenguas de mar. El océano, persistente y tozudo, me hostigaba, gimiendo y acosándome por los crímenes cometidos. Quería que mi cuerpo pagara por las ignominias consumadas y que mi alma fuera sepultada en sal.

Pesadillas y horribles visiones de mujeres mutiladas y de mis manos entintadas de sangre. Un asesino, un cazador y Anna, que corría y corría por la playa. ¿A dónde iba? Yo la perseguía, pero no conseguía darle alcance. Cuando la tenía justo delante, cuando mis dedos parecían poder tocarla, ella se desvanecía seguida de un terrible grito herido y doliente que me paralizaba y me trasladaba de nuevo a los laberintos de mar y piedra. Y mientras seguía luchando por salir de esa maraña de losas y agua, una voz, un zarandeo, me hizo emerger de ellas y despertarme en las tinieblas de mi habitación. Era Vilar.

—Despierte, don Ricardo. —Y me meneó con cierta brusquedad.

Como pude, me incorporé. Tarea complicada, atado de pies y manos como estaba.

—He venido a ayudarle.

—Vilar, padre, ¿va a soltarme? ¿Va a dejarme libre?

—Sí, hijo. —Y me acarició la cabeza como si yo fuera un niño pequeño, como si quisiera, con ese gesto, recuperar todas las veces en las que le hubiera gustado hacerlo y, por ser quienes éramos, por nuestra condición de señor y sirviente, no había podido—. Te voy a ayudar.

—¿Y mi madre? —pregunté mirando hacia la puerta entreabierta. Como apareciera y viera a Vilar sentado a mi lado, susurrándome palabras de aliento y auxilio, la cosa se complicaría.

—No te preocupes por ella. Está entretenida —respondió con una media sonrisa. Era la primera vez que lo veía sonreír en todos aquellos días aciagos.

—¿Entretenida? —pregunté mientras seguía mirando a la puerta. No me fiaba. No me sentía seguro—. ¿Dónde está?

—En el invernadero —concretó con seriedad, intentando que su voz transmitiera seguridad.

—¿Y qué hace allí? ¿Está Castelao con ella? Él también puede aparecer y...

—No te preocupes. —Intentó tranquilizarme mientras sacaba algo del bolsillo del pantalón—. Están allí los dos buscando a Anna.

—¿A Anna?

—Sí. Les he mandado allí. Les he dicho que quizá la señorita Anna esté en el invernadero.

—Pero eso no es posible.

Anna no estaba allí. No le gustaba ese lugar. En todas nuestras tardes y días juntos desde que reapareciera nunca habíamos ido allí. Solo una vez la había invitado a visitarlo y ella se había negado porque, según ella, en ese sitio las flores y las plantas parecen alondras enjauladas. No son libres, como deberían. Allí su belleza es efímera y se marchitan según abandonan su cautiverio, pues no queda de ellas nada de lo que las hizo hermosas a su nacimiento.

—Lo sé. Sé que no está allí. A ella nunca le gustó ese lugar, desde pequeña. —Los recuerdos de Vilar se remontaron a un tiempo muy lejano que yo, en esos momentos, aún no podía retener. A risas, carreras y juegos de niños entre las paredes del pazo y la geografía de mi isla. Su mirada se enlutó—. Pero necesitaba ganar tiempo.

—¿Desde pequeña? ¿Conoció a Anna de niña? —Si Anna no venía a darme las respuestas que mi mente necesitaba, quizá Vilar podría hacerlo.

—¿Recuerdas el cuadro del pasillo y los otros de la habitación de invitados? —me preguntó. Yo asentí. Las imágenes de los cuadros vinieron a mí de forma nítida y vi a aquella niña pequeña sonriendo a la cámara.—. Es Anna la que aparece en todos ellos.

—Pero...

—Pero nada. Ya te lo dije cuando los encontraste, así que ahí tienes tu respuesta. Todos la conocíamos desde pequeña y tú también.

—Desde pequeños. Entonces, ¿vivía aquí? ¿Vivía conmigo? ¿Ella...?

—¡Basta! Deja de preguntar lo que ya conoces. —Me tapó la boca con la mano porque yo, deseoso de saber, había empezado a levantar la voz—. Estás muy cerca de entenderlo todo por fin, pero no hay tiempo para que yo te lo explique.

—Pero cuéntemelo, Vilar, por favor, padre —rogué—. No me mienta más. No me deje así. Yo no lo sé. Dígame...

—¡Shhh! Sí que lo sabes, pero no hay tiempo para discutir. El invernadero no es tan grande y pronto descubrirán que Anna tampoco está en él —me explicó, y puso en mi mano una llave—. Enseguida volverán a la casa y querrán hablar contigo. El tiempo se agota y debes obedecerme.

Más llaves no, pensé. Estaba hastiado de llaves. Sobre la mesita habían puesto la que abría la caja de zinc. Vilar la vio, la cogió y también me la dio.

—Coge las llaves y sube al desván. Abre el baúl negro, el que el otro día observabas cuando estuviste horas allí arriba. La llave nueva, la dorada, es la que lo abre, aunque eso tú ya lo sabes. —La última parte la dijo muy, muy bajito, en susurros, pero le oí—. En él encontrarás la mayoría de las respuestas. Luego —y miró a la puerta, se oían ruidos y voces en el recibidor. Madre y Castelao habían dejado ya de buscar en el invernáculo—, vete a la habitación de invitados y abre la caja de zinc. ¡Ábrela, por favor! ¡Ábrela y todo se acabará! Te lo aseguro.

Salió sigiloso del cuarto y bajó las escaleras para ir al encuentro de mi madre y el detective.

—Vilar, ¿dónde estaba? —le oí preguntar a mi progenitora mientras yo me daba cuenta de que sobre la cama, cerca de la mano derecha, Vilar me había dejado una pequeña navaja bien afilada—. ¿Por qué no ha venido a ayudarnos?

—Estaba preparando algo de leña, señora —mintió, diligente, para excusar su ausencia—. La noche promete ser fría.

Mientras ellos discutían sobre la infructuosa búsqueda en el invernadero, yo, algo aturdido todavía por la presencia de mis amantes dentro de mí, pero decidido de una vez a averiguarlo todo, corté las ligaduras que me ataban a la cama, me calcé y salí sigiloso del cuarto. Esta vez sí que obedecería a Vilar, a mi padre, que siempre me había protegido y ayudado. Lo haría.

Según puse un pie en el pasillo, sus voces sonaron más próximas. Estaban subiendo por las escaleras. Si no me daba prisa me verían. Vilar hacía lo posible por entretenerles y, varias veces, mientras yo ascendía hacia al desván intentando no causar ruido y esquivando los tablones que crujían, consiguió detener su paso con excusas de lo más variopintas. Les pidió que me dieran algo más de tiempo para recuperarme. También les preguntó qué querrían cenar esa noche e incluso les enseñó los cuadros que había colgado por la casa. Unos cuadros, como los de la habitación de invitados, que pronto, tras mi visita al desván, cobrarían el sentido que merecían. Abrí con cuidado la puerta de la buhardilla, deseando que no rezongara y me permitiera pasar sin llamar la atención; así lo hizo, y cuando entré y cerré, oí el grito de mi madre al entrar en mi cuarto y ver que yo había desaparecido.

—¿Dónde está, Vilar? ¿Dónde? —bramaba dando golpes con el bastón en el suelo. Golpes que hicieron que la vieja estructura del pazo aullara. Ya no podía soportar más enfado y dolor—. ¿Dónde está?

—No lo sé, señora —se excusó Vilar entre susurros—. No sé a dónde ha podido ir.

—Pero usted estaba en la casa —le señaló Castelao—. Ha tenido que ver algo.

—Yo no he visto nada, don Miguel, lo juro —se defendió Vilar pretendiendo sonar lo más convincente posible—. No sé a dónde ha podido ir el señor Ricardo.

—¡Vilar, no me hagas perder la paciencia! —le gritó mi madre, levantando el bastón—. ¡¿Dónde está?!

Vilar dudó, buscando una estratagema que le hiciera ganar tiempo, que nos hiciera ganarlo a los dos. Había creído que tendríamos más, que la búsqueda en el invernadero duraría un poco más, pero se equivocó. Y en ese momento allí estaba, queriendo convencer a mi madre, astuta y sagaz, y al investigador de que ignoraba mi paradero. Mi madre levantó más el bastón. Había perdido definitivamente los nervios y, si las cosas no se calmaban, quién sabe si también la cabeza. No le importaba pegar al hombre al que había amado si eso le devolvía a su hijo. No estaba dispuesta a sufrir más. Estaba harta de todo aquello. Únicamente quería, deseaba con todas sus fuerzas, que aquel mal sueño acabase de una vez, y descansar.

—Creo que, tal vez haya ido al embarcadero —dijo Vilar al fin.

Una mentira piadosa para salvar vidas. Una mentira para dar tiempo a la verdad. Sin pensárselo dos veces, Castelao, mi madre y Vilar salieron corriendo de la casa camino del muelle, a buscarme. Desde una de las ventanas los distinguí.

No tenía mucho tiempo y debía abrir cuanto antes el arcón negro en el que Vilar aseguraba que estaban las respuestas. La llave había reposado en el interior de los guantes de una bella mujer y previamente en un cajón olvidado del escritorio de mi otro padre, el que me crio y me dio su apellido. Aquella llave que llegó con la mujer que olía a vainilla y en la que estaba grabado su nombre: «Anna».

31

Me senté frente al baúl que tan solo un día antes, solo un día, había estado viendo con Julia, con Anna, sin saber que la llave que lo abría estaba tan cerca. O tal vez, debo reconocer, vosotros ya lo sabéis, quizá lo había ignorado para no sufrir.

Vilar tenía razón, como siempre. Mi mente caminaba entre dos aguas, entre dos mundos. Uno que quería entender, comprender y acabar con todo, y otro que se perdía y me condenaba porque ya era conocedor de toda la verdad. Era ese yo, el que nunca olvidó del todo y que seguía latente, el que, al llegar al pazo y subir al desván en busca de inspiración, inventó un mundo lleno de falsas apariencias. Un universo diseñado a mi medida, nuevo y perfecto, donde vivir, solo vivir, ya era motivo suficiente de felicidad. No quería afrontar la verdad y la enterré para no penar. La cambié, la adorné y me la creí. Ese yo, esa parte de mí era la que no quería abrir nada, la que se negaba a ver y a oír, la que, durante toda mi estancia en la isla, había imaginado, fantaseado y vivido en un artificioso e ilusorio mundo inventado.

La porción de lucidez que aún me quedaba luchaba para que ese yo que me engañaba me dejara libre y me hiciera ver, por fin, la verdad de todo aquello, aunque me doliera. Fue la que me enseñó, como si fueran proyecciones, los hechos vividos, como lo que presencié en la playa de Los Náufragos. Quiso mostrarme el pasado tal y como fue, con sus verdades incómodas y su realidad, pero no quise verlos, no podía todavía, no estaba preparado, y lo cambié.

¿Qué habríais hecho vosotros? ¿Cómo hubierais actuado? No me estoy justificando, pero era un hombre infectado de locura que batallaba contra sí mismo para no admitir sus pecados. La culpa, la maldita culpa, experta en transformar lo real en fantasía y la fantasía en realidad. Mentí, inventé y enterré al yo lúcido al que ahora estaba dispuesto a escuchar y obedecer, aunque sintiera que, en el momento en el que decidiera hacer lo correcto —abrir baúles, cajas, lo que fuera—, todo a mi alrededor, todo ese mundo de ficción, se carbonizaría en el fuego eterno.

Me senté frente al baúl y saqué la llave dorada del bolsillo. La introduje en la cerradura, la giré y abrí el arcón, dispuesto a armar el puzle de mi vida por completo. Ya no había vuelta atrás. Debía hacerlo. Por mí, por Vilar, por mi madre, por Anna. Debía hacer frente a mi pasado, a mi maldito pasado, como lo había llamado mi madre. Hacer frente a mi presente, el real y el inventado, y a mi futuro, aunque este viniera cargado de soledad y horrores, que vendría.

Nada más abrir el cofre, me di cuenta de que todo lo que contenía me era familiar y de nuevo pensé en Vilar: «Usted ya sabe lo que guarda». Ropa de mujer, libros, perfumes, un cepillo de plata para el cabello, un pequeño espejo a juego en el que intenté no mirarme para no ver más mis ojos azules de cazador, varios chales de ganchillo y algunas joyas. Y todo envuelto en olor a vainilla. Eran, sin duda, las cosas de Anna.

«¿Y no tienes curiosidad por saber lo que hay dentro?», oí en mi cabeza su suave voz. «Quizá esté cargado de historias y recuerdos. Seguro que esconde verdades y mentiras».

—Tal vez —susurré, y saqué lo que contenía.

Al hacerlo, me fijé en las raspaduras en el suelo, a los pies del baúl, y recordé cómo Anna las había acariciado el día anterior.

«¿Nunca has visto lo que hay dentro?», escuché de su boca. «¿Nunca lo has abierto?».

—Tal vez —repetí.

Entre la ropa, toda preciosa, lustrosa y muy elegante, rebuscando y envolviéndome en vainilla, encontré tres libros de gran tamaño. Los saqué con cuidado y me di cuenta de que no eran novelas de misterio, las preferidas de Anna, sino álbumes de fotos. Los puse a mi alrededor para echarles un vistazo y, al hacerlo, comprendí que estaba, poco a poco, evocando nuevos recuerdos, uniendo piezas, como esa certeza nueva de que a Anna le gustaban las novelas de misterio. Le encantaban. Razoné que, si conseguía mantener a raya un poco más al yo necio y tozudo, al que no quería conocer la verdad, conseguiría, tal y como me había asegurado Vilar, entenderlo todo y llegar al final de aquello que era el principio de mi propia historia.

Abrí nervioso el primero de ellos, el que parecía el más antiguo. ¿Qué me iba a encontrar en su interior? Por un lado, estaba deseando averiguarlo, pero, por otro, sentía miedo. Temor a descubrir algo que no me gustara. No quería sufrir más. Desplegué el álbum y fui pasando las páginas, gruesas y llenas de fotografías protegidas por un fino y elegante papel cebolla. Algunas de las instantáneas eran muy antiguas y en ellas aparecía un bebé, una hermosa niña de apenas meses, sonriendo a la cámara. Seguí pasando hojas, revisando la vida de aquella pequeña contada en imágenes. De Anna. Sus primeros pasos, sus primeras risas y llantos, sus primeros juegos... Su imagen empezó a resultarme familiar y no solo porque fuera, como Vilar me explicó, la niña de los cuadros que había colgado por la casa, sino porque en muchas de ellas vi, con el corazón encogido y los ojos a punto de desbordarse, que estaba acompañada por mí.

Seguí mirando las instantáneas, con nostalgia, hasta acabar con ese primer álbum repleto de fotografías que empezaban a tomar la forma de recuerdos, a asentarse de nuevo y a ocupar el lugar que siempre les correspondió. Y al cerrarlo me pregunté, por primera vez desde que había vuelto al pazo, por qué había olvidado todo aquello. ¿Por qué lo había desechado si parecía ser feliz? Pude olvidar mi tiempo de cazador, cómo no hacerlo con lo que me atormentaba, pero lo demás, ¿por qué? Mi rostro, en esas fotos, irradiaba felicidad.

Y el de Anna, tan hermosa, ya era muy bella incluso de tan pequeña, también. ¿Cómo pude olvidar tiempos tan buenos? ¿Cómo la pude olvidar a ella? La enterré tanto que incluso había llegado a confundirla con otra mujer.

No fue el éxito, como todos me dijeron y yo quise creer. No fue la fama o el dinero. Ni siquiera mis manos manchadas de las pueriles y toscas historias de ilusorias musas. Había algo más que me había hecho renunciar a todo mi pasado y a todos mis recuerdos. Algo que vosotros ya sabéis y yo, en el fondo, también sabía, aunque me dijera lo contrario y me empeñara en esconderlo en lo más profundo de mi ser. ¿Cómo no hacerlo? ¿Cómo?

Abrí el segundo álbum y en él, como en el primero, fotografías y más fotografías de una vida en apariencia feliz. Anna en el campo, montando a caballo, paseando junto al que, hasta ese mismo día, yo tenía como único padre, aunque en realidad no lo fuera, y también al lado del que era el verdadero, junto a Vilar. Anna sentada, jugando a las muñecas, en una hermosa habitación con la pared decorada con un papel pintado que reproducía las ramas del bambú. La misma en la que la había instalado yo cuando reapareció en mi vida como Julia, sin recordar que ese cuarto un día fue suyo o, quién sabe, tal vez, recordándolo, pero, como había hecho hasta ese momento, omitiéndolo. También aparecía jugando conmigo en esa misma estancia, porque yo también volvía a salir en las fotografías. Siempre a su lado, como su sombra. Eran pocas las imágenes en las que yo no estaba con ella.

Ese segundo libro mostraba a una Anna mayor, había crecido, más madura. Una niña de unos diez o doce años.

Las lágrimas estaban a punto de rebasar mis ojos ante aquellas estampas que me transportaban a una vida feliz, ¡una vida feliz!, cuando una voz resonó en mi cabeza: «Ya sabes quién soy, ¿verdad? Lo sabes, ¿verdad?».

Sí, pensé. Lo sé. Anna había estado siempre a mi lado. Había sido mi compañera desde pequeños. Dos almas gemelas unidas casi desde la cuna que habían permanecido juntas hasta que… Hasta que algo ocurrió en el faro una plomiza tarde de abril, un borrascoso abril de 1926 que cambió mi vida y me convirtió en un monstruo anhelante de olvido. Un hecho que yo sabía que estaba en algún lugar de mi cabeza, latía en ella y me enviaba señales, pero que no conseguía resucitar del todo para terminar de desenredar toda mi historia; para ver por fin con claridad.

Al pasar la página, en el final, y contemplar la última reproducción de ese segundo álbum, no pude hacer otra cosa que reír. Era una fotografía de lo más peculiar, una imagen hermosa de dos niños llenos de barro, desaliñados y mojados en el salón principal del pazo. Anna sostenía algo a su espalda, sonreía y me miraba de reojo, cómplice. Yo, en cambio, no reía y tenía cara de haber visto un fantasma. Estaba empapado, blanco como la leche, y me agarraba fuerte el pecho con una mano. La otra la tenía tendida hacia Anna. Era una foto divertida por nuestro aspecto desastrado, a pesar de mi níveo rostro, pero también emergía de ella un cierto sentimiento trágico, de nostalgia y desgracia. Cerré el álbum y cogí el tercero, el último que me quedaba por ver.

Pasé con cuidado cada página, como con los dos anteriores, observando las fotografías sin prisa a pesar de que no podía entretenerme en demasía, pues en cualquier momento volverían mi madre, Castelao y Vilar del embarcadero al comprobar que yo no estaba allí. Confiaba en que Vilar lograra entretenerlos todo lo que pudiera, pero tras escuchar la actitud loca y violenta de mi querida madre no debía poner en eso todas mis esperanzas. Estaba alterada y desquiciada y ya no tenía freno.

Las imágenes de ese tercer álbum me parecieron muy hermosas y llenaron mi corazón de un amor inmenso y de una luz que ya pobremente reconocía. La había vislumbrado cuando encontré a Anna en el pequeño puente de madera del jardín de robles y la confundí con otra, con una musa que yo necesitaba, una inspiración que me guiara, pero apenas fue una chispa en comparación con la irradiación refulgente que en ese momento me cubría. Me sentí afortunado y pensé que esa luminaria me ayudaría a mantener a raya al yo infame y ciego que, por el momento, seguía arrinconado. Esa luz, bendita luz, me ayudaría a conservarlo así. En aquellas imágenes aparecíamos Anna y yo en el campo, en los vergeles del pazo, paseando y contándonos secretos al oído, leyendo juntos bajo los robles del jardín, volando una cometa en una de las calas más hermosas de la isla, Cala Luna, y también, de nuevo, delante del pazo, posando, con media sonrisa y ojos vivarachos. Se veía, en sus ojos y los míos, en nuestra forma de mirarnos, que guardábamos un secreto. ¿Cuál? Por más que me estrujé los sesos, no fui capaz de recordarlo. ¿Qué secreto atesorábamos que nos hacía mirarnos así en las fotos?

Allí también estaba, un poco más adelante, casi al final del álbum, un retrato muy parecido a la pintura que Vilar había colocado en el cuarto de invitados por orden de mi madre: Anna sentada, vestida de gala, y yo, de pie, a su lado, con mi mano sobre su hombro. Cerré el álbum, con la sensación de que algo se me había pasado por alto. Algo se me escapaba.

Los abrí y repasé de nuevo, pero no era capaz de encontrar la pieza que hiciera que todo cobrara sentido, la que me tenía que hacer entender quién era Anna, su origen y cuándo nos habíamos enamorado, porque una cosa sí tenía clara: yo la había amado.

Posábamos juntos, nos mirábamos, nos reíamos, pero no lo hacíamos como enamorados, como lo harían unos novios. Siempre había cierta distancia entre nosotros, pequeña pero inflexible, como si quisiéramos ocultar nuestro amor y, al pensar eso, en ese instante, rodeado aún del maravilloso fulgor que esas fotos desprendían, más recuerdos me asaltaron. Llegaron de golpe, desordenados, a tropel, y vi a Anna en el desván, jóvenes los dos, dándome un beso.

—Lo guardaremos en secreto —me pidió. Yo asentí—. Será nuestro secreto.

32

La noche caía en la isla y también la lluvia que nos había dado unas horas de tregua y que volvía con talante vengador. Oía su repiqueteo contra el tejado, sobre mi cabeza, henchida ora de recuerdos desordenados, de besos y caricias robadas, de juegos infantiles sin fin y manos entrelazadas a la luz de un quinqué. Evocaciones de tardes y noches escribiendo con la voz suave y dulce de Anna susurrándome, inspirándome. Días en los que no necesitaba ni el alcohol ni otras sustancias, en los que mi única amante era ella, ELLA, Anna, mi musa. Siempre había estado ahí, conmigo, a mi lado, hasta que se fue, dejando para mí el llanto de la luna.

A pesar de escuchar a Vilar y a los demás a lo lejos, dando voces, llamándome a gritos, seguí pasando las páginas de aquellos tres álbumes con el corazón, antes lleno de luz, otra vez oscuro, pues había algo en ellas que me entristecía.

Algo que no acertaba a ver claro, pero que me sugería que la solución la tenía delante, entre mis dedos, allí mismo. Intenté ordenar mi maltrecha memoria y darle sentido a los recuerdos que regresaban, ansiosos por volver a casa y habitar de nuevo su morada, cuando volví a ver la fotografía en la que, llenos de barro, nos mirábamos cómplices, y las lágrimas germinaron, no pude contenerlas más. ¡Qué hermosa sonrisa tenía! ¿Y por qué se había apagado? En las instantáneas que seguían a esa imagen, su sonrisa cada vez era más fugaz y volátil hasta que, en la que posábamos juntos, la que era parecida al cuadro de la habitación de invitados, había desaparecido por completo.

Regresé a esa fotografía en la que sí sonreía con ganas, aunque le faltara algún diente, y la miré, esta vez con más detenimiento. La sonrisa pícara de Anna, el gesto cómplice y sus brazos hacia atrás, mi mano tendida. Yo parecía suplicar por algo que ella escondía a la espalda. Despegué la fotografía del libro y me la acerqué para inspeccionarla mejor. La noche se derrumbaba y la luz en el desván era cada vez más nimia. La examiné con más detenimiento y descubrí que lo que escondía era una caja de metal.

—¡La caja! —exclamé poniéndome de pie de inmediato—. ¡La caja de zinc!

Lo dejé todo sin recoger. Los álbumes, la ropa, algunas fotografías, todo tirado por el suelo alrededor del baúl; salí corriendo del desván. Bajé presuroso las escaleras hasta llegar al cuarto de invitados. Entré, nervioso, pero por primera vez con ganas de abrir la dichosa caja que seguía en la mesita. Me acerqué temblando, con la cabeza aturdida por lo recordado y por algo más oscuro y retorcido que todavía seguía escondido. Había llegado el momento que tanto tiempo mi yo obstinado llevaba demorando y que aún quería retrasar más. Lo notaba. Escuchaba su impertinente voz en mi mente susurrándome, insistente, que no la abriera, que saliera de allí corriendo, que desertara de nuevo.

«¡Huye! ¡Vete! ¡No la abras!» me gritaba. «¡No lo hagas!».

Ante mi resistencia, presionó más y más alto.

«La caja está maldita», insistía. «¡Maldita!».

Más y más profundo.

«¡Sufrirás! ¡Llorarás!».

Ignoré a mi yo mezquino, sus amenazas y advertencias, y cogí la caja. Me la llevé junto a la puerta del baño y me senté contra ella, en el suelo, a su cobijo, para abrirla de una vez.

El principio. Lo tenía delante, entre las manos. El principio de todo.

Saqué la llave del pantalón y la metí en la cerradura. Giré y, al abrirla, un viejo recuerdo acudió más vívido a mi estropeada mente.

«No mires», se repetía una y otra vez en mi cabeza. «¡La verdad te matará!».

Pero otras voces apagaron esas súplicas. Oí a mi madre y su particular paso de bastón entrando en la casa, llamándome a gritos y subiendo las escaleras. Venía a buscarme. Venía a por mí. Quise mirar el interior de la caja lo más rápido posible, antes de que llegara, pero la primera evocación que había regresado al abrirla me había dejado paralizado. Me quedé sentado, con la caja abierta en las manos, pero sin saber aún qué contenía. Mis ojos no podían mirar en su interior porque estaban en otro lugar y en otro tiempo.

Era un recuerdo que ya había tenido y al que le faltaba apenas nada para resurgir por completo y ocupar el sitio que le correspondía en mi vida y en mi memoria. Voces y risas infantiles en el Paraje del Ocaso, cerca de un pequeño manantial de agua pura, una fuente tranquila donde las palabras de las musas tintinean claras y hermosas. Un agujero en el suelo, cerca de la orilla, y una caja semienterrada en él. Dos pares de ojos inspeccionándola, curiosos, y dos pares de manos desenterrándola, llenándose de barro y sacándola del hoyo. «Abrid la caja» se oyó, y unas manos tiernas, pequeñas e inocentes, no dudaron en hacerlo. Una vez abierta, del arroyo brotó una mujer de una belleza imponente cuya voz era dulce e inmortal y que emitía una vasta luminosidad que nos abrazó. ¿Qué había dentro de la caja? Miramos. Sí, lo hicimos. Yo estaba allí. Anna estaba allí. Éramos Anna y yo los niños de ese recuerdo. Anna y yo. Siempre Anna y yo. Abrimos la caja y después…

Voces, carreras, cánticos, un hontanar que nos atraía y nos regalaba el cielo y el universo si nos asomábamos a sus aguas, a contemplar los ojos albahaca de su dueña, y un amor imposible convertido en verdad, transformado en maldición. Más tarde, tras promesas de amor eterno atadas por el verde de las aguas, el recuerdo se desvanecía hasta que Vilar me llevó al pazo, mojado y sucio tras arrancarme del mar, del maldito océano de mi isla, de ese piélago que todo me lo robaba. En el pazo, Anna me esperaba con la caja y allí nos hicieron aquella instantánea que me había hecho reír en el desván. Mi padre y su afición a las fotos. Todo lo que ocurría en el pazo se retrataba. Para la historia, solía decir. Así perduraremos.

Ese recuerdo se esfumó y otro llegó en su lugar. Me vi, años después, con Anna, escoltados por esa misma caja que dormía en el armario del faro. Me di cuenta, en aquel momento, que desde que la habíamos descubierto siempre nos acompañaba, como una sombra, como un reflejo en el espejo.

Mi madre entró en la habitación de invitados, bastón en mano, histérica y dispuesta a batallar conmigo para que de una vez por todas dejase libres a los fantasmas del pasado y la dejara, así, libre a ella también, pero se detuvo. Se calmó y bajó el cayado al verme con la caja en las manos, en un estado catatónico, asolado por las lágrimas y gimiendo como un niño pequeño. Debía parecer un loco. El desequilibrado en el que me convertiría en breve, cuando la verdad, la única verdad, despiadada, atroz y dura, por fin viera la luz. Viento de locura en un mundo ilegítimo que se destruía y pudría. Mi madre, Vilar y Castelao estaban ya en la habitación, pero yo… Yo estaba en otro sitio.

Estaba en el faro, una tarde de abril de 1926, con Anna, desnudos sobre unas mantas viejas que habíamos cogido del desván. Habíamos hecho el amor y hablábamos del futuro. ¡Qué ironía! ¡El futuro! Tras el éxito de mi primera novela, Anna me proponía ir lejos del pazo, lejos de Galicia. Quizá a Madrid o a Barcelona. Allí podría seguir escribiendo y, además, podríamos empezar de nuevo, dejar de escondernos y amarnos libremente. Yo no quería. Me gustaba mi casa, mi vida, mi isla. No quería dejarlas.

—Madre acabará entendiéndolo —le susurraba mientras le acariciaba los senos. Adoraba sus pechos, turgentes y hermosos, hechos a la medida de mi mano—. No puede hacer otra cosa. ¿Qué va a hacer?

—Ella no lo entenderá jamás —replicó, alejando mi mano de su cuerpo, apartándose de mí—. Matará nuestro amor.

—No lo hará. No podrá —insistí.

—¡Sí que lo hará! Ya lo hizo una vez cuando encontró la caja y la abrió. —Y señaló el cofre de zinc que estaba en el armario—. Cuando mandó venir a ese doctor a visitarme.

El recuerdo que renacía y se reconstruía tan real voló, cambió y me llevó a otro punto de mi vida más lejano. Me transportó a cierto día caluroso del verano de 1923, cuando un hombre joven, de unos veinticinco años, vino a visitarnos a la isla. Quería hablar con Anna por orden de mi madre. Era un caballero rubio, de ojos claros, que fumaba sin parar y hacía muchas preguntas. Tantas que uno acababa hastiado de su sola presencia. Interrogaba incluso cuando no abría la boca. Se encerró con Anna en el despacho de mi padre, este ya nos había dejado, mientras mi madre me ordenó que la acompañara en uno de sus múltiples paseos por el islote. Poco hablamos mi progenitora y yo. En cambio, en el despacho se conversó de muchas cosas, y de algunas que jamás deberían haberse pronunciado en voz alta. Aquella charla fue, en realidad, el preludio de la desgracia que sobre todos nosotros caería años después.

Anna habló con aquel hombre que era, en realidad, un psiquiatra. Uno de esos que tratan los malos comportamientos, el mal funcionamiento de la mente y del alma. Un loquero, para que nos entendamos. Inocente, le describió sus sentimientos, francos y sinceros, y le explicó el amor que sentía por mí, ese que no podía existir según mi madre, pues era pecado y algo abominable. Le aclaró cómo ese amor, el que ella y yo sentíamos, era un afecto que superaba todos los límites, capaz de elevarnos como seres humanos, de hacernos felices y eso, por mucho que los demás lo vieran y juzgaran como algo execrable, no podía ser malo. Era amor de verdad.

¿Por qué lo consideraban un hecho infame? ¿Por qué nos querían separar? Anna fue demasiado sincera y cuando se dio cuenta de las verdaderas intenciones de ese hombre, que no eran otras que convencerla de que nuestro amor debía acabar de inmediato porque era del todo imposible, guardó su sonrisa y no dijo más. Ese fue el momento exacto en el que su sonrisa murió, con apenas diecisiete años: cuando se percató de que nunca nos dejarían ser libres.

El doctor prescribió a Anna, tenía el consentimiento de mi madre para hacerlo, una serie de pastillas para no soñar, para olvidar. Unas píldoras que calmarían sus deseos lujuriosos y vergonzosos, así los calificaba. Le advirtió de que, si no dejaba de verme como a un novio, como a un futuro amante —todavía nuestro amor no había sido carnal, aunque no tardaría en serlo—, volvería, pero sin medicamentos. Llegados a ese punto, dejaría la botica a un lado para dar paso a la cirugía. Si Anna no se sacaba de la cabeza ese amor impuro y pecaminoso, el doctor lo haría por ella.

Una vez la charla hubo concluido y la sonrisa de Anna muerto, ella accedió. Afirmó que cumpliría las directrices del doctor y de mi madre, y que dejaría de amarme, si bien nunca lo hizo. Me lo contó todo esa misma noche, a la luz de un candil, en el desván, y nos prometimos, como ya habíamos hecho años atrás, amor eterno. Lo guardaríamos en secreto para que nadie lo supiera. Seríamos discretos y delante de los demás nos comportaríamos de forma normal, sin dar muestras de nuestros sentimientos. Sería nuestro secreto.

Ahí estaba el motivo por el que Anna dejó de sonreír y por el que en las fotografías aparecíamos lejanos y distantes. Una pantomima ideada para no desvelar nuestro amor, para que nos dejaran en paz.

Un par de veces más apareció el médico en la isla para visitar a Anna y comprobar sus progresos. Ella mintió y también lo hice yo cuando, alguna vez, fui interrogado por nuestra relación. Mentimos y guardamos nuestro amor para las tardes en el faro, para los besos robados cerca de la alacena de la cocina, y para nuestras visitas nocturnas, escoltados por la luna, de una habitación a otra. Amor escondido que sobrevivió a los ojos ladinos de ese mal llamado doctor que observaba a Anna como si esta fuera un animal al que diseccionar. Solo quería probar su ciencia. Esa que no salvaba vidas, pero sí enterraba almas y rompía corazones. Ojos color miel, almíbar pegajoso donde te puedes quedar ancorado, como si fueran telarañas que te atrapan, si no prestas la suficiente atención. Ojos ladinos que…

«Habla de su sonrisa, ¿la ha visto sonreír?».

Levanté la mirada y regresé a la habitación de invitados, sobrecogido por el recuerdo, asustado por lo que mi mente me había enseñado, pues esos ojos… Esos ojos… Yo los conocía. Estaban en el pazo, en ese mismo momento, más viejos, pero con las mismas insanas intenciones. Los fanales ámbar y crasos que hablaron con Anna, la amenazaron y le robaron la sonrisa. Los mismos ojos que cuando Anna desapareció, también estaban allí. Volvió después, a departir conmigo, a ayudarme a mí con su ciencia y erudición, pero yo había olvidado. Olvidé. Le olvidé a él, a Anna y lo sucedido. Todo. Unos ojos inquisidores, nublados de humo, que preguntaban sin pestañear, sin parar, hasta desquiciarte. Preguntas y más preguntas hechas tan solo días atrás, cuando se presentó en mi casa, engañándome, como don Miguel Castelao, un detective privado enviado por mi madre.

33

No. No había vuelto a ver sonreír a Anna. Cómo hacerlo si él le había quitado la sonrisa. Si ese doctor, ese que se hacía pasar por detective privado, la había matado hacía ya muchos años. Abriles que empezaba a recordar. Tiempos que pesaban como losas exigiéndome discernir qué fue un sueño y qué real. Preguntas que me hizo en mi casa, años atrás, y otras que me había hecho hacía solo unos días. Años, días, tiempos, recuerdos. Todo unido por unos ojos terribles, saturados de mayor aberración que la que yo mismo albergaba. Más incluso de la que pretendía aliviar. Preguntas para investigar qué recordaba, aun sabiendo que sería poco. De ahí que le diera igual mi miedo por ese vil hombre del faro. Él ya sabía que era yo, una proyección de mi mente enferma. Y preguntaba por Julia porque sabía, vaya si lo sabía, que Julia no existía. Por eso también me interrogaba por Anna. Nunca vino para ayudar. Jamás. Solo quería satisfacer los deseos de mi madre, bien pagado, por supuesto. Y, quizá, los suyos como médico.

¡Canalla miserable! ¡Me engañó! Lo había olvidado y se aprovechó, pero en ese momento, allí, en la habitación de invitados, gracias al regreso de mi memoria, a la vuelta paulatina de la verdad, aun cuando esta arribaba retozando con ese otro yo que quería seguir olvidando, volvía a membrar. Lo recordaba a él y a sus palabras. Recordaba sus métodos y sus amenazas.

Una carcajada histriónica salió de mi garganta mientras los presentes en el cuarto, ajenos a mis evocaciones, a mis pensamientos, a mi ir y venir por los laberintos de realidad y fantasía de mi cabeza, contemplaban cómo la baba me resbalaba por las comisuras de la boca, mi cuerpo se movía, poniéndose de rodillas, entre la oscuridad del olvido y la luz de lo recordado, y la caja de zinc se me escurría de las manos, cayendo al suelo y cerrándose.

—¡Hijo mío! —exclamó mi madre, acercándose—. ¡Vuelve aquí! ¡Vuelve con nosotros!

La escuché, pero no le respondí, porque estaba centrado en otra voz y otros ojos. Levanté mi mano, nerviosa, hacia ese ser mezquino de ojos almíbar para llamarlo por su nombre. Quería que supiera que ya entendía quién era. No iba dejar que me engañara más. Ya lo habían hecho, todos, más de lo necesario.

—Doctor Núñez Loureiro, bienvenido a mi isla de nuevo —le nombré con la voz entrecortada, hendida de rencor, y también cansada.

Tenía muchas ganas de que aquello terminara por fin. De que todos se fueran y me dejaran solo. Solo con mis musas, con mis recuerdos recién adquiridos, con mis fantasmas y mis miedos. Solo con mis pesadillas y mis espejismos. Solo con mi yo cazador y mi yo cobarde. Solo con mi conciencia y mi alma, lo que quedaba de ella, y mi corazón hecho trizas. Solo.

«Ha venido desde Baiona a hablar con usted, señor. Para ayudarle», escuché la voz de Vilar cuando me anunció su visita. ¡Mentira! Ese hombre no quería ayudar, y en cuanto pronuncié su nombre en voz alta, pude ver que bajo sus ojos ambarinos se escondían muchos secretos inconfesables, sonrisas borradas y sentimientos apagados.

Secretos y mentiras, grandes aliados de las desgracias familiares que todos quieren esconder y sepultar, pero que siempre encuentran la manera de regresar y ser libres, como la verdad que aún me quedaba por descubrir. La que me condenaría para siempre a los infiernos.

—Señora —pidió Vilar—, su hijo ya sabe quién es quién. ¿No cree que es el momento de contarle toda la verdad?

Silencio.

—Señora, por favor —insistió volviendo a obtener la indiferencia como respuesta.

Para mi madre y el médico, su presencia era un mal necesario que no podían evitar y que toleraban, pues creían que les serviría de ayuda, pero nada más. Vilar amaba a mi madre, lo seguiría haciendo siempre, pero estaba claro que ella hacía tiempo que había dejado de sentir. Un día amó. Un día quiso a Vilar con toda su alma, pero ese tiempo ya estaba marchito. Quizá por lo ocurrido entre Anna y yo, por nuestro amor. O tal vez porque su corazón se había vuelto rudo y puro granito con los años. La cruda y despiadada realidad tiene esos efectos. Daña y hace cenizas el amor, los sueños y las esperanzas.

—¿Por qué, madre? — interpelé, aún de rodillas, recogiendo la caja de zinc que aún no había podido ver—. ¿Cómo pudo permitir que algo así sucediera?

Casi todos los recuerdos habían regresado, fieros y crueles, con deseo de venganza tras tanto tiempo arrinconados. Tornaban, como piezas de un gran puzle, a ocupar su lugar, a ser los dueños, de nuevo, de mi memoria.

—¿Por qué, madre? —repetí poniéndome en pie y apoyándome en la puerta del baño—. ¿Por qué?

Toda aquella situación, la resaca que tenía, los efectos aún patentes de la morfina, los malos sueños, la culpa y la verdad, maldita verdad, me hacían palidecer, caer, sucumbir, pero pensaba aguantar. Pensaba llegar hasta el final.

—Lo está recordando todo —señaló el doctor dirigiéndose a mi madre, que se arrodilló delante de mí, cubierta, por primera vez en años, de lágrimas—. Ya queda menos para que todo se acabe.

Vilar miró al doctor con desprecio. No hacía falta ser médico para darse cuenta de que yo recordaba. Sus comentarios, para él, sobraban.

—Hijo mío —sollozó mi madre, y tiró el bastón a un lado—. Hijo de mi alma.

—Tranquila, doña Aurora. —El médico puso su mano en el hombro de mi madre, que, en el suelo, llorando, sin la ayuda de su querido cayado, parecía una pobre mujer vieja, inofensiva e indefensa, algo que nunca había sido.

—Hijo mío —repitió—. Fue por tu bien. ¡Por el de todos! Yo no quería que aquello acabara así. ¡Lo juro! —Se cubrió el rosto con las manos—. Yo no quería. ¡Fue por tu bien! ¡Por tu bien!

Esas palabras, «por tu bien», tantas veces atendidas, repicaron en mi cabeza y la habitación de invitados se descompuso ante mis ojos. Las paredes ardieron, transformándose en cristal, y un humo blanco y espeso lo cubrió todo, llevándome al instante en el que dejé de vivir. Trasladándome a la tarde de abril de 1926 en la que todo mi mundo cambió.

Anna y yo en el faro, un futuro que no sabíamos entonces que nunca tendríamos, una caja de zinc, mantas en el suelo, nuestros cuerpos desnudos y unos golpes en la puerta. Los ojos de Anna, mientras los dos nos vestíamos apresuradamente, se llenaron de lágrimas. Yo me acerqué a consolarla, pero mi mano se quedó inmóvil, entonces y ahora, ante los golpes de un bastón y una voz áspera y dura. La voz de mi madre.

34

Desde pequeño tuve un don. Os lo dije al comienzo. Podía ver musas donde otros solo advertían vacío, y siempre pensé que, tal que hacía al escribir, podía también elegir mi camino y el de otros. Podía decidir cómo había de ser mi vida y cómo vivirla. ¡Qué equivocado estaba! ¡Qué equivocado! No se puede cambiar el destino, el albur, la providencia. Este, con sus infinitos nombres, tiene mil formas de hacernos volver siempre a la senda que nos había preparado. El destino es un viaje marcado e inamovible, aunque yo, tonto de mí, ignorara el mensaje y creyera que no era así. Podemos torcer y retorcer el rumbo, pero llegaremos igual al final estipulado.

Yo iba a llegar, aunque no quisiera, aunque en ese momento, apoyado de mala manera contra la puerta del baño de la habitación de invitados, en mi casa, en mi isla, como un despojo, flaqueara y deseara que el yo necio, el testarudo, reapareciera un segundo para alejarme de allí. Me había prometido a mí mismo que no lo llamaría más, que lo dejaría al margen porque necesitaba recuperar la verdad, pero la verdad empezaba a ser demasiado atroz y temía que acabase conmigo.

«Te matará», escuché decir a una voz obstinada dentro de mí.

«Morirás».

Sombras. En mi mente ya solo habitaban sombras infames con ganas de revancha. Recuerdos enterrados que salían de sus tumbas tras años cubiertos de barro, enterrados, con la intención de no ser jamás sepultados de nuevo. Ni la luz de los ojos verdes de Anna, en esa tarde de abril de 1926, en mi recuerdo, eran capaces de apartar aquellas sombras de mí, pues en ellos, en sus luceros, también anidaban. Ojos asustados y temerosos que se cubrieron de rocío al escuchar el bastón de mi madre golpeando la puerta de metal del cuarto pequeño del faro mientras gritaba con furia nuestros nombres. Ojos aterrados y medrosos que me miraron horrorizados cuando la puerta se abrió y por ella apareció mi progenitora acompañada del maldito doctor.

—¡Mentirosos! —vociferó, crecida de ira y dolor—. ¿Cómo habéis podido mentirme así? ¡Me lo prometisteis! —Y entró en la habitación, acercándose peligrosamente a Anna—. ¡Lo jurasteis ante Dios y ante mí!

—¡Madre! —Intenté tranquilizarla en tanto terminaba de vestirme de mala manera—. ¡Cálmese, por favor!

Pero ella no se sosegó. No había posibilidad de paz o templanza alguna, sus gestos así lo mostraban. Su voz, su rostro, su cayado. No se calmó y con el bastón en ristre, decidida, avanzó a paso ligero por el pequeño cuarto, agarró a Anna del brazo que, acurrucada en el suelo, entre las mantas, intentaba aferrarse a mí suplicando ayuda. La asió y tiró con fuerza de ella.

—¡Me encerrará! —me aseguró, mientras luchaba inútilmente contra la determinación de mi madre—. ¡Ayúdame! ¡Me cambiarán! ¡Me harán olvidar!

—Madre, suéltela, ¡por Dios! —le pedí—. ¡Déjela en paz! ¡Déjenos en paz!

—¡Tú! ¡Tú, cállate! —Y la soltó, sí, pero para poder darme con el bastón un tremendo golpe. Anna intentó frenarla, pero solo consiguió recibir ella también—. ¡Tú y tus amores de novela! ¡Tú y tus imposibles!

—¡Ya basta! —aullé, desesperado por los golpes, cada vez más fieros y rotundos—. ¡Basta!

Me estaba moliendo a palos sin que nadie hiciera nada para impedirlo. Anna no podía y el doctor se limitaba a fumar, apoyado en el quicio de la puerta, como si todo lo que estaba sucediendo allí fuera un espectáculo de teatro. Intenté protegerme, pero la rabia de mi madre era descomunal y no fue hasta que de mi cara comenzó a brotar sangre que el médico se dignó a dejar de fumar e intervino.

—Déjelo. Ya es suficiente. —Y la cogió del brazo antes de que me asestara un golpe más—. Déjelo o lo matará.

Al oír aquellas palabras, mi madre bajó el cayado. No tenía intención de matar a nadie. Lo bajó, pero no dejó de mirarme con rencor. Un resentimiento que se transformó en odio fiero cuando posó sus ojos en Anna que, a rastras, con restos de nuestra ropa, intentaba quitarme la sangre de la cara. Varias gotas carmesí cayeron sobre su vestido, elegante, imponente, de gasa blanca con grandes flores rojas. Era tan bonita, tan bella, tan hermosa. Le acaricié el rostro mientras en susurros le prometía una vida que no podría darle jamás. Le rocé las mejillas sonrosadas, cubiertas de lágrimas, y los labios, mojados por el llanto y los gritos. Mi madre reparó en mis cariños y atenciones, y no dudó ni por un instante en tirar de Anna con toda su alma para alejarla de mí. ¿Por qué esa obsesión por separarnos? ¿Por qué?

—¡Ayúdame! ¡Ayúdame! —me pidió la pobrecita mía, me imploró a la par que era arrastrada por la habitación hasta ser puesta de rodillas delante de ese miserable matasanos.

Cuando la mano de Anna se alejó de mí, intenté incorporarme, pero el cuerpo apenas me respondía y solo conseguí gatear, aturdido, hasta volver a caer entre las mantas, a los pies de mi madre, a los pies de aquella mujer que me había dado la vida y que ese día me la estaba quitando. El médico tenía a Anna agarrada por el pelo para que no se moviera. Sujetada con determinación por su hermosa melena negra, su bella mata azabache. Eso me hizo sacar fuerzas de flaqueza e incorporarme para hacerle frente. No podía permitir que trataran así a Anna, que nos trataran así a los dos solo por amarnos. Mi madre ignoró mi gesto y se dirigió a ella.

—¿Cómo has podido? ¡Yo confiaba en ti! ¡Confiaba!

—Nos amamos —respondió Anna desde el suelo, llorando, hipando. Estaba asustada, aterrorizada por el futuro negro que le esperaba—. ¡Porque nos queremos!

—¡¿Amor?! —renegó mi madre fuera de sí—. ¡Amor!

Ni las lágrimas de Anna ni mis súplicas, acercándome, ya de pie, torpe pero decidido, conseguían apaciguar el corazón encolerizado de mi madre, que siguió gritando.

—¡El amor es idiota! —clamó con una voz cargada de resentimiento—. ¡El amor no sirve para nada! ¡Solo para sufrir!

—No diga eso, madre —le pedí acercándome a ella para suplicarle que parara—. El amor lo es todo.

—¡¿Todo?! —exclamó volviéndose hacia mí.

—Sí, lo es —contesté tendiéndole la mano, en un nuevo y vano intento de apagar su cólera.

—¡El amor es nada! —bramó desechando mi gesto—. Eso es lo que es. ¡Nada!

—Pero madre, no diga eso. Nosotros…

—Vosotros no podéis amaros —me interrumpió—. Vuestro amor es pecado. ¡Pecado!

—El amor no puede ser pecado —la corregí. ¿Cómo iba a serlo?

El amor es hermoso, maravilloso y mueve el mundo, nos mueve a todos. El amor nos hace libres y nos hace humanos. Algo tan prodigioso y deslumbrante no puede ser pecado. No puede estar mal.

—¡Lo es! —insistió—. Pero da igual. Pronto todo esto acabará.

—¿Qué va a hacer, madre? —No me gustaba cómo lo había dicho. ¿Qué pensaba hacer? ¿Cuáles eran sus intenciones?—. Madre, escúcheme. ¡No haga nada de lo que luego se vaya a arrepentir!

Me ignoró y se dirigió al doctor.

—Llévesela y acabe con esto de una vez.

El médico asintió e intentó que Anna se pusiera en pie, pero ella, a pesar del dolor que le producía que el hombre tirara con fuerza de su pelo, le dio un codazo, se levantó a toda prisa y, sin perder un segundo, echó a correr. Salió de la habitación, mirándome y acunándome en esos hermosos ojos de los que aún sigo enamorado, cómo no estarlo, y a los que quedé anclado para siempre.

—¡Te quiero! —me gritó desde el umbral—. ¡Siempre juntos! ¡Recuérdalo!

Luego huyó escaleras abajo, dejándome con la sensación de que aquella tarde, mientras la lluvia comenzaba a cantar su fado, mi madre daba golpes con el bastón a todo lo que encontraba, incluido yo, y ordenaba al doctor que fuera tras ella, sería la última vez que la vería.

35

Ya no había vuelta atrás en mi derrumbe y en la destrucción del mundo que había creado para no sufrir. Las cartas estaban sobre la mesa y era poco tiempo el que restaba para que toda la verdad saliera por fin a la luz y mi mente enferma acabara sumida en la más honda penumbra. La mía y la de los que me rodeaban en aquella habitación, pues aunque la culpa me comía y era a mí a quien señalaba como único responsable de todo lo ocurrido, ayer y hoy, ellos no estaban libres de pecado. Todos, en su medida, les gustase o no, habían colaborado para que el final de mi historia, de su historia, fuera el que estaba por llegar.

En la habitación, el silencio era total. Ni mi madre ni su bastón, ahora tirado en el suelo, relegado a ser un simple testigo más de lo que estaba por venir, se atrevieron a romperlo en modo alguno. Vilar se había sentado en la silla donde esa misma mañana me había querido explicar todo lo que yo me negaba a oír y entender. Cerca de la cama, del vestido de Anna y sus zapatos. Cerca de la mesita de noche donde dormían sus guantes. Allí estaban las cosas de Anna, mi pobre Anna, que años atrás salió corriendo del faro, huyendo del discurso crispado y exasperado de mi madre. Escapando de ese maldito doctor que quería apagar no solo su sonrisa, también sus sentimientos. Un hombre que mantenía la mano sobre el hombro de mi madre, impertérrito, mirándome con curiosidad insana, analizándome. Él estaba de pie, no como yo, que me sostenía a duras penas contra la puerta del baño. Anna, mi musa, mi amor, que salió huyendo del faro y corrió con toda su alma, con ese vestido que ahora estaba sobre la cama, camino de la salvación de su corazón y de nuestro amor. ¿Tan difícil era aprobar nuestros sentimientos?

—¿Por qué, madre? —Necesitaba oírselo decir—. ¿Por qué lo hiciste?

—Por tu bien, hijo —me respondió entre sollozos a la par que sacudía los hombros para quitarse de encima la mano del médico. No le gustaban las confianzas—. Por el bien de los dos. ¡De todos!

—¿Qué bien? —rebatí, pegándome más al portón del baño y pensando, por un momento, que al otro lado estaba Anna—. Creyéndote buena fuiste cruel. ¡¿Qué bien?! ¡Yo solo veo sufrimiento!

Lo veía en mis manos torpes. Una aferrada a una caja de zinc con el principio de una historia que no quería revivir, y otra agarrada al tirador de una puerta que me daba miedo, pánico, abrir. Percibía el sufrimiento en el semblante de Vilar, mi fiel mayordomo, mi padre, que, sentado, abatido en la silla, con el impasible viento frío que entraba por la ventana del cuarto como único consorte de reproches, ya no se atrevía a mirarme. Solo contemplaba ensimismado el retrato en el que Anna y yo, en el salón principal del pazo, posábamos vestidos de gala. Un lienzo que le transportaba a mundos mejores y más felices. Y lo percibía también, por mucho que ella se empeñara en intentar ocultarlo, en los ojos cansados y llenos de lágrimas de mi madre. Unas lágrimas que la estaban abrasando por dentro y por fuera. Lamentos saturados de culpa, pecado y condena. En todos nosotros había sufrimiento. Igual de atroz y fiero al que Anna, mi amor, arrastró consigo en su carrera aquella tarde de abril de 1926 a donde yo había regresado para sentir, de verdad, lo que significa vivir en el infierno.

El doctor salió tras ella, tal y como le había ordenado mi madre, y yo detrás de él para ayudarla. Mi madre quiso detenerme y levantó el bastón, amenazándome, mientras me gritaba y me hablaba del pecado y la perversión, pero no lo consiguió. Esquivé sus golpes y sus palabras sin escuchar las razones que voceaba, aquellas por las que Anna y yo no podíamos amarnos, y marché corriendo del faro. Salí todo lo rápido que pude y, nada más poner un pie fuera, por los gritos que oí a lo lejos, supe a dónde ir.

Seguí corriendo mientras mi madre me perseguía gritando para que dejara de llamar imposibles, para que dejara de soñar. Corrí con todas mis fuerzas hasta llegar a la playa de Los Náufragos, uno de los lugares secretos donde Anna y yo nos habíamos declarado amor eterno. Ese rincón que pasó de paraíso a infierno, de cielo a abismo, como muchos otros lugares de mi isla; como el faro o, aquel día, mi casa. Cuando llegué a la playa, mis rodillas fallaron ante la horrible estampa que mis ojos contemplaron, y caí al suelo. Lo que vi me resultó demasiado doloroso. Aquello no podía estar ocurriendo.

Anna corría mar adentro, hacia el infinito océano, mientras el doctor la seguía, también dentro del agua, alargando sus sucias manos hacia ella y llamándola para que parara y se dejara atrapar, para que se dejara sanar. Una escena que miles de veces reviví, miles, aunque lo hubiera olvidado después durante años. La última, solo unas semanas atrás, enmascarada por el recuerdo de mis oscuros días de cazador en los que arrojaba sin piedad mujeres al piélago. Vilar me había preguntado si sabía por qué la señorita Julia se había lanzado al mar y yo no reconocí lo que en verdad me estaba preguntando. Inventé, como llevaba haciendo desde 1926, la respuesta y la vida que más me convino.

Mi madre llegó a mi altura y al ver lo que estaba sucediendo pidió a voz en grito a Anna que saliera del agua inmediatamente, pero Anna no la escuchó, no la miró, no la obedeció y siguió su andar en el mar. Puso entonces mi madre el bastón sobre mi hombro, y con voz severa me ordenó que me levantara y me comportara, por una vez, como un verdadero hombre.

—¡Haz algo! ¡Métete y sácala de ahí ahora mismo!

Me levanté, aturdido, y me dirigí, como me había pedido mi madre, al agua, al maldito océano que rodeaba mi isla y la azotaba y acariciaba a partes iguales. No sabía nadar, ya sabéis que crecí de espaldas al mar, os lo dije cuando empecé a contaros mi historia, mi vida, y esa tarde, por más que deseara con toda mi alma, con todo mi corazón, adentrarme en el mar y sacar a Anna del agua, no fui capaz. No pude dar más de dos pasos dentro de aquel abismo. Mis pies se quedaron inmóviles en la orilla, anclados, con las olas batiéndolos, llenándose de espuma y sal.

El doctor, ante el fuerte embate de las olas, cubierto de mar y lluvia, que caía en aquel momento con más fuerza, como si supiera que los hechos estaban prontos a resolverse, también se detuvo. No podía avanzar más sin correr riesgo, y eso, por mucho que quisiera aplicar su ciencia, no estaba dispuesto a hacerlo.

—¡Sáquela de ahí! —le exigió mi madre—. ¡Sáquela!

Pero el médico, en lugar de avanzar, retrocedió. El océano, furioso por lo que estaba presenciando, por el dolor que caía en cascada de los ojos de Anna, de los míos, y por la fiereza ciega de una madre dispuesta a todo para salvar el alma de su progenie, se agitaba con brío y violencia. El temor hizo mella en el doctor, que no tenía intención de arriesgar su vida, y le hizo regresar a la playa.

Anna, en cambio, parecía flotar. Parecía una sirena a la que las olas ayudaban a ir más y más lejos del arenal, de nosotros, de mí. Una ondina que flotaba con agilidad y delicadeza, y se adentraba cada vez más en el vasto océano.

El doctor abandonó el agua, agotado, empapado, y se dejó caer en la arena, sin aliento y haciendo oídos sordos a las peticiones insistentes de mi madre, a sus órdenes. Ella se había metido en el agua hasta la cintura para instarle a que no abandonara, a que ayudara a su querida Anna, a su querida hija.

—¡Hija mía! —gritaba desesperada—. ¡Vuelve! ¡Vuelve a casa! ¡Vuelve conmigo! ¿Por qué, Dios mío? ¿Por qué? —se preguntaba mi pobre madre; pobre, sí—. ¡No me abandones!

Anna, su hija. Anna, mi hermana. Hijos los dos. ¡Los dos! El pecado, la vergüenza y un amor prohibido.

Inmóvil seguí, sin dar un solo paso más, mientras nuestra madre se rompía y el mar se reía de mí, arrebatándome lo que más quería, lo que más amaba y necesitaba.

—¡Anna! —grité—. ¡Vuelve, por favor! ¡Vuelve!

Pero Anna no volvió. Me miró con ojos dolientes, cubiertos de sal, la suya y la del océano que le servía de abrigo, e hizo regresar su enterrada sonrisa por última vez para mí. Me sonrió dulcemente, con una sonrisa repleta de amor verdadero, mientras mi corazón se partía en dos, mientras mi vida se partía en dos, y dejó que el mar se la llevara.

36

Retronó el nombre de mi único amor, Anna, mi musa, mi inspiración, dentro de mi cabeza, golpeando mis recuerdos, mi memoria, como un mazo. Hiriendo mis sentidos y mi corazón. Hasta lo poco que conservaba de mi mezquina alma lo perdí por completo. «¿Sabes quién soy? Ya lo sabes, ¿verdad?», gritó mi amada entre las burbujas de aquel maldito océano.

—Sí, lo sé —susurré—. Lo sé.

Mis ojos se posaron en el vasto mar, en mi madre aún dentro del agua, mojada e impotente, en el doctor tirado en la arena y en mí. En mi cobardía contemplando el final de ese amor por el que no fui capaz de luchar, de vencer mis miedos o de dar la vida. No la ayudé. No pude y la culpa me gritó con fuerza: «¡Cobarde! ¡Mísero cobarde!».

La culpa, maldita culpa. Era ella la que traía consigo a todos los fantasmas que me consumían y me volvían loco.

La que me gritaba e insultaba. La que me hacía tener ganas de morir y me obligaba a odiarme. Esa que Anna, con su insistente pregunta, «¿por qué no me ayudaste?», quería que dejara marchar. Ella quería que entendiera que el destino era el único culpable de todo lo que aconteció, y no yo. Pero era difícil dejarla ir. La culpa y yo éramos como dos gotas de llanto en un mismo verso.

Las lágrimas de aquel día, de aquella abominable tarde de abril de 1926, me condenaron y me convirtieron en un miserable; en un hombre roto. Anna se había ido, me había dejado, y yo no quería recordar por qué. Julia no existía. Anna tampoco. La primera era una invención y la segunda estaba muerta. Ya entendía la verdad, una verdad que me destrozó. Mi yo terco tenía razón. No me extraña que hubiera inventado un mundo donde Anna estaba conmigo de nuevo, a mi lado, viva, y donde ser hermanos no importaba porque no lo sabíamos.

Ella y yo frente a las adversidades.

Ella y yo en el amor, hasta la infinitud.

Ella y yo.

Salí del recuerdo como había entrado, turbado, llorando, asustado como un niño, pero la memoria aún no había terminado de recomponerse. Quedaban puertas que cruzar para recuperar del todo mi yo perdido y, como un mazazo, otra terrible evocación me asoló, trasladándome de nuevo al faro casi un año después de que mi amor se abrazara al mar. Me vi sentado frente a la vieja mesa de madera, entintadas mis manos de mediocridad y desespero, con lágrimas negras deslizándose por mi rostro mientras gritaba. Pedía palabras e historias que dieran vida a mi apagada pluma y paz a mi abatido corazón. Anhelaba que mi musa regresara, que mi amor volviera porque no era capaz de vivir sin él. Rugía mi dolor entre aquellos detestables muros donde intenté dejar de sentirme triste. Necesitaba inspiración, amor, compasión, pero solo obtenía vacío. Nada.

El recuerdo mudó y, como una triste escena, una ficción, saltó de mi pena a los fragmentos de fotografías, diseminados por el escritorio, de todas aquellas mujeres a las que yo había cazado. Al momento, como un carrusel, todo giró alrededor y la habitación quedó vacía. Solo permaneció en ella el eco de mi soledad y la silla de madera, siempre sola, libre, sin que nadie más que el aire se sentara en ella. Las cuerdas, nuevas y nunca usadas. Y la sangre que bajo el asiento residía, de todas aquellas muchachas, inexistente. ¿Cómo era aquello posible?

«La diferencia entre lo que vemos y lo que queremos ver es, a veces, muy fina», resonó la voz de Vilar en mi cabeza. «Una pequeña línea que se atraviesa sin darnos cuenta y nos confunde».

Tristeza y desamor disfrazados de maldad, pensé, y en mi mente cayeron nuevos muros. ¿Qué quería decir todo aquello? ¿Acaso aquel monstruo solo era producto de mi mente enferma? ¿Un demonio creado para soportar el dolor? ¿Un hombre al que poder odiar?

Esas ansias de odiarme y liberar mi espíritu de la culpa, horrible culpa, me devolvieron con brusquedad a la habitación. Miré a Vilar, a mi madre y al doctor. Allí estaban los tres, personajes sabedores de la verdad y que habían tenido mucho que ver con el rumbo que había tomado mi vida. Deseé en ese instante que todo lo ocurrido fuera solo una novela. Una ficción que alguien estaba escribiendo y donde, en el epílogo, ganaban los buenos. Yo era un personaje bueno. Equivoqué el amor, puede ser, pero era bueno. Lo era. Merecía un final mejor en el que descubrir que la chica seguía viva. Que el océano solo la ayudó a huir y después la devolvió sana y salva a la playa para que el amor auténtico, el que mueve el mundo, el que nos hace humanos, triunfara.

Deseé ser eso, un personaje descrito e ideado por otro, por una pluma capaz de crear la atroz historia de un escritor medio loco que había perdido la memoria y la inspiración. De un hombre que no pudo soportar la verdad y que olvidó, lo olvidó todo, para poder simplemente vivir tras la muerte de su amor, su musa en una tarde de abril entre la lluvia y el mar, entre la luna y el cielo y, para superarlo, se había transformado en un hombre al que odiar que intentaba sustituir al amor de su vida y que siempre, perennemente, fracasaba. Y es que no se puede sustituir el amor verdadero, el que siempre queda grabado en el corazón, aunque sea un amor prohibido. Un hombre enfermo, adicto a la absenta y a la morfina que regresa a su isla, a su casa, para empezar de nuevo, sin saber que, al volver a sus orígenes, los recuerdos regresarán, la verdad aflorará y su vida inventada se desvanecerá. Deseé de verdad ser un personaje, pero no lo era. Claro que no.

Era un hombre, solo un hombre que había muerto por dentro a pesar de estar allí, sujeto al pomo de una puerta que, al fin, me decidí a abrir. Con rapidez insólita hasta para mí, teniendo en cuenta mi estado, abrí la puerta del baño y entré, encerrándome dentro. Vilar reaccionó rápido, pero no lo suficiente, y para cuando quiso impedir mi reclusión yo ya estaba al otro lado. Golpeó la madera con ganas, llamándome, pidiendo que saliera, pero no obtuvo respuesta alguna por mi parte. Solo silencio. Yo estaba a otras cosas. Yo estaba abriendo de nuevo la caja de zinc, envuelto en la bruma del mar que se había llevado a Anna para poder cerrar el círculo.

Ayudado por el doctor, que por fin se dignó a dejar de ser un convidado de piedra, Vilar intentó meter el bastón de mi madre por la jamba de la robusta puerta de roble, pero solo consiguió romperlo, romper el báculo que tantos golpes había propinado y por el que no lloraría nadie. Aun así, no se dio por vencido. Tiraría aquella maldita puerta abajo si era necesario con tal de sacarme de allí, de mi brutal pasado, de mi desalmado presente y mi negro futuro. Yo era su hijo y debía salvarme. No podía permitir que más oscuridad se adueñara de mi cabeza.

Se fue decidido de la habitación camino del pasillo de la planta baja donde había dejado el hacha con la que había roto la puerta de mi despacho. Mi madre, en cambio, no reaccionaba. Se quedó en el suelo, de rodillas, rezando a un Dios en el que ya no creía y rogándole para que todo acabara de una vez. Vilar regresó con el hacha y asestó unos cuantos tajos a las tablas de la puerta, pero esta ni siquiera tembló. Decidió entonces darle a la cerradura, que cedió enseguida, quejándose, pues lo que iban a encontrar al otro lado no iba a ser agradable. Rompió el trinquete, el doctor abrió la puerta y el espanto cubrió sus caras.

Un tufo viciado salió corriendo del baño inundando la habitación de invitados, la casa, la isla, inundándonos a todos. Un efluvio acompañado de sombras que gritaban y lo ceñían todo. Un vaho escoltado de la voz dulce de Anna que, al fin, podría ser libre.

Vilar dejó caer el hacha y después cayó él, porque tras la visita al cementerio, ya había imaginado una escena parecida, cómo no hacerlo, pero la realidad era peor. Siempre lo es. El doctor se apartó, blanco como la leche, espantado, y mi madre, nuestra madre, siguió sin reaccionar, de rodillas, apoyadas las manos contra el pecho, contra el corazón que yo juzgué duro, pero que, en el fondo, estaba simplemente igual de roto y muerto que el mío.

Al otro lado, en el suelo del baño, una caja abierta, por fin abierta, mostraba un corazón seco y demacrado, el corazón de un farero, y la melena de su amante, la melena de la mujer del terrateniente don Ramón Rouco Buxán. A su lado, una nota con trazos infantiles e inocentes. Una nota escrita por dos críos, Anna y yo, que muchos años atrás habíamos encontrado la caja semienterrada al lado del manantial de aguas cristalinas. Una nota con las huellas ensangrentadas de dos dedos ingenuos que se juraron amor eterno bajo la atenta mirada albahaca de la dueña del arroyo y sus palabras embriagadoras. Nos prometió tantas y tantas cosas que nunca se cumplirían. La nota decía: «Juntos para siempre». Un amor imposible bautizado por aquellos ojos que, tras rubricar la nota, me engulleron de tal forma que me hicieron correr, huir de allí hasta acabar en el acantilado de las Ánimas.

Ahora sí, ya conocéis ese recuerdo al completo, tal y como yo lo evoqué ese triste día, maldito día. Cuánto daría por cambiarlo. ¡Cuánto!

Al otro lado, en el suelo, el principio abierto, por fin abierto, y un cuerpo, el mío, abrazado a otro, sin vida, demacrado por el perpetuo paso de años y más años de tierra y olvido. Un cuerpo seco de mujer, huesos, cartílago y tela, que yo había arrebatado de su eterno descanso en el cementerio familiar y había llevado hasta la casa para que cobrara vida de nuevo.

El principio, abierto por fin, y también el final. Mi cuerpo abrazado al cuerpo sin vida de mi rayo de luna, mi musa, mi amor, mi Anna.

Epílogo

Muchos pensaréis, tras lo leído, que todo fue obra de una terrible maldición. De aquella que cayó sobre la isla y sus habitantes cuando el terrateniente Rouco Buxán, en 1812, mató a su esposa y al amante de esta y enterró sus restos bajo la atenta mirada de quien habita el manantial que hay en el Paraje del Ocaso.

Puede ser. ¿Quién sabe?

A lo mejor fue la maldición la que me acercó a Anna, o tal vez no. El hecho de que durante toda nuestra vida solo nos relacionáramos entre nosotros en la isla pudo ser la causa de que la adoración que nos profesáramos se convirtiera en enamoramiento.

No lo sé, la verdad. Sin embargo, pensándolo mejor y viendo cómo acabó todo, cómo ha terminado mi historia, mi vida, creo que el destino, perro viejo, estaba sellado de esta suerte para todos nosotros mucho antes de que aquel hombre, el terrateniente, hiciera lo que hizo. Pienso que todo lo acaecido antes y después de ese otoño de 1936 tenía que suceder y hubiera dado igual la existencia o no de la maldición, de una mente enferma o un amor prohibido. El albur tenía sus planes y, simplemente, los cumplió.

La caja de zinc la he vuelto a enterrar cerca del manantial, bien hondo, para que su verdadera dueña, la señora del arroyo, la vigile y guarde. Quise destruirla, pero no pude, y me pareció que ese debía ser su lugar. Allí nació su leyenda y allí debe morir. Solo espero que nadie más, tras mi marcha, que llegará, la encuentre.

Anna, mi amor, fue devuelta por el doctor y Vilar al cementerio, y enterrada de nuevo al lado de la tumba de su padre, acogida por ese gran ángel que señala al cielo. Solo una vez fui a verla. Hace poco. Después no he vuelto, pues la mirada de esos bienaventurados con alas me sigue congelando el espíritu. Veo en ella reproches. Además, ya no queda nada en aquel lugar para mí. Ya no.

El doctor Núñez Loureiro se fue con mi madre en el barco a Baiona y no he vuelto a saber de él. Ella embarcó a América. La guerra no era ni para ella ni para su fortuna. No la culpé. De hecho, la entendí. Poner tierra de por medio la ayudaría a olvidar.

Curioso que yo le deseara el olvido teniendo en cuenta lo que a mí me hizo, pero era lo mejor. Olvidar puede ser una bendición en algunos casos. Si yo pudiera volver atrás, si el destino me lo permitiera, quizá no hubiera enterrado jamás a mi yo mezquino, al terco, el que todo lo olvidaba y cambiaba. A lo mejor, ahora que sé el resultado, lo habría dejado seguir al frente de la situación. Tal vez. No lo sé. No os voy a mentir. No lo tengo claro.

Mi madre se fue a América y no regresó nada más que para morir. Ahora descansa junto al que fue su esposo en el cementerio familiar. Vilar, mi padre, en cambio, se quedó conmigo, en la isla, en el pazo, y siguió siendo mi sombra, fiel y constante, ayudándome cuando caía, cuando sucumbía, cuando deseaba morir. Ayudándome a entender y cuadrar aquello que me faltaba. Me explicó cómo yo, nada más regresar al pazo, había registrado varias veces el desván en busca de inspiración y había encontrado los baúles de Anna. Cogí su vestido, el que llevaba cuando el mar la abrazó y después la soltó sin vida, en la playa, su colgante y sus guantes, y di forma a esa mujer incorpórea, imposible, Julia, para que me hiciera feliz. Creé la vida que deseaba vivir con toda mi alma mientras los demás sólo veían la ropa vieja de una muerta rondando bajo mi eterno abrazo.

Mi padre se quedó en el pazo, pero yo no pude. La casa familiar albergaba demasiado sufrimiento concentrado en sus paredes, así que me trasladé a la casona del faro. Desde que la inhumana verdad afloró y mi vida expiró; desde que mi isla se convirtió en el eterno panteón de un muerto en vida, es allí donde vivo, junto a la que fuera torre vigía, reducida a cenizas. Al lado del faro en el que quiso vivir un monstruo.

Muchas veces intenté que mi padre me revelara cuánta parte había de sueño y cuánta real en lo que yo recordaba de mi tiempo de cazador, pero solo obtuve silencio.

¿Lo hice? ¿Fui aquel horrible hombre que cazaba mujeres para crear historias que me ayudaran a seguir viviendo o fue todo producto de mi mente enferma? ¿Eran reales esas muchachas o solo restos de viejas fotografías? ¿Qué es mejor, vivir cómo un monstruo o cómo un muerto en vida? No lo sé.

Muchos años han pasado, muchos, desde que Anna se abrazó al mar para dejarme solo con mis pecados. Años de soledad, aislamiento y retiro en los que intenté retomar aquella novela que empecé a escribir cuando encontré a Julia paseando su desmemoria sobre el puente de madera del jardín de robles. Innumerables veces he vuelto a esa pasarela para dejarme llevar por la nostalgia de tiempos mejores, de tiempos felices. Ya no queda casi nada de ese hermoso jardín, pero sí el recuerdo.

Varias veces intenté retomar aquella novela, aquellas páginas llenas de palabras de seda que narraban la historia de un soñador. La historia de un hombre cuya única riqueza era un amor tan imposible como eterno. Y muchas veces fracasé en el intento, pues la soledad y el dolor pesaban demasiado, pero, ahora, orgulloso, por fin puedo decir que he terminado.

¡Aquí está! La tenéis en vuestras manos y, eso espero, en vuestros corazones. Una historia donde el protagonista, sí, era yo, y el amor, perpetuo e imperecedero, al final triunfa porque no hay nada más hermoso que amar y ser correspondido. Y triunfa porque ELLA regresó. Mi única musa volvió a mi lado para no marcharse jamás.

Nota de la autora

La novela que acabáis de leer nació una noche de noviembre, en un sueño. Surgió cuando, al despertar, recordé a una mujer hermosa, vestida con un impresionante vestido blanco de seda y gasa, paseando desmemoriada por un puente de madera en un jardín de robles.

Para no olvidar, mis manos se movieron rápidas sobre el papel. No podía dejar pasar la historia que mi musa me había regalado mientras dormía. El instinto me decía que tenía que dotarla de vida. Después, para mi sorpresa, mientras Julia, Anna, el señor Vilar o Ricardo Pedreira crecían, una melodía acudió a mí sin descanso, haciéndome volar a tiempos pasados. «Llantos de otra realidad», así se titula, y pertenece al disco *Sueños y locura* de un grupo, hoy ya disuelto, llamado Red Wine. Su letra es tan evocadora que algunos fragmentos están diseminados entre las páginas que habéis leído. Es mi forma de darles las gracias por las alas que han prestado a mi inspiración.

Otra canción que retumbaba en mis oídos mientras las palabras componían esta historia, y que fue el germen de la maldición del terrateniente don Ramón Rouco Buxán, es «A la luz de un candil» del disco *Tangos y Margot* de Malevaje. Una caja, un corazón, unas trenzas y una maldición. No podía rechazar semejante idea.

Mi sueño y esas melodías crearon una historia de locura, culpa, amor y olvido, sobre todo olvido, y buscaron un jardín en el que los rayos de luna vivieran como los soñó Bécquer. Un jardín que existe, aunque solo sea un cuadro colgado en el salón de una casa. Un enorme lienzo lleno de pinceladas diestras, anónimas, que muestra el otoño en todo su esplendor y que transporta a quien lo admira a un puente de madera rodeado de robles centenarios.

También buscaron una isla en Galicia, al arrullo del viento Atlántico, donde la lluvia canta fados, el viento la acompaña y uno puede perderse sin dificultad en la inmensidad de un océano siempre lleno de secretos. Una isla donde de los manantiales brotan ojos albahaca y donde me atreví a situar una tumba grandiosa del cementerio de Soria. Pertenece a la familia García La Puente y, cuando siguiendo los pasos de Machado por el camposanto castellano, reparé en ella y en el enorme ángel, titánico, que la custodia, enseguida enraizó en mí la idea de que ese sería el lugar donde algunos de los protagonistas debían vivir la muerte. Es un sepulcro que te hace sentir insignificante cuando te colocas junto a ese centinela de Dios que señala el cielo y custodia la losa que cubre a los moradores del lugar.

Así nace esta novela inspirada, por supuesto, en leyendas, poesía e historias de grandes autores como Bécquer, Poe o Wilde, que empujan y dan aliento a una pluma deseosa de contar lo que de la imaginación brota y crece.

Agradecimientos

Me vais a permitir que os dé las gracias en primer lugar a vosotros, lectores, por leer. Por escogerme. Sin vosotros nada
de todo esto sería posible, porque a través de las emociones
que los libros crean y transmiten es como las historias que
guardan cobran realmente vida. Y eso es sencillamente maravilloso. Hacéis magia.

Gracias a mi compañero de vida, José Luis, por andar
conmigo este camino y facilitarme una de las canciones que
más me han inspirado a la hora de escribir parte de esta historia. Me descubriste a Malevaje y me diste su inspiración.
Por tu apoyo y amor, y por creer siempre en mí, pase lo que
pase, mil veces gracias.

A mi familia, que desde niña me enseñasteis a amar los
libros y lo que representan. A mis padres, Joaqui y Mateo, y
mi hermano Eduardo, a quien está dedicado este libro; por

tus ideas, algunas realmente locas, que, al final, de un modo inimaginable, acaban encajando.

Gracias también a Marcelino Gutiérrez González por compartir conmigo tu modo de hacer, sentir y amar el periodismo. Por confiar en mis palabras. Y a Gemma Ares Vázquez que me ha ayudado no solo a crecer como profesional, sino también como persona. Gracias de corazón.

Víctor, Ana, Irene, Virginia, Camino, Marta, Carmen, Cristina y María. ¿Qué deciros? Gracias por las tardes de café y risas. Por las tertulias literarias del Savoy. Aún quedan muchas que celebrar.

Mención especial para Mónica, mi editora, por su confianza, paciencia y fe, y por hacerme sentir que Suma de Letras es mi casa, pese a los momentos complicados que hemos vivido mientras editábamos este libro, pandemia y confinamiento mediante. Ya soy una pingüina.

También a todos los que, de un modo u otro, incluso sin saberlo, habéis influido en mi vida para que tomara este especial camino lleno de palabras. Todos sois parte importante de este sueño.

Este libro se publicó
en el mes de septiembre de 2020